流 年 掠 影

——阎志民散文选

阎志民 著

中国言实出版社

图书在版编目（CIP）数据

流年掠影：阎志民散文选 / 阎志民著 . -- 北京：中国言实出版社，
2017.10

ISBN 978-7-5171-2483-2

Ⅰ.① 流 … Ⅱ.① 阎 … Ⅲ.① 散文集－中国－当代Ⅳ.① I267

中国版本图书馆 CIP 数据核字（2017）第 253510 号

出 版 人：王昕朋
总 监 制：朱艳华
出版统筹：宫媛媛
责任印制：佟贵兆
责任编辑：李　岩
封面设计：徐　晴

出版发行　**中国言实出版社**
　　　　地　址：北京市朝阳区北苑路 180 号加利大厦 5 号楼 105 室
　　　　邮　编：100101
　　　　编辑部：北京市海淀区北太平庄路甲 1 号
　　　　邮　编：100088
　　　　电　话：64924853（总编室）64924716（发行部）
　　　　网　址：www.zgyscbs.cn
　　　　E-mail: zgyscbs@263.net
经　　销　新华书店
印　　刷　北京京华虎彩印刷有限公司
版　　次　2018 年 1 月第 1 版　　2018 年 1 月第 1 次印刷
规　　格　710 毫米 ×1000 毫米　1/16　18.25 印张
字　　数　268 千字
定　　价　48.00 元　ISBN 978-7-5171-2483-2

序

程 大 利

  我一气读完志民兄寄来的准备结集面世的文稿，浸沉在一种清风明月的境界里，留连良久。志民兄哪里是在做文章，是在山岗振衣，在海滩浴日，裸露着赤子般的情怀，向读者一泄心机。"谁见予心独飘泊，依山寄水似浮云。"善良人眼中的世界充满善良，美好的人眼中的一切都是那么美好，志民掏着一颗赤诚的心谈生、谈死、谈亲情、谈友谊，圈点大千世界。

  对于人生，他说："人生不必强求，不必刻意，是小草就绿一片地，是大树就擎一方天，是露珠就闪耀晶莹，是宝石就大放华彩，用心良苦何乐所有？还是听其自然的好。"

  面对死亡，他写道："本来，人无非是大千世界里独具灵性的一叶一花，只贝片羽，与天地的情缘亘古难消，去去来来一辈子，挥去伤感留豪气，则是这种矢志不渝的感情延续——'江声不尽英雄泪，天地无私草木秋。'"

  关于亲情，他写道："谁能不面对母亲而重新审视自己的灵魂？谁能在母亲的注视下弄虚作假毫不脸红心悸？我想，人，只有经历春秋演绎、饱饮沧桑、铅华洗尽、繁花谢落、诸事过后，才会出现这种至高至淳的心境。"

  关于朋友，他写道："掏出你的心，掏出我的心，让我们都把心捧在手掌上，托着一个真实的自己。"他甚至是在呼唤——人与人之间多一点热情，少一点冷漠；多一点真诚，少一点虚伪；多一点坦率，少一点隐晦。在我们这个万象纷纭的社会里，大家一起生活、工作、奔走、劳碌，最需要相互的信任、体谅、理解，最需要心与心的碰撞，情与情的交流。特别当人失意的时候，落魄的时候，遭灾遇难的时候，面前突然有一扇敞开着的、微笑着的心灵的窗口，你还能心灰意懒、一蹶不振吗？

志民兄是个真正的诗人，诗人的心纯净、无邪、善良、多情，虽然这颗心曾被伤害过、误解过、冷落过，但一点也改变不了这颗心始终如一的美好。我曾与他同事五年，而且一分手就是二十多年，相聚极少，书信也不能算多，但我们相知，在任何时候，我都能肯定地说：我了解他。

我至今记得在那个县城的文化馆，我们以茶代酒度过清寒的冬夜。那时他受胃病折磨，生活的担子也很重，正如他诗叙——"锅台上搁着七张碗"，但他的创作热情却非常高，正处在一种忘我状态。在这个状态下，我们探讨很多关于艺术的话题，甚至抵膝至黎明，俨然两个疯子。

又记得他来南京看我，我们一起为家乡的一台戏写篇文章，评析一下演员的劳动问题，一气儿神侃，又是通宵达旦，我只觉得非常愉快。我不是诗人，但我喜欢诗人的痛快和透明，那是一种不需张扬的透明。

后来，我不断在报纸杂志上见到他，不断读他的诗作和散文，有的文章把我写进去了，我为朋友那么在乎我而感动，同时我也在感受那种在他身上始终不去的淳厚。

志民兄约我写序，我觉得话不在多，该说的话他都说了，我只希望我这篇短文能让读者对作者有更多的了解，只有了解了才能理解。我多么希望这个世界的人都理解作为诗人的志民！

（作者系中国著名画家，

曾任中国美术出版总社总编辑、

人民美术出版社总编辑）

目录
CONTENTS

1

第二辑　尘世写真

第六辑　闲情偶记

第一辑

心 香 一 瓣

兰生林樾间

常常想到兰，常常无端地因兰怅然。

"兰为王者香，芬馥清风里。从来岩穴姿，不竞繁华美。"从古到今，兰，为人所共识共爱。骚人墨客笔下的兰，或孤傲，或高洁，或清雅，或秀逸，一如超凡绝尘、恬静飘然的处子。就连狂放不羁、笑傲人生的诗仙李白，也五体投地于兰，有诗曰："为草当作兰，为木当作松。兰秋香风远，松寒不改容。"即便草木之人，也要脱去俗气。

早年有一阵子，社会上曾经掀起一股养兰热。尽管市面上一盆君子兰的售价被"炒"得火爆，人们亦不惜重金买一盆置之居室，悉心伺候。据说周总理生前与兰结好，最爱其君子之风，人们一时爱兰，大抵是为了寄托对伟人的哀思与怀念吧。

我那时对兰不甚了了，视为平常的观赏植物而已，加之生活如牛负重，也没有那份养花的闲心。后来，一次偶然的经历，想不到对兰竟产生了浓厚的感情。

那是有关单位组织的一次活动，我们一行十数人来到风光秀丽的茅山脚下，不期从当地文友口中得知，茅山的一条深谷里遍生春兰，且景象颇为壮观。于是，大家便动了访兰之心。卸下行囊，随便吃点东西，即由向导带领上路。十多里山间幽径，出没在茂林修竹之中，离谷底尚有一段路，已觉兰香盈袖，越往里走，香气越浓。绕过几丛灌木林，涉过几条浅浅清溪，那条谷便展现在了眼前。只见满谷兰色如云，岚气缭绕，一丛丛绿叶葳蕤、纤茎参差的兰草大放异彩，争奇斗艳，果然是一处清凉恬静、远离滚滚红尘的世外仙境！迎着袭人异馨，我们一如蜜蜂扑进花丛，尽享绿海香雪中的怡乐。直到天色向晚，方依依不舍离开。回到寓所，虽疲惫却难以成眠。那夜，我做了一个绝美的兰花梦。"兰生林樾间，清芬倍幽远。"自那，江南的兰便时在我的忆念中了。可惜我们苏北的丘陵多光秃秃缺树少泉，几乎不具备兰的生存环境，所能见到的兰，只有远离自然经人工种植的盆景了。

由爱兰而想兰，便去一家园艺场访兰。很不好意思讨得两盆，谨慎置于案头，天天精心呵护，期冀某一日见她吐蕊含笑。然而，一年过去了，那蔫巴巴的病态总是让人担着一份心，直到后来叶烂心枯，化为我的一声长叹：原来兰是很不好接近的呀！

怀惜花之情，我二次去园艺场向老花匠求个真知，不想那老人扼腕做痛苦状告诉我：兰不比寻常花木，秉性极高，自尊着哩！想那空谷幽兰，吸山川灵气，浴岚岫清辉，承甘露润泽，得日月精华，一抔香泥，一掬鸣泉，才得以陶然静处，纳秀吐芳。而城里楼厦林立，街巷拥挤，市声嘈嘈，物欲横流，加之养花人烟酒无度，喷云吐雾，空气污染厉害，想那兰置身其中怎么个活法？况且兰一旦远离山野，知音渺渺，岂可留住芳心？

听老花匠一席玄谈，我不禁赧颜。想我乃一凡夫俗子，满身浊物，哪儿配得上与兰结为芳邻？即使兰不弃我，而我不能清心寡欲，淡泊名利，坚正操守，从善如流，真正成为兰之知己，又怎能期望兰之厚爱于我，卓然伴我于红尘世俗之中呢？

"春兰如美人，不采羞自献。时闻风露香，蓬艾深不见。"看来，兰当属于高标俊逸之士，附庸风雅者难得其真性情，自然无缘与兰交。爱兰忆兰，可遇不可求，还是养我的那几盆仙人掌去吧！

梨花月韵

"艳静如笼月，香寒未逐风。桃花徒照地，终被笑妖红。"唐人钱起褒梨花贬桃花，大概是因了梨花那特具的清寒韵致吧。

"粉淡香清自一家，未容桃李占年华。常思南郑清明路，醉袖迎风雪一杈。"陆放翁笔下的梨花近乎清高孤傲了。

关于梨花的古诗我还能背诵出多首。

我喜欢梨花，缘于我的故土就是小有名气的"梨园村"。方圆数十里的乡民只要提到我们村子，便会眼睛一亮："唔，你是说的那个几百亩大梨园的庄子吧，嗬，那可是个神仙居住的地方！"

每年清明过后，"杨叶万条烟"便是"梨花千树雪"的时候，我那小村就被如云似纱、如烟似雾的梨花团团包围起来。三里五里外望去，白皑皑的一片。待走进梨园深处，花影扶疏，淡香盈袖，直让人有远离尘缘、飘然欲仙的意味。

"梨花如雪照黄昏"，赏梨花当推明月初上时。三五团圆之夜，满园银辉，梨花和月色互融互映，让你难辨难分。多年前得赏那份梨花月韵，至今还历历如在眼前。

那是一个细雨初停、云开月现的春夜，梨花，月色，晃晃然在上空浮动，在身边游移。我放轻脚步，屏住气息，生怕惊动了梨园的清梦，生怕踏碎了一地琼瑶。

啊，梨花的睡态如此之美，我不由惊讶之至。团团紧抱的花簇，似开无言，似嗔无声，文静若处子。一轮朗月在花枝间徜徉，投在地下的清辉斑驳朦胧，让你分不出那是花影还是月影。痴迷的我简直想要俯首拾之、揣于怀中了。侧耳倾听，无声中有声，是山的呼吸，是水的轻吟，还是花的呓语？隐隐的，微微的，徐徐的，轻轻的，忽缓忽畅，如怨如诉，若抚琴，若弄箫，若吹笛，若鼓瑟；那韵致，那情律，可以心领神会，却难以笔记言传，只能感叹唏嘘与花容月貌对语了。真是花如人意好，月为此花来啊！

在梨园里游仙般穿行，那雅淡素洁、率真纯净的梨花拂面而过，那纯得透明的花香翩翩盈袖，浸润肌肤。于是，那花的精魂便深深藏进心怀里了，以致二十多年后的今天，还能触摸到梨花月色的袅袅余韵。

那年后的第二年，村里按照"公社的指令，学大寨毁树种粮"，几乎是一夜之间，几百亩梨园悉遭砍伐。以后的日子里，梨花的呻吟长留在我的潜意识里，很痛很痛。每逢春雨潇潇之夜，我会猛然惊醒，披衣坐起，听风雨中的凄婉之音。

"雨过无桃李，唯余雪覆墙。青天映妙质，白日照'淡'香。影动春微透，花寒韵更长。"我把宋人陈与义的诗易一字，改"繁"为"淡"，抄录于此，寄托我对逝去的故园梨花永难释怀的思念。

美丽的悲壮

"人生自古谁无死，留取丹心照汗青。"文天祥一首《过零丁洋》，把舍生取义提到如此辉煌壮美的高度，遂令后人每每吟诵而热血沸腾、胆壮心雄，陡增凛然豪气，视死如美丽的归结。由生到死，是所有人不可逾越的规律，但是面对死亡，智者勇者的飘然而去的超脱精神，在历史的煌煌册页上，却如电光石火，迸发出一串串奇美悲壮的彩焰。

幼时读荆轲刺秦王的故事，燕赵父老为壮士送行于易水边，那惊天地、泣鬼神的壮别场景，如铁画般镌烫于心田。特别是塾馆老先生泪光盈盈，一遍遍领吟"风萧萧兮易水寒，壮士一去兮不复还"，那种"一弹再三叹，慷慨有余哀"的悲愤，使得浅浅的感觉中意趣尚处朦胧中的我，着实地感动。后来读王粲的"荆轲为燕使，送者盈水滨。缟素易水上，涕泣不可挥"，再读骆宾王的"此地别燕丹，壮士发冲冠。昔时人已没，今日水犹寒"，才逐渐地明白了人之赴汤蹈火、赴死就义的行为，原本就包含着大智大勇和大美，才得以被后人推崇备至，成了一种激浊扬清的民族精魂。

一出冷艳凄绝的《霸王别姬》传唱历久不衰，赚取了多少人一掬同情之泪！提起那段楚汉相争的传奇故事，人们为之动容、为之感喟不已的偏偏不是"置酒沛官唱大风"的刘邦，而是"无颜见江东父老"刎颈乌江的项羽，这大抵是我们这个民族崇尚精神气节、崇尚英雄主义使然吧！"汉兵已略地，四方楚歌声。大王意气尽，贱妾何乐生。"以歌当哭的虞姬哪里还有丝毫的红颜脂粉气？分明是一尊完美的女性圣像。这种完成人生美韵的女性之死，虽然凄婉惨烈，虽然揪人心痛，但却更让人挥洒涕泪下，读懂了死有泰山鸿毛之别的要义。

我赞成郭沫若先生为曹操翻案，多是因了感情上的东西，并不完全着重于他的雄才大略和推动历史前进的功绩。且读他的脍炙人口的《短歌行》："对酒当歌，人生几何。譬如朝露，去日苦多"，"月明星稀，乌鹊南飞。绕树三匝，何枝可依"，"青青子衿，悠悠我心。但为君故，沉吟至今"……这些千古传诵的佳句，何等清峻，何等通脱，何等剔透！实在是大敞襟胸，毫无顾忌，以烂漫天真若赤子般的心，弹拨日月，纵横生死，呼喊出人所共有的却又渺小无奈的千古悲凉。以瀑布喷泉般的激越高歌人之对宇宙生死的泪痕和诗情，这便是大英雄的本色！

生死是人类不可逾越的过程，又是人类永恒的话题。因此，死所蕴含的极致美就格外动人魂魄，让人杰谈死便绝无了恐惧。

翻开卷帙浩繁的史籍，我们既可见许多壮怀激烈、慨而且慷的赴难，又可见许多随风而去、坦然安详的辞世，而且皆那么美丽得让人心颤。印度诗豪泰戈尔大概是独步夕阳、平和安谧地写出这样的诗句的吧："你是什么人，读者，百年后读着我的诗。"这高度诗化的心几乎打动得我们要与冥冥中的诗人弹泪对语了。芸芸我辈，虽不能尽解先哲前贤的肝胆冰心，但生死哀乐还是共感共识的。近日，看中央电视台重播百部革命历史题材影片，那《刑场上的婚礼》中的主人公周文雍、陈铁军，面对黑黝黝的冰冷枪口宣布他们爱的归宿。其悲壮、其凛然，令亲者大恸、仇者惊悚。这样的死实属奇绝而轰轰烈烈！由此，我想到一个平民百姓的死。我的父亲，一个普普通通的农民，在他病危弥留之际，自觉寿数已尽，却无哀无憾，平和地微笑着。而我怎么也抑制不住心底的悲怆，早已泪流满面。他递过毛巾示意要我拭去泪，然后轻轻抚摩着我俯下的背，幽幽地说："我该走了，你娘在那边等着我呢。"言罢眼睛一闭溘然而去。老人的死让我顿悟：尘寰沧桑，花开花落，生生灭灭，来来归归，乃是生命的必由之路。无论伟人如落日的西坠，凡夫如露珠的消隐，概莫能外。

"一死有何难，到处有青山。"每当我低吟这诗句的时候，幻觉里便有无数趄趄鬼雄列队而来。他们全神情坦然，无一痛苦状，粲然的微笑，美到了纯粹。本来，人无非是大千世界里独具灵性的一叶一花、只贝片羽，与天地的情缘亘古难消。去去来来一辈子，挥去伤感留豪气，则是这种矢志不渝的感情延续。

"江声不尽英雄泪，天地无私草木秋。"

故黄河依旧穿城而过在我们脚下悠悠远去，不舍昼夜，涛声如歌，既古老又新鲜，为我们演绎着美丽悲壮的故事。

把心掏给朋友

"逢人只说三分话，未可全抛一片心。"不知这近乎格言式的古训起自哪朝哪代，反正我年轻的时候挺讨厌这句话，横竖觉得它刺眼扎心。常常扪着心口想，人与人之间的交往还是应该敞开心扉、打开窗户说亮话的好。如果心与心间设道防线，如果嘀嘀咕咕互不信任，我们这个世界还有真情可言么？

几十年倏忽而过，如今再拾起那句老话细嚼慢品，却别有一番滋味在心头了。

人心所以设置防线，归根结底是为了保护自己。那句格言式的古话大抵便是人们被欺骗、被愚弄，甚至被出卖之后而得出的经验教训。心灵上挨过一刀安能忘了疼痛！

好几年前听歌星姜育恒唱《我是个很容易掏心的人》，那开头的几句："有一种爱／一点点就能打动你的心／有一种酒／一点点就能醉你到天明……"听着听着，眼眶就湿润了。特别是后来，他反反复复地唱："我是个很容易掏心的人……"眼泪就禁不住流了出来，惹得老伴一旁嘲笑，说："没价钱，还是那改不了的老毛病！这辈子磕磕碰碰的，你把心掏给了人家，你把肝扒给了人家，那张嘴没遮没拦，不就是毁在这上头的？"

老伴的这番揭短话，一下子触到了我的痛处，由不得反刍过去的几段经历来。

整风"反右"那年，我和挚友们过中秋节泛舟水上赏月，自以为座上皆为肝胆相照者，便信口雌黄，说了些年轻气盛的话，不想就被告了密，成了"右派"散布的恶毒言论。究竟是哪位老兄所为，至今仍是个猜不出的谜。

更有甚者，上世纪五十年代末我被发配到一所乡村小学任教，平日里和要好的同事免不了要议论议论周围的世态人情，万没料到偏有这么一位"有心"之人，按月按日按地点把我们的饭后茶余的闲聊诸句记录下来，等运动一来和盘托出，一番上纲上线的批判，直让你叫苦不迭。

一次次上当，一次次遭祸，再以后就变得"乖巧"多了，似乎觉得"言多必失"有了一定道理。然而心中有话又岂能不说？那就跟知己者说，跟信得过的说，绝不能把透明的心变成藏垢纳污的垃圾箱。人若为缄口而违心是最难受的呀！至于话不投机半句多，为鸡毛蒜皮出现人际摩擦，那似可隐忍而造成心里快快的诸事，皆可以闭嘴不言。如果碰上无赖般横行的、小丑般钻营的、奸商般投机的、卖艺般贫舌的等可笑可憎的面孔，那就干脆不屑一顾，拂袖而去可也。

话是这么痛快地说，可人心大都是其软如水的。年复一年，我的心中始终贮藏着一个亮丽的人生观念：把心掏给朋友！人与人之间要多一点热情，少一点冷漠；多一点真诚，少一点虚伪；多一点坦率，少一点隐晦。在我们这个万象纷纭的社会里，大家一起生活、工作、奔走、劳碌，最需要相互的信任、体谅、理解，最需要心与心的碰撞、情与情的交流。特别当人失意的时候、落魄的时候、遭灾遇难的时候，面前突然有一扇敞开着的、微笑着的心灵的窗口，你还能心灰意懒、一蹶不振吗？

掏出你的心，掏出我的心，让我们都把心捧在手掌上，托着一个真实的自己。为了表述这种意愿，呼唤人间真情，我曾经把自诌的一首小诗写在日记本上：万里无云的晴空，全交给艳阳朗照；霞光中的每颗露珠，都是一个柔媚的微笑……阳雀的翅驮着绿色的风，游鱼的尾击响欢乐的潮，江河托着白云样的帆，轻摇着它欸乃声声的歌谣。倘若我的每位同胞，也有这样闪光的情操，一如这大自然的敦厚美好，那该是多么值得骄傲……

写这样一篇短文的初衷全在于此。是的，我们都无法排除丑恶的存在，但是，我们共同的祈愿还是人人都有一颗纯净、无邪、善良、多情的心。

天地大美而不言

　　早年去云南曾游石林，驻足于大自然千姿百态的天趣、鬼斧神工的造化中，惊愕、激动之余，蓦然感悟到了无处不在的美，往往没被人们发现而失之交臂。比如那石林吧，历经千百万年风剥雨蚀，才有了奇形怪状、引人遐想的绝律妙韵，可在无意发现美的人的眼里，至多不过是乱石崩云的一处景观，决然感觉不到它的诗律之美的。

　　人之所以能发现美，就在于人的联想能力。没有联想就没有诗，没有音乐，没有绘画，没有艺术的感悟和创造。千人到石林就有千种不同的联想和发现，那联想又无不打上生活阅历、知识结构、经验积累等的烙印。戈壁沙滩成了辽阔的"瀚海"，茫茫草原成了无边的"绿毯"，流淌的小河成了会弹唱的"琴弦"，防护林成了系在农田脖子上的翡翠"飘带"……还有神女峰、迎客松、飞来石、珍珠泉等数不胜数的美轮美奂的名字，哪个不是联想的结果，哪个不是审美中的形象创造？人们发现了这些客观存在的自然美，认识和领悟了这些自然美，从而获得了美的感受。

　　相对于人世的瞬息万变，山川大地之美是恒久的。法国艺术巨匠罗丹说过"美无处不在"。人类生生不息地繁衍在这个充满美的世界里，如果视而不见，岂不像山林里的猿猴一样，虽长期生活在山林，却不会感受山林之美，这实在是人的悲哀。说到底，人有别于动物就在于人有思想、有感情，能分析和认识事物的本质；有追求、有企盼，在创造物质财富的同时，也营构美丽的精神世界。不过，这里也不排除另一种人生：尸位素餐，无所用心，只剩下动物性的生存本能，自然就无美丑可言了。

　　说到这里，我想起天津画院副院长白金。白金同志是当代著名诗人。三年前他来徐州转了一遭，古城的历史所积淀下的沉郁雄浑之美拨动着他心灵的琴弦，于是发而为诗，临别前留下了一组瑰丽的篇章。作为编辑，我曾被那些诗句深深打动，由衷佩服他的独特的观察力和表现力。我们多年身居这座古城，戏马台、燕子楼、放鹤亭不就在眼皮底下么？然而我们却司空见惯，习以为常，根本无心认识和发现这古城留给我们的历史长廊里一处处高雅的风景，去咀嚼蕴藏于平常事物中的千古不灭的神韵。身在宝山不识宝，我是很有些惭愧我的责任、懊丧我的木讷的。无论任何人，如果他对生活失去了新鲜的感觉，浑浑噩噩地过日子，必然也就失去了对美的渴望和求索。

　　前些日子，我们的一位同志去了陕北，在北国的浩荡漠风里，在苍凉的黄土高坡上，她发现和认识了"信天游"，她为它激动得流泪，她为它兴奋得无眠，甚至着迷到神魂颠倒，不能自已地写下了心旌摇曳的赞歌，誉它为"黄土地上流动的诗"。她的真情感染了我，让我冥思再三。生活对于我们每个人都是公平的，只有以满腔的热诚和真挚的爱心面对人生，我们才能发现美，从而在美的陶醉中升华出绚丽多彩的精神境界。

　　我还要重复罗丹那句话："美无处不在。"天地大美而不言，只在于我们去发现。

音乐的魅力

　　一连好几个晚上了，大抵都在十点钟之后，和我的居室相隔一箭之地的招待所里，便准时传来风靡一时的《化蝶》乐曲。那缠绵、婉转、幽怨、悱恻，那悲剧性的美丽，那伤感升华的极致，直到曲终夜深，还余音绕梁，令我辗转枕际，良久走不出凄清哀艳的氛围。

　　我猜想那个放盒带的人，一准是个羁旅千里之外的游子吧，在这夜深人静的时候，油然而生思亲之情，借助这曲子倾诉心声，平复一下胸中的离愁？或者是一位经过热恋后而又失恋的青年人，以此向昔日的情人一吐灵魂上的伤痛……

　　其实一切的猜想不过是个人的感受，音乐的魅力就在于它会使我们这个世界不再孤独。它所到之处拨开心与心之间的隔膜，让相知的灵魂在顷刻间的震颤里发出理解的共鸣。

　　"丝竹发歌响，假器扬清音。不知歌谣妙，声势出口心。"人，无论快乐或悲伤，常常要以歌的形式宣泄出来，狂欢时引吭高歌，悲愤时长歌当哭，或抚琴，或弄箫，或吹笛，或击筑，让久留心头的情愫得以释放。

　　在咱们徐州一带，老人辞世，出殡送葬，一片呜咽抑扬的唢呐声里，孝子哀妇，姑嫂妯娌，各哭各的调门，那真是一部诉说人生大不幸的合唱。细听细辨，声协宫商，感心动耳，荡气回肠。这种哭的艺术，我以为实际是从忧伤的歌曲中得到启发，而益发表现得淋漓尽致。有人说忧伤是歌曲的灵魂，便是这个道理。的确，忧伤的歌较之于热烈的歌更令人沉思回味，当歌者借助曲子的抑扬张弛从心中流淌出关于人生、关于命运的滴滴清泉般的感受时，谁能不因其所传递的情绪引发联想而默默感动呢？请看那位遭贬的江州司马，浔阳江头闻琵琶，嘈嘈切切一曲清韵令他青衫尽湿，不是也发出"同是天涯沦落人，相逢何必曾相识"的感慨么？可见，无论凡夫俗子还是名人雅士，在音乐的魔力下，或柔情似水，或激越纵形，莫不如是。

音乐的至高至尊就在这里，它与文学、绘画不同，文学需要时间和心情去理解，绘画需要感官和神思去接受，而音乐不需要中介，它只是在心灵的空间里，无论你有无情绪，它都缭绕在你的周围，慢慢地接近你，静静地浸润你，在不知不觉间叩开你的灵魂之门。生的第一声啼哭，死的最后一声叹息，皆是人类以歌的形式表达对生的渴望和对死的怅惘，是与生俱来的对音乐的拥抱和崇尚。

我不止一次看过译制片《音乐之声》，每次我都被它所铺排出的博大深沉的爱的主题感动得泪流满面。是音乐修补了一个残缺的家庭，使得那个不无缺憾的家庭变得完美，变得温情脉脉，变得充满昂扬的活力。女主人公天使一般的外美内秀的形象，光彩照人的优雅圣洁，如一首亮丽的歌曲汩汩流淌。只要不是石木之人，岂能不被那"音乐之声"陶醉而激赏人间的美好？由此我想，我们的世界如果没有音乐，如果没有动人魂魄的感情沟通，那该是怎样的冷酷、怎样的可怕啊！

今夜，月满古城的上空，耳闻窗外飒飒秋风，一曲遗恨亘古的《化蝶》，又一次深深将我打动。"莫因长者避风流，自是名人好音乐。"我虽然不是名人，但是音乐对于我却是难消难解的一份情缘。

酒　趣

早几年，逢上酒场，老伴总要唠叨几句："少喝，别拼，出丑丢份儿犯不着。"然而一次次良言相劝对我都成了"东风马耳"，三杯下肚便忘乎所以，十有九回折腾得盔歪甲斜而归。

那阵子也真有点不可救药了，一入酒场，硬是经不住三说两劝，所谓"猴子不上树，多敲几遍锣"，加上咱们徐州老乡酒场上有的是词儿，明知是个当你还得乐呵呵地去上。你说正犯着胃病，他说你胃缺酒；你说感冒没好，他说专治鼻子不透气……反正这酒你非喝不可。况且我是诌过几句歪诗的，小辫子抓在人家手里，"李白斗酒诗百篇"嘛，哪有作诗不喝酒的？没说的，喝酒喝酒！

咱徐州人就这么个脾气，待人诚，客人若脸上不带酒意，那是主人天大的失职。在乡下，男女新婚，娘家人紧跟着接送闺女叫"跑三天"，公婆这边作陪的一是要头面人，二是酒量大的，那"好看"就来了。一桌待客酒要从正午喝到拢黑，不把娘家人灌个黄汤浑水、昏天黑地那是不会罢休的。醉酒后的失态，我曾做过不止一次的"上乘表演"。乡里乡亲，前后庄叫表叔、表老爷的特多，"表叔表叔，见面就捋"，聚到一起哪还有正行儿。不喝？对不起，那就揪耳朵，捏鼻子灌！你只能骂骂咧咧，反抗一阵子然后就范讨饶。醉是少不了的，可也醉得心甘情愿。

徐州人喝酒讲痛快，讲热闹，不掖不藏，崇尚豪饮，钦佩海量。随你点哪个村寨，都会有它自己独特的酒传说、酒故事。某某四十五里无敌手，某某打个嗝儿醉倒狗，传得离奇，听得神乎。西北乡郑黄集一带就流传着家喻户晓的"八大酒缸"的故事，极言八位好汉酒量之大，让人顿生敬畏。照实说，徐州汉子也大都有四两半斤的量，若不会喝酒那是要被讥为"女气"的。其实徐州女性不让须眉者也大有人在。我在沛县敬安教书就见识过一位银匠铺老太。我居室隔壁是一爿小酒店，那老太每日饭前必来，习惯地扯起粗布围裙搓揩沾着面屑的手，还没张嘴，营业员早就心领神会，赶忙端上盛着二两酒的黑釉粗砂小酒碗来。只见她一仰脖进肚，然后抹抹唇角，从不用下酒菜。那一刹间的悠然况味真叫人羡煞。至于近几年所接触的女同胞中，酒量绝对在我之上者更不乏其人。看来酒并不是男性公民的专利品。

诗人艾青说酒是液体的火，这比喻实在精当绝妙。酒以它的火爆、炽热、刚烈、神奇，不知诱惑了多少人，征服了多少人。这液体的火让你燃烧，让你升华，让你忘记一切身外之物。一旦进入酒酣耳热的境界，渺小者会变得伟大，卑微者会变得崇高。所谓"酒后吐真言"，大抵皆是因酒的威力使人返璞归真，或喜或忧赤裸裸一丝不挂。所以苦也找它浇愁，乐也寻它助欢，你道这酒的魅力奇也不奇！"何以解忧，唯有杜康""兰陵美酒郁金香""醉里挑灯看剑"……中华民族的酒文化在世界上可谓独树一帜。

扯远了，还是回到本题上。我之所以和酒感情甚笃，是早在孩提时结下的缘分。那时我家二爷爷光棍汉子一条，他从青年到中年，卖壮丁、打短工、收破烂、当脚夫，弄来俩钱全都填入酒囊里。每次我给他买酒回来，他总呲牙笑着要我先抿上一口，开初我哪受用得了，日子久了就呷出了滋味。老少爷们儿责怪他不过日子，他不恼，反倒乐呵呵地说："今朝有酒今朝醉，不管明日刀割头。"醉成烂泥了，流着鼻涕哭，挂着眼泪笑，沿街踉跄骂皇帝老子。直到贫病交加死去，怀里还揣着酒。我长大以后才明白，二爷爷需要酒精麻醉，他心里苦哇！

如今，我也眼看到了二爷爷那个年龄，虽说人生不如意事常八九，可毕竟是两个时代了，亲朋相聚，挚友对酌，也有过量的时候，但绝无骂街嚼人舌根的劣迹。"醉翁之意不在酒"，在乎友谊加深也。近些年，生活上了些水平，老伴反倒怂恿我每天喝上三两盅。说是少量饮酒可以活血提神，壮筋健魄，调理胃口，增进食欲。她当过几年赤脚医生，粗通医道，我信。这不，一向清瘦的我肚皮渐次厚起来，就是明证。

　　酒，还是要喝一点的。为人生之多彩，为友情之珍贵，我想谁都会赞成我的提议：干杯!

金 色 的 歌

我曾到过浩渺无涯的东海，俯身在黑黝黝的礁石上，听那奔涌的海水，唱着蓝色的歌。

我曾攀临气势磅礴的泰山，徜徉于莽苍苍的岱顶，听那一壑松涛，唱着绿色的歌。

潮汐訇然，天街奇幻，都开拓了我的遐想，脑海里印下了音乐和绘画交融的美。然而，最使我动情、使我依依眷恋的，却是辽阔的淮海平原上金色的麦浪……

农历五月和公历六月相挨的日子，淮海平原在热风骄阳下，便开始做着成熟的梦。热风吹过，麦穗儿由青转黄，仿佛有一位神奇的画师，以如橡之笔一夜间抹出一个金灿灿的大地！登上故黄河大堤，那连天接地的麦浪朝脚下迭次扑来。好一个金色的海洋啊！而那些绿树掩映的村落，又酷似在麦海上扯起绿色篷帆的船。

在地头，在渠堤，瞧那些白胡子老农，悠悠地吐着烟圈，额上的皱纹舒展开来，早被这麦海陶醉了。淮海平原上的千万人家，哪一家不在品尝着丰收的甜蜜！

丰收在即，镰声霍霍，我走出村口，极目远望，那浮光耀金的麦浪，像无数条摇头摆尾、抖擞鳞甲的游龙，向着遥远的天边逶迤奔去。那蕴含着农家希冀的浑厚的长吟，久久地在我心中萦绕……

麦浪，你用广阔的音域，为古老的淮海大地唱着复苏的歌，为勤劳质朴的徐州人民唱着喜庆的歌。啊，麦浪滚滚，一浪一浪唱着金色的歌！

读　歌

　　由于五音不全，我从来不敢在大庭广众前唱歌的。也有受某种环境氛围感染由不得哼上几句的时候，结果荒腔跑调，连自己也觉得好笑。因此，尽管这些年流行歌曲排行榜上几乎每天都在换人，于我都是极隔膜的事。

　　偶然的一次机会，听某歌星演唱由谷建芬作曲的《遥远的小山村》，不料就被迷上了。回来后忙不迭地搜索记忆，笔录下一句句清纯动人的歌词，四下里打听有没有这方面的盒带。那一阵子，脑海里老是悠悠流淌着一条小河，粼粼波光，芊芊岸草，柔柔的风，细细的雨……星光下傍水静卧的小村，灶火前白发如银的母亲……于是，耳边便传来高一声、低一声呼唤我乳名的声音。

　　那以后的时日里，我的心由于过分地投入而不能自拔，常常鼻尖酸酸的，眼眶湿湿的，常常思念已经逝去多年的母亲。为此我写下这些诗句："那一抹白云是她的身影／那一阵微风是她的行踪／我循着儿时的足印辨认，依稀看到年轻妈妈的面容／悒郁的神情端庄沉静／把度日的忧患紧抿嘴中／剜一篮苦涩难咽的野菜／撒一路如怨如诉的歌声／渺茫的希冀苍白而疲惫／从一个幻梦走进一个幻梦／幽暗曲折的荆丛小路哟／那么长，竟消磨了她一生／在没有星光的夜她去了／留给我的是含泪的黎明／倘若她能走到今天的太阳下／想那笑，才真正是她的永恒。"

　　歌有千支万支，只有唱给母亲的歌才让普通人感受到难忘的真情。我开始注意流行歌曲了。特别是有关母亲的歌，每一个音符，每一个音节，都激扬着无与伦比的爱，荡起你童年时期幸福的小船，在母爱的长河里，欸乃于青青荇藻间，如倦倦地依偎在母亲的臂弯里。此时，你便被笼罩在圣洁的光环下，通体透明如初生婴儿般单纯，而真真地陶醉于一片亲情的世界！

歌唱母亲的歌的魅力是无法抗拒的。在收音机或电视屏幕前，我喜欢眯起眼睛，把自己沉浸在一种物我两忘的境界，去虔诚地欣赏歌星们的优雅音韵。我不是在听歌，而是用整个心灵在读歌，读那种在物欲横流喧嚣尘世中难觅的一片挚诚，将各种诱惑、难忍的欲火一一抛舍，让蛰伏的真情从平庸而惯性的生活中萌发，生长出葱葱的绿荫。歌唱母亲的歌，谁能不为那至真至善至美的情愫所打动呢？谁能不面对母亲而重新审视自己的灵魂？谁能在母亲的注视下弄虚作假竟不脸红心悸？我想，人，只有经历春秋演绎、饱饮沧桑、铅华洗尽、繁花谢落，诸事过后，才会出现这种至高至淳的心境。

前不久，我应邀参加江苏维维集团、维维康泰尔食品有限公司成立庆典，有幸领略影视明星宋佳小姐的演唱风采，一曲《烛光里的妈妈》，又一次将我带入庄严壮美的感觉之中。我和着牵心扯肠的音乐语言，反复低吟着：妈妈／我想对你说／话到嘴边又咽下／妈妈／我想对你笑／眼里却点点泪花／妈妈／烛光里的妈妈……／你的腰身倦得不再挺拔／你的眼睛为何失去光华……不知不觉，我的两颊已经挂起两行热泪。

我在想，人性之所以永远熠熠生辉，美好之所以不致陷入泥淖而沦丧，多半是因为伟大的母爱在不断滋润着人类的灵魂吧！

友情与书信

从外地到家乡，从家乡到城里，其间数度搬家，每次搬家少不了处理旧物。坛坛罐罐、破衣烂履等一些留之无用弃之可惜的东西，或是送给亲邻，或是送往废品收购站，然后轻装转移，去营造新的生活环境。

在处理旧物上我和老伴各持己见。她似乎什么东西都舍不得扔掉，挑来拣去只有一堆烂纸不使她心疼。而我恰恰相反，什么东西都可弃之如敝屣，唯独对那些成捆成摞的"人老珠黄"般的废纸堆感兴趣，审度再三，不忍"拜拜"。尤其是那些书信更难割舍，朋友的喜怒哀乐就在那上面，一封书信就仿佛一张面孔，读信思人，拨开尘封的岁月，一切都变得陈旧，单单那友情新鲜如初。

世事多变，风雨常有，再亲密的朋友也免不了朝聚夕散。聚时是一段情，是一支歌，是一朵开心的笑容；散后，朋友便是你绵绵无尽的回忆，便是你温馨曼妙的想象，因而也就有了书信的往来，也就有了书信编织的故事。这书信，实在是如人生中的一道风景，嚼之五味俱全，酸甜苦辣，尽在其中。我怎么能绝情抛开它们呢？

保存最长的一封信是诗友孙友田的。上世纪五十年代初，我在徐州读书，他远在淮南求学，我们同时学诗，不时有习作在报刊上会面。他读到我发在《中学生》上的《农村小唱》，很有些激动地来信说："你的诗是用家乡麦秆里的青水写出来的，读得我流泪，读得我想家……愿我们在文学的道路上结伴同行，成为亲密朋友。"友田特重友情，四十余年来我们虽天各一方，很少有晤面的机会，心却始终紧挨在一起。无论沧桑多变，潮起潮落，友情通过书信一如既往伴我们风雨兼程。我是从书信里感知了友田豁朗的心胸、幽默的情趣，以及性格中闪烁着的乐观色彩，同时也看到了往日蓬勃向上的自己。

画家程大利是我的至交，因而书信频繁。他的旷达、高远的艺术之心，若清风、若明月吹拂我曾经蒙尘的情绪，洗去我的心灰意懒。在我面临心理障碍难以摆脱的时候，他的信适时而至。他恳切地要我"遇事通脱不羁，要有勇气调整好自己的人生坐标"，并推荐我读一读美国人韦恩·W.戴尔写的《你的误区》，令我从失落中醒悟，重新张起风帆，继续艰难的航程。有人说，老友是酒，不是茶。茶隔夜就要倒掉，酒则随日月推移越来越浓。我与大利的友谊堪称如是。读他的信，多少肝胆相照的交往旧事便历历在目。他的刻苦自励，学有所成，他的弥坚志气，不以物喜、不以己悲的襟胸，于我是最好的警策，激我奋进，催我自新，让我站直前行。

还有一封书信更绝：我的一位少年结交之友，多年杳无音讯，忽一日书至，言说在太行山下某市工作，且当了副市长，一切均好。那信劈头一句是："我可找到你了，我的四十年前的兄弟！我的梦牵魂绕的亲人！你的一切可好吗？"那情那意大有"梦里寻他千百度，蓦然回首，那人却在灯火阑珊处"之慨。我读着读着，眼泪都要流下来了。人世间什么东西都可以抛却，唯独一个"情"字没完没了啊。

重读一封封纸质早已发黄变脆的书信，我由不得想：一个人除了衣食住行和社会交往外，还得在精神领域里开拓一个超俗的环境。在这个环境里，人与人之间没有虚伪狡诈，没有私利交易，即使有那么点恩恩怨怨，也是凄楚美丽的一幕。书信，最能传递这种心灵的信息。我有好多的笃友，将不能与人言的话写在给我的信中，始终把我当作可以倾诉衷肠的朋友。这就是我珍惜书信的缘由。

岁月流逝，唯旧物是它的见证，仿佛熟人，和它们相处惯了，便有了缘分。人往往缺乏自信，需要有些贴身左右的东西来证明自己的存在。老伴不弃旧物，我之保存书信，其情其理，盖出于此吧。

我那两架子书

同朋友神吹，我总要把我的两架子书戏称为五彩缤纷的世界。不信? 你只管瞧：古今中外的名人齐刷刷排成六路纵队在这里摩肩接踵，只要心有灵犀，你定会感到他们活脱脱的存在。孔仲尼、司马迁、李白、苏轼、施耐庵、曹雪芹、鲁迅、茅盾越过历史的坎坎坷坷，来这里相聚；莎士比亚、拉伯雷、巴尔扎克、托尔斯泰、大仲马父子、白朗宁夫妇、海明威、泰戈尔漂洋过海来这里落脚。这些大师巨匠们向我讲述古老的纯朴、现代的复杂，为我揭示生命的奥秘，引我游弋智慧的海洋。蒲松龄谈鬼说怪，让我神迷；纪晓岚妙语连珠，令我捧腹；欧·亨利的幽默、阿莱汉姆的机敏、屠格涅夫的优雅、高尔基的庄重，洗涤我的灵魂；刘勰说文，班固论史，丹纳言哲，歌德谈艺，丰富我的思索。每天饭后茶余休闲，我都要习惯地站在他们面前，像一个毕恭毕敬的小学生，聆听他们的教诲，接受他们的馈赠。

从乡下搬到城里，这两架子书颇费了我一番心思。50平方米的居室，大男大女七口之家，让我如何安置身外之物? 于是横步竖量，左测右算，充分利用方寸空间，精心安排零碎角落，总算把几百册书拥拥挤挤罗列成阵。为此，老伴没少唠叨，她所惨淡经营的坛坛罐罐、箱笼衣柜等旧物，只得忍痛割爱悉数扔在老家里了。如此这般，我和爱书成癖的大女儿圈起一角阳台，一桌一椅，天天鸡鸣晨起，共享读书之乐。

为了这两架子书，害得老伴随我艰难挣扎了大半辈子，害得孩子们粗衣淡食苦熬日月。我每次或出差远游，或外地赴会回来，鼓鼓的行囊里不是带回的锦衣美食，而是一册册散发着墨香的名人著作。这种时候，失望的孩子们老远地站在一旁努起小嘴巴很让我愧怍；老伴微怨微艾的轻声叹息，更添了我几分内疚。谁叫我这样不顾一切钟情于书的呢？想一想，真真的不该。要知道，我那点微薄的工资，抠得出几千元书款实属不易！我欠他们的感情债太多太多。

我的每一本书，都和我的生活阅历密切相关，都有一个或苦或乐的故事。那部《唐诗别裁集》，是1958年春一位朋友赠的。那位朋友被错划成"右派"后万念俱灰，一日凄然地找我，手捧着那三册线装版本的书，说："兄弟，此物于我已无用，给你留个纪念吧！"谁料这一次赠书竟是最后的诀别。他因积郁而成疾，不久便辞世而去，把珍贵的友情长留我的梦中。那四本《基督山伯爵》，是我1979年去参加省文代会路经徐州购买的。那时外国文学译著刚刚解禁，听说徐州新华书店正售此书，便赶早去抢购，不想所带去宁的盘缠被扒窃一空，只得垂头丧气地到地区文化局找振华君打个弯儿才算成行。后来谈及此事，文友戏言我花了高出25倍的价钱买得大仲马的代表作，能不贵重？还有厚厚一摞《莎士比亚全集》，那是领到《诗刊》寄来的稿酬买的，不多不少25元花个精光，连五分钱的公交车费也掏不出，只好安步当车赶回单位。如此等等，给家人留下不少谈资笑料，老伴就常揶揄我属于"钻头不顾腚"的角儿。

我爱书，好读书，可就是没能精明起来。我怀疑我有点像吴敬梓老先生笔下嘲讽的那位马二先生，"好读书，不求甚解"。也许我至今也没能正确地认识自己。除却诌几句歪诗，生活的本领一无所长，混得家徒四壁，仅剩两架子书了，还以为有了一笔财富，这到底是悲哀，还是幸运呢？

不过，我无怨无悔，生活中不能无书，特别是我这人，若不是书的启迪，不知会愚到什么程度呢！是书不断改变着我的生活方式，是书不断向我传递着世界文明的信息。我认定了生有涯，学无涯，几近迂腐地去攀书山之路。我那两架子书作为我追求知识的向导，展现给我的是一个五彩缤纷的世界，这世界每天都是一页全新的内容。

我的"半步斋"

　　因为喜欢读书，因为常耍耍笔杆，多少年来我就设想着能有一个小书房，能有一片属于自己的小天地。哪怕它只有巴掌大的地方，放得下盈尺小桌，一把木椅，一架书橱，在那里没有家事纷扰，没有孩子吵闹，潜心读书，凝神走笔，而不再顾忌影响疲惫不堪、亟须休息的妻。

　　这样一个小小的奢想却一直未能实现。壮岁的时候一家七口挤在两间老房子里，吃饭、睡觉、待客、会友，乃至生活上的一切琐屑事情，都要在这块擦肩碰脸的天地里进行。而我又没有闹中取静的本领，一到兴致来了想写点什么，便容不得一点声响的干扰，即使有人影晃动，思绪也会戛然而断，再也无法理顺下去。逢到这种情况，我就变得脾气极坏，面色像个黑脸判官。

　　妻当然是最了解体谅我的。遇到这光景，她总是不动声色地把孩子们哄到外边去玩，自己则端着针线筐放哨似的倚门做起活儿。玩腻了的孩子，想喝口水或者吃口零食，探头探脑见我仍伏案写呀画的，便小声叽喳着无可奈何退出去。这是白天。晚上一吃过饭，妻就早早打发孩子上床睡觉，让我有一片安静。妻呢，不说家长里短，好像睡熟了，却久久不闻我听惯了的匀和鼾声。我小心谨慎，尽量不弄出一丝声响，然而心头总隐隐作痛。我这是怎么了？我这不是太自私了么？每天总是带有强制性地把妻儿老小赶到床上算什么事呐！于是就长长叹口气，惹得妻莫名其妙，还以为我有了多大心事。多少年来，我便是在这种循环往复的亢奋与丧气中送走春夏秋冬的。

后来搬了家，在城里终于有了一套单元房。五层高是高了点，但毕竟比没有住房的同事要幸运得多。高兴之余便想为自己设计个小书房，竟然忘记了儿女们已长大成人。儿子占有了一间卧室，女儿占有了一间闺房，我们老两口被挤到活动间里，对于我几乎什么也没改变。不过，我很快发现东阳台的一片天地不是可以利用起来吗？热心的大女儿便帮我出主意做了一番设计布置，居然就满足了我的心愿，且动了感情为其取名曰"半步斋"。小是小了点，但我毕竟可以在这"半步斋"里秉烛夜游、天马行空、神思飞扬做我的文章了。

每天的夜晚，我坐禅般地在我的"半步斋"里爬格子，居然其乐融融。我习惯进而喜欢上了这样的氛围：空间狭小，四周暗淡，仅有桌面上映着一片乳白的台灯光。夏天暑热蒸腾，雷雨过后遍室水渍，冬天飞雪破窗，寒气砭骨，我都不在乎。小女儿怜我说："爸，等我有了钱先给你造一所别墅，让你写个够！"

女儿的许诺也许只能是个梦，可有梦比没梦好。真的哪一天梦想成真，说不定我还要留恋曾经伴我寒来暑往的"半步斋"呢！

有 书 伴 我

　　当我还是个学生的时候，便和这样一些书结下情缘：《钢铁是怎样炼成的》《卓娅与舒拉的故事》《青年近卫军》《牛虻》……这些书对我世界观的形成起着相当重要的作用。"人的一生应该怎样度过……不因碌碌无为而羞耻……"保尔·柯察金的话成了我的座右铭，我崇拜奥斯特洛夫斯基、崇拜苏联卫国战争期间的英雄到了五体投地的程度。以后，又迷上《青春之歌》《红岩》，林道静、江竹筠又成了我新的偶像。我吃着饭看，走着路看，几乎把所有的时间泡在那些书里。在煤油灯下读《欧阳海之歌》，棉帽被灯焰燎了个窟窿竟不知道。那份真诚，那份投入，说给现在的年轻人听，恐怕只会怀疑我是个头脑不正常的人。"即使有一天，这个世界上没有了我，我也仍然衷心地相信，共产主义的理想必然胜利，一定会有更多更觉醒的人为它战斗。"像这样具有强烈思想色彩的警句，我不但能熟背成诵，而且每重温一次，都会眼含泪水。

　　然而，太纯容易轻信，太忠容易盲从。曾几何时，仅仅一夜的工夫，那些我所钟爱的书都成了"封资修"毒草。面对这种乾坤逆转，是非混淆，我惶惑，我愕然。眼见一堆堆大火焚烧着"封资修黑货"，我的心也如烧灼般的痛苦。"文革"初期，我正巧在一个县图书馆里帮忙，趁机偷偷地把《安娜·卡列尼娜》《红与黑》《唐璜》等好多部世界文学名著捣腾到乡下亲戚家里。我当了一次名副其实的"窃贼"。接着，我和卷进那股狂澜里的红卫兵们一样，白天正儿八经、装模作样地去批《燕山夜话》《海瑞罢官》，夜晚于被窝里偷读莎士比亚的《奥赛罗》、米切尔的《飘》。

十年，整整十年，我与书若即若离，始终无法恩断情绝。这人生的一段折射，酸甜苦辣味儿，没有经历过的人是无法道出的。在我被痛苦折磨的日子里，茫然而无所适从时，被生活重负压得透不过气的关口上，书一次次教我如何调整自己，教我永不放弃追求的初衷，教我挺起腰照直往前走。"山重水复疑无路，柳暗花明又一村。"书，给了我生之勇气，陪伴我直到今天。我知道余路依然不会平坦，但有书伴我继续前行。我不再盲目地追随什么崇拜什么，读书贵在有自己的独立见解。什么流行的观点，时髦的理论，权威的说教，一己的偏见，通通都排斥在书与我的两颗心的门外。随着自己的感觉读一本书，与书中的人物、事件做感情上的交流。交流是永恒的。追求永恒的东西才能给人以智慧和慰藉，所谓开卷有益指的就是这点吧。

如今我的书架上仍然摆放着一本《牛虻》，尽管它已书脊开裂、破损得不成样子，可我分外珍爱，几次清理旧书不舍得弃置。孩子们不喜欢它，还讨厌它大煞风景。他们读琼瑶、读三毛、读张爱玲，对过去的书不屑一顾。我不主张全盘否定。就说《欧阳海之歌》吧，它是那一个时代的产物，那一个时代的折光。哪一个时代都有它的主旋律，都有它的鼓与呼。

激励人前进的是不断的追求，人的脉管里奔腾着的始终是一股热血！是书这样告诉我的。

九里山前遐想

东西枢纽，南北要冲，五省通衢，九州之列，徐州所处的位置使之成了历代兵家必争之地。"九里山前摆战场，十面埋伏困霸王。"这民谣吟唱的便是公元前202年那场惊心动魄的楚汉决战。一场龙争虎斗画上了句号：涉嫌泼皮无赖的刘邦，唱起"威加海内兮归故乡"，荣登九五之尊，面南称孤；"力拔山兮气盖世"的霸王项羽却兵败垓下，刎颈乌江，给历史写下冷峻奇绝、令人扼腕长叹的一笔。

九里山因此有了名气，并且演绎出许多轰轰烈烈的剑与火的故事来。时光流逝已经两千多年了，那场生死拼杀，其悲壮惨烈尚訇然于耳、炫然于目。至今山风里似乎还裹挟着鹤唳风声、刀吟剑啸；山坡上的每一块石头仿佛都喷焰迸火，凝固着一种欲说不能的思索，蕴藏着一股浩然之气。

我不是历史学家，也不想以学究眼光去看那场战争，去分析孰是孰非，去评论英雄成败，况且那么久远的历史，也不是简单几句话就能够说出黑白曲直的。我只想说那场彪炳史册的楚汉相争给后人留下的英雄气概，给古城徐州涂上的豪迈色彩。

一出冷艳凄婉的《霸王别姬》传唱不衰，赚取了多少人一掬同情之泪！

说来也奇，提到刘项交兵，提到那段故事，人们为之动容、为之感叹不已的竟不是那位"置酒沛宫唱大风"的胜利者，偏偏是功亏一篑"无颜见江东父老"的失败者。这大抵是因为我们这个民族有史记载以来便崇尚精神、崇尚骨气、崇尚英雄主义使然吧！人们津津乐道于"鸿门宴"，正是对"力拔山兮气盖世"的英雄本色的怀恋。这英雄本色的魅力在人心中是永恒而美丽的。

"生当作人杰,死亦为鬼雄。至今思项羽,不肯过江东。"擅写清词幽句、素以婉约见长的宋代女词人李清照,何以构思出如此壮怀激烈、沉雄伟岸的诗句来,恐怕也是缘于对那种英雄主义的推崇!

面对九里山下这段令人热血沸腾的历史,七尺须眉该当惕励自强,不虚此生!

永远的老师

过往纷纭，世事芜杂，人的一生都会留下许多可资回味的记忆。那些濡润着温馨的情感，总会在你的心田里占有一个小小的角落。

我这人健忘，如果没有轰轰烈烈的体验，如果仅属于心灵边缘上的、没能引起大波大折的往事，即使韵致和余绪十足，我也记不得它的大体轮廓来。唯独有一件小事——那是属于一种淡淡的、无足轻重的、旁观者永远也不会在意的小事，却让我终生难忘，甚至耿耿于怀。

那是初小四年级的一堂美术课。临时给我们代课的蔡老师把画有一艘轮船的小黑板挂于讲台正中，做了简单的交代便让我们临摹。这时突然有一位同学举手提问，说是那轮船为什么有两个烟筒？蔡老师只瞅了瞅那同学，未作解释。我似乎觉得场面有些尴尬，便脱口而出为老师辩解道："蔡老师比我们见识多，大轮船一准就是两个烟筒。"不想这话就伤了老师的心。蔡老师脸一下子阴沉起来，以冷峻的目光扫着我，说："我是替程桂森老师代课的，我不懂美术，更不会画……"我忐忑不安地低下头，再也不敢看他。我是替老师说话的呀，我的意思却被老师曲解了。据说蔡老师回到办公室里还气得不行。我很难过，不敢和他照面，多次想找他表示我的歉疚，可我没有这个勇气。蔡老师，如果您还健在，如果您读到这篇小文，您能原谅和理解您的说话唐突的学生吗？

我敬重老师的心几近于虔诚，什么事情都成了过眼烟云，唯有教我知识、给我启蒙的老师没齿不敢忘怀。我能把从初小一年级到师范毕业十几年间，哪怕仅仅授我一节课的老师，如梁山英雄排座次那样一个个历数出来。在我的灵魂感光板上留下最鲜明、最生动的图像的，也大都是老师们的音容笑貌。

"古之学者必有师。师者，所以传道授业解惑也。"诚哉斯言！大抵是受了"师徒父子"礼教的濡染，对于韩昌黎的《师说》我是始终奉为经典的。因此，我的敬师尊师思想也就根深蒂固，若逢有谤毁老师的言辞，我往往形同自己受辱一样地激愤。

我今天之喜欢舞文弄墨，时不时有小文见诸报端刊尾，渐渐有了点小名气，也正是得益于启蒙老师的厚爱。高小毕业前夕，教我们语文的崔廷锦老师在我的一篇作文后边批曰："取材典型，文采堪佳。假如你想做个作家，写出上乘之作，今后就当勤于读书，苦于练笔……"这段批语使初涉人世的我有了一个多彩的梦。我第一次从他的书箧里认识了郭沫若的《女神》，茅盾的《子夜》，郁达夫的《薄奠》。此后，我遵循老师的教诲，勤学苦练，于中学时代出版了一本薄薄的诗集，得意但没忘形，我把样书第一个邮寄给我的老师。我知道我的那本习作分量虽轻，但离开老师的启迪，也还是写不出来的。

徐州师范四年学业生涯里，我在美术上表现出某种灵气，静物、素描、写生作业，在老师眼里都有上佳表现。王明泉、方正老师不止一次鼓励我走绘画艺术之路，我清楚地记得每一次谈话时他们那眼神，那语气，爱生之情溢于言表。如今他们已先后作古，倘真有在天之灵的话，我相信他们依然要为我抛弃艺术追求，误入文学"歧路"而叹惋。老师啊，如今我早过了天命之年，一事无成，只有隐忍清泪作遥远的怀念了。

像这样益我以德、育我以智的老师，我能说出很多很多，他们都给我留下了一篇篇高尚纯洁的故事。只是，不争气的我没能按照他们的教诲出息得像模像样。前年去母校见到班主任滕绍银老师，他的亲切和热烈，让我又一次感受到老师的慈心和对晚生们的殷殷爱意。

"道之所存，师之所存也。"值此教师节来临之际，我向所有的老师们致以崇高的敬意，并带去我的祝福。教我者永远是我的老师！唯其永远，愈加怀念。

衣食寻常事

"人是衣裳马是鞍。"配上一身花色、款式、用料得体的服装，人的确显得精神。过去游子还乡，讲究"衣锦"，会客访友，要个"派头"，心态大都如此。

我这个人在衣着上一向正统，从年轻、壮岁，直到如今半大老头儿，几十年间几乎是用大青小蓝的中山装包裹过来的。积久习而成为偏执，认定穿戴要遵循不花哨、不特殊、不时髦的"三不主义"。对于街上变幻莫测的流行色，反感到近乎恶烦。若是见儿女们谁要穿一件新潮服装，那气就不打一处来。先是吹胡子瞪眼狠训一顿：打扮得像个"港客"，像个"假洋鬼子"，哪点好看？接着是苦口婆心劝说：穿衣服讲个自然大方，合乎时宜，过分突出，惹人侧目，羊群里跑进个骆驼，让一街两巷子瞧稀罕不成？再接着"现身说法"：你们瞧我，瞧你妈，也打青年过过，普普通通的装束不是挺好么？吃饭穿衣寻常事，人，不是衣裳架子，不能当衣服的奴隶，像百货大楼橱窗里的模特儿，那日子过得多别扭！

可儿女们对我这"微言大义"的说教不唯不听，反而讥我"老迂魔""不开化""几十年一贯制"，甚至用调侃的口吻回敬我："爸，你最好做一身大清国的长袍马褂，脑后再拖一根细长的'猪尾巴'，然后招摇过市，那才够老祖宗的呢！"结果奚落得我直翻白眼，只有叹气的份儿。真是"孺子不可教也"！

改革开放以来，街上流行服装汹涌而来，呼啸而过，什么喇叭筒、牛仔裤、蝙蝠衫、迷彩服，千奇百怪，异彩纷呈。你只管看，腰身越绷越小，臀部越箍越紧，尤其那些大姑娘、小媳妇们，超短超瘦，袒胸裸背，穿得直让你心惊肉跳。置身于眼花缭乱的时装海洋里，我这个老气横秋的样子真成了一具"木乃伊"了。

去年秋，在同事的怂恿下，我情愿不情愿地添了件削价处理的夹克衫，就这也犹豫再三，终归挂在衣架上整整闲置一载，直到今年迎秋，才算鼓起勇气穿上了身。不想引来一片啧啧声，"嘿，多够精神！至少年轻了十岁！"是褒是贬，我拿不准，反正穿就穿了。儿女们对我这一"革命行动"给予了热烈的支持，充分的肯定。

也是去年秋，一位在南方工作的老友回徐省亲，所着服装实在不敢恭维：让人说不清属于何种款式，印象最强烈的是臂肘、腰窝乃至膝盖上，到处都安着口袋儿，还有肩头、袖口、裤管上，别出心裁地装饰着横一道子、竖一道子的布条儿、拉链儿。老友是搞绘画的，也许这就是艺术家的超常审美取向？也许那些口袋儿是为方便携带画具、油彩的？画家的母亲是位很有名望的特级教师，面对儿子的一身打扮，愕然茫然，那眼神里的怜子之情复杂动人。看得出来，老人对儿子的"衣锦还乡"并不欣赏。儿子是最能感应母亲心灵深处的声音的，老友笑了，笑得很粲然，笑里分明在恳请母亲的宽容理解。那一刻我发现老友很潇洒，那一身装束恰恰烘托了作为艺术家所特有的浪漫气质。

对于老友强烈自我的着装意识我不敢妄评，但时代的前进推动人们各种观念的更新是毫无疑义的了。不是么，近些年许多有悖于祖训的新生事物不也慢慢地为人们认可和接受了吗？戏曲舞台上的峨冠博带自然是带有艺术处理的痕迹，但是我们仍然能从秦砖汉瓦、敦煌壁画、金缕玉衣上窥见一条服装演化的辉煌绮丽的轨迹。爱美，一直是中华民族生生不息的追求。

前不久，儿子出差南方，给他母亲捎来一件羊毛衫，赤红墨黑交错的条块图案，反差十分强烈。于是我们像打扮"新嫁娘"似的要她穿上。老伴在大橱镜前左照右照，两眼中掩不住的兴奋光彩，自嘲里含着惬意："哎哎，我这么穿着回乡下，小辈们不把我当成老妖精才怪呢！"孩子们却击掌起哄，"好看，好看！妈妈比十年前还要漂亮几分哩！"

那天，全家其乐融融。正是气爽风清的中秋，我推开五楼阳台上的封窗，纵目望去，只见大街小巷流淌着一条条彩色的河流，熙熙攘攘的人群涌动着我们这个时代蓬勃向上的气息。我忽然感到应该"武装"一下了，让自己也变成一朵炫目的浪花，去汇入眼前彩色的河流，去加入新生活的合唱。

小 酒 馆

豪华气派的大饭店，千元以上不等的起价，只有一掷千金的大款们承受得了，一般的工薪层对它只能是望而却步。再者，那里热情得过火的服务反倒让人拘谨，本是享受口福，却要处处留着小心，生怕弄出什么有伤大雅的笑话来。所以，从以上两层意思讲，无论宴友还是自己打牙祭，我都要舍近求远钻小巷子，或者到城乡接合部去光顾那些小酒馆。

那样的小酒馆，"短衣帮"熙来攘往，很接近生活的本真。店主和食客直接对话，这桌和那桌可以没遮没拦地絮叨。热闹、温馨，简直就可以作为家来看待了。我去过不少城市，连北京、上海都有它的存在。满头大汗的食客，不拘小节的交谈，亲切纵情，其乐融融，质朴的风情让你误作这里是都市中的一处乡村。到这样的小酒馆一坐半天，对于索然无味的日子不失为一种新鲜的刺激，小人物的场合，无须忌讳，随心所欲，那才叫"宾至如归"呢。

还是在沛县工作的那些年月，单身汉一个，每逢周末孤独之感油然而生，于是便约三两位同好者跑到小城的四梢头，混迹于芸芸众生中，要几碟小菜，烫一壶老酒，猜拳行令劝饮，天南地北穷侃，直喝到面红耳赤踏着暮色归去，美美地睡上一觉，早把那份孤独扔到爪哇国去了。日子久了，和店主一家人混得烂熟，每次那店主少不了添两个小炒，加入我们的行列，便大兄弟长二兄弟短唠得兴致勃勃。邻座的受到感染，也纷纷凑来，一张小方桌挤得密密匝匝。大伙倾盖如故，亲得不行，说国事家事，议人情世态，谈丰歉旱涝，吐激愤烦恼……三教九流的箴言，七十二行的警语，满耳朵都是感心动魄的真诚。即便你时运不济，倒霉坐蜡，此时也会宠辱皆忘，意兴飞扬起来。

多少年过去了，至今我仍能依稀想起当时泡在小酒馆的情景。我几乎每一次都是带着微笑同朋友携手踏过那道门槛，尽管有时满心烦恼而来，出了小酒馆，却是彼此倾诉后的轻松。那一段日子，运动频繁，不理解的问题太多，好像杯酒能够解惑，三五好友小聚，成了一时的生存方式。

最难忘的是我调回原籍的那年秋天，店主听说我即将离开小城，执意要为我饯行。那是一个望月的晚上，小酒馆外灯火阑珊，平时无呱不拉的朋友却变得沉默起来。大伙喝着闷酒，各自咀嚼着相识相交中的细情末节，或许在剩下的后半生里，很难再有机会如此这般地围坐一处，即使还会有，每个人又将发生怎样的变化呢？是的，人进入醉态是短暂的，而清醒的时间却很长很长。最后，店主站起来，把满满一杯酒直举到我的额边："兄弟，喝下这杯酒，就不会忘了当哥的！"我看着他那湿润的双眼，接杯的双手不禁颤抖起来，一饮而尽后，两行热泪夺眶而出。小酒馆很小，世界很大，朋友不会忘记我，生活没有抛弃我，苦苦甜甜的未来日月还要坚强地活下去……

如今人过古稀，很少有那种闲情逸致去小酒馆重温旧梦了。有一次全家游逛三环路，忽见路边一家小酒馆，亲切得直想一头扎进去。女儿却不屑道："那种地方能去啊？瞧那抹桌布都变成黑纱巾了，一双筷头不知让多少人给漱尖了！"刻薄话说得我好丧气。我多想把心里话说给她听听，那曾经给过我温暖的小酒馆，那曾经共坐一席而今星散的老友，那曾经属于我们平民百姓聚拢一起的小世界……小酒馆，大半生步履匆匆的我，曾经在那里享受过浓似亲情的友情。我在那里驻足小憩，我在那里调整自己，在我精神的远游中，那是一处避过风雨的驿站。

我没有把这些说给女儿听。两代人的际遇迥异，她不会懂得的。这都市里保留着的一片乡村之地啊，对我而言，要多亲切有多亲切。

茶　语

"午阴闲淡茶烟外""一枕松风听煮茶"，吃茶吃的是一种性情。即便是"寒夜客来茶当酒"，也还是一种闲适心境，浮躁不可为之。

听朋友讲，广州人吃早茶或工夫茶，奢侈得吓人。更兼工夫茶的耗时费资，实为富贵者所为，已不通茶理，不提也罢。

茶，自然还是要吃的。每日开门七件事，柴米油盐酱醋茶，可见茶于生活来讲须臾不能离。徐州人的吃茶，怕是近些年才时兴的。三五好友，相邀老同昌，谈艰涩理论，说世态人情，逸兴浓烈，茶为点缀，信口所至，无伤大雅，倒也其乐融融、喜气洋洋者哉！

旧时的徐州，视白开水亦为茶，作解渴牛饮的是平头百姓，而动真格品茶者仅为少数富家。俗谚云"南关喝茶，北关说话"，这南关喝茶人便是"穷北关，富南关，有钱的都住户部山"中所说的富商巨贾。他们腰缠万贯，赋闲寻乐，少不了还要有歌伎舞女狎趣呢。

古人吃茶，大多注重氛围与情致。不像老舍的《茶馆》里悬书"莫谈国事"，那样的环境中吃茶，肯定索然无味。现在情况大大不同了，改革开放，政治清明，无论到哪家茶肆酒楼，皆可见天南地北、境内域外、元首逸事、明星风流等的海吹神侃。真是佐料入茶，毫无禁忌，而又不失其雅。

不过，今人之吃茶，多半为身心之需，辄或泡上半天，也是温温旧情、叙叙别意的那层意思，而真正知其味者寥寥，早与茶语相去甚远了。《红楼梦》中那个"欲洁何曾洁，言空未必空"的妙玉，言称"一杯为品，二杯为解渴，三杯则为牛饮"，算是深谙了茶理。她因茶而生禅，其实就是茶语，或是人生之语。苦闷失意的时候，郁郁寡欢的时候，香茗一杯，啜几口清馨，如同听温存言语，暖心解忧，释然开怀，红尘琐屑，再不计较。禅意洞明，在于一心，任四时之变，入眼而不惑，此便为大彻大悟之境界也。

　　茶语绝非刻意追求所能得，它是一种自在自为，是一种心领神会。宗璞先生《风庐茶事》中记其父冯友兰老先生吃茶："老先生以书为伴，照说桌上该摆一个茶杯，可能读书、著书太专心……对于茶始终也没能品出什么味来。茶杯里无论是碧螺春或是三级茶叶末，一律说好。"这大概是愚中大智，几近于禅了。梁漱溟称冯老先生为"学问中人"，一生为求知而求知，专注刻苦，求索不辍，"一律说好"，正是他痴迷学问的真实写照，又是他超越尘俗的生存态度。正如那个叫赵丹的和尚以茶喻禅，对初来寺院的僧人一律说：吃茶去。细细想来，这妙极的训诫，比听禅习经更易令其修成正果吧。

　　中国茶文化的博大精深，实令人叹为观止。

无 名 花

　　当我庸碌匆匆不经意地走过孟春、仲春，还没抵达季春的时候，散淡一瞥间不觉一惊：那阳台上枯焦一冬的花盆里，初萌的新绿才几天，就疯长为一片葳蕤。直到这时，我才注意到这是我童年就熟悉的乡间到处都是的野花。

　　我至今叫不出这花的名字。但是在我的记忆里，她铺天盖地生长着，沿着我童年的不牢河两岸，枯枯荣荣，年年书写着生命的美丽。每一年的开春，我去河滩挖野菜，整日里在小草小花绣成的彩色地毯上忘情地享受大自然的恩赐。好多好多我叫不出名的小花儿，或粉白，或淡蓝，或猩红，或杏黄，团团簇簇，杂然相间。一场潇潇春雨之后，她们仿佛一夜之间布满了河谷，于晨光中开成一片灿烂。她们一无天生丽质，二无夺人芳菲，却兴高采烈地开放着，以自己特有的质朴，不亢不卑地加入春天万紫千红的合唱。雨露把她们洗濯得干净清爽；阳光把她们照射得通体透明。她们卓然挺直了葱翠的叶茎，支起头顶一小朵一小朵清纯的斑斓，成了乡下孩子们的亲密伙伴。鬓边斜插一朵的女孩显得秀美，头戴花环的男孩变得英俊。此后，在离开故乡的日子里，我经常于有风有雨的时候惦记那些无名花。惦记她们一年一年在河滩上寂寂开放；惦记她们虽花容惨白却绝无一丝的自怨自艾；惦记她们即使在干旱苦寒的早春也要作一次吐苞绽蕊的顽强挣扎……我心仪着童年留给我的温暖故事，便有了如下的诗：

　　开得寂寂／谢得寂寂／年年抽绿绽蕾／年年落英化泥／待到春满人

间之日 / 一缕细香 / 几瓣瘦丽 / 统统还给了养育你的 / 那一片赭石色的土地

不慕牡丹富贵 / 不求梅兰声誉 / 大自然中的卑微者 / 迎接新生 / 坦然死去 / 只顾岁岁将春寻觅 / 却无心思留下自己的名字 / 开得寂寂 / 谢得寂寂

至诚的爱来自心的呼应，这诗几乎是为我所钟爱的无名花们写下的诔文了。没有哀婉，偏偏透出些许的悲壮，正是无名花们以其生存的审美价值，拨动了我灵感的琴弦，让我不期然中进入那层境界。

我凝视着眼前一朵朵淡蓝色的五瓣小花，她们似乎都对我盈盈巧笑。久违了，我童年的小友！昨天，你开放在我天真的幻想里；今天，你开放在我成熟的现实中。是季候风把你送来的吗？是春鸟的歌把你衔来的吗？是你着意来慰藉我漂泊的灵魂的吗？我的心就垂挂在你的枝枝叶叶间啊！凝睇中，好像我的生命立刻变得充实起来，半生的惆怅在这一刻全部淡忘。我重返了童真，重返故乡的那条河边——太阳温暖的光芒辐射着我和身前身后远连天边的无名花丛；太阳的光芒仿佛发出金属般的声音，我的心由不得也随之轻轻吟唱。我的心长出了透明的翼，往那片热土上飞啊飞……此刻，我的小花小草一样平凡的父老乡亲，兴许正在一锹一锄地实现着自己的理想。平凡得留不下名字的花草，从不会因了无人赏识而感到寂寞，从不借别人的眼光证明自己。这多像我的那些劳作一生无所谓忧愁无所谓欢乐的众乡亲啊。

"人不知而不愠"，孔夫子的话怕是常人不易做到的，而无名花们默默不语地做到了。不事张扬，不计谤誉，不慕虚荣，不求富贵，大抵是普普通通小人物的心态吧。

无名花们拥有的高贵灵魂，常引起我的感叹。

牵 手

中央电视台播出的 18 集电视连续剧《牵手》引起了我的兴趣。编剧和导演说，这部电视剧原名为《女儿有泪不轻弹》，拍成后易名为《牵手》。

为什么易名为《牵手》？原来，我们对爱情有一个诗意盎然的称呼，叫作"牵手"。典出何处？我查了相关的资料："牵手"的称谓源出于台湾高山族的平浦人。平浦人的嫁娶都由男女青年自由结合。女孩子长大后，父母就给她建一间房子，让其单独居住。到了适婚年龄，她们就一个个把自己打扮得花枝招展。男孩子选中她们中的意中人时，便以带有象征意义的花束相赠。如果女孩子中意，便邀对方入室同居，直到怀上孩子后才牵着丈夫的手去禀告双亲，请求"承认"。台湾凤山县志载："男女于山间弹嘴琴吹鼻箫，歌唱相和意相投，各以佩物相赠。乃告父母……名曰'牵手'。"

"牵手"这个朴素真纯而又极富于动感的词汇，让我们感到一片温馨、一腔柔情扑面袭来，细细咀嚼愈觉它的爱意绵长，令人怦然心动。"死生契阔，与子成说。执子之手，与子偕老。"这是《诗经》中的佳句。漫长的几千年的人类历史上，一则则赚取过我们眼泪的凄艳爱情故事，讲述的全是人们就这么手牵着手、两心相印地走过一程程不归之路。

我想起了客死异国的张爱玲先生，她曾说"执子之手"是最悲哀不过的诗句。在她看来，"牵手"之后便是"放手"。"放手"这个让人心悸的词，哪里有什么解脱之后的潇洒可言？它实际上是泪干心枯后的痛苦与绝望。电视剧中的夏晓雪与钟锐，尽管"放手"之后还存在着"剪不断，理还乱"的残破感情，但已经无爱可言。一如张爱玲与胡兰成"放手"的决绝，留给张爱玲的只能是"落花人独立"的悲凉。由此，我联想到三年前发生在我们老家的令村人唏嘘的一件事：本家的一个侄子于侄媳病故之日，大恸后突然悬梁自缢。一个撒手人寰，一个紧跟着追随，为现代人的殉情抹上一笔浓浓的古典色彩。其实他们的"牵手"完全是老式的"父母之命，媒妁之言"，揭开红盖头方识第一面。他们生前沉静如老井，水波不兴；他们没有轰轰烈烈没有你死我活的爱；他们养儿育女，过着平淡无奇的日子。然而他们知道责任，知道该为对方做些什么，是邻里赞赏的那种相濡以沫的好夫妻。他们的"牵手"很有"与子偕老"的沉实厚重，牵住的不仅是对方的一只手，而是跟自己风雨同路、终生相许的人。日落黄昏，林荫桥头，我常见一对对白发苍苍、步履蹒跚的老夫老妻互相搀扶、互相照应的动人图画。老人们神情中那种相知相依的温柔体贴，着实让人羡慕感动。他们已人淡如菊，却情深如初，比起当今某些热恋中的小儿女们山盟海誓、雷鸣电闪来，少了份浪漫，却接近了永恒。本来，人世间的爱美到了极致往往尽在不言中，无迹可觅寻。对于那种初始阶段卿卿我我的爱，你以为然吗？即使海枯石烂的表白，你也大可不必信以为真。

　　时间是切割三千情丝的温柔一刀。爱，需要呵护，既然牵起了手，就得走好。

记 忆

　　小时候不论干啥转脸便忘，被大人讥为"脑子缺根弦，没有记事钟"。有一件事足以证明：那时家门前有棵弯腰老梨树，枝丫上坠着个老大的马蜂窝，因为我的不经意，一月未出竟三次被蜇。最后一次挨蜇，母亲抚摩着我隆起好几处包的脑瓜，心疼地说："唉，怎么这么大的忘性呢？狗记千，猫记万，老鼠只记一大片。也难怪哩，我儿就是属鼠的呀！"

　　说我没记性也不尽然，上小学时背书歌子我可是全校出了名的，再长的课文念上三遍就能倒背如流，至于那些古诗词堪称过目不忘，按现在的说法，有点接近特异功能了。

　　可好景不长，过了中年之后，丢三落四的事情几乎天天有，自己应办的、朋友托办的，说忘竟能忘个无影无踪。由于记忆力的每况愈下，还真闹出了不少笑话：买豆浆忘了端锅，买菜忘了付钱，弄得连自己也尴尬得面红耳赤。事情不牵涉到别人倒也罢了，若是与别人有关，怕是解释的话都无法启口。几个月前朋友交给我篇文稿，说定是要发表的，几个月过去了不见动静，朋友托人打听，糟了，翻箱倒柜再也找不到那篇稿子，害得人家只得操笔重写。朋友自然不会说什么，自己心里却结起老大的疙瘩。事后想来想去，也许是需要记忆的事情太多太多，这记忆就累得汗流浃背，疲于奔命：在单位要编稿、发稿、看校样、处理四面八方的作者和读者的来信，回家要去菜市场、安排食谱、亲自下厨、为老伴量血压服药，还有一家人的冷暖饥饱……天天如此，睁开眼睛一大串，若是把该做的事情排出来，恐怕下一辈子也休想做完，难怪连记忆也生畏，躲得远远的了。

记忆差到了无可救药时，却往往又柳暗花明。曾经写好一篇稿子，不知往哪里一放就再也找不到，干脆重起炉灶再写一遍。后来那稿子不知怎么就翻了出来，两相对照，几乎只字不差，连自己也感到吃惊。看起来，这是属于专业性极强的记忆，脑子还没糊涂到一盆糨糊。

"一朝被蛇咬，三年怕草绳。"人对其所历惊心动魄的一幕大抵都不会忘记的，如果只是心灵边缘上的琐屑小事，往往便如风一样刮过、雾一样飘过，绝少留下记忆的痕迹。因而我常常想，自己的事情，尤其那些私欲色彩很浓的东西，如风一样如雾一样，忘掉了反倒清净，别人交办、托办的事情，友情所系，无论怎样也要时刻放在心上。

该忘却的连影子也不要留它，不该忘却的火烧水洗也不能褪其记忆的颜色。我想，我会像小时背书歌子那样，记住别人的关爱，记住朋友的托付，记住不该忘却的一桩桩人生的美丽。

梦 幻 足 球

这个夏天太迷人太容易令人激情涌动。

当第16届世界杯足球赛于法兰西这个极富想象力的国度揭开战幕，全世界的球迷们便一下子被掷进热浪滚滚的旋涡。

足球，涂抹上一层梦幻色彩的足球，在不足一公顷的绿茵场地疾速旋转、凌空飞腾着；足球，调动32支劲旅、数百名精英不遗余力地角逐。浓缩进大喜大悲的90分钟，通过每一次石破天惊的射门，把人类超常的体魄智慧展示得淋漓尽致。试问，谁能不被二十世纪末最后一场足球大战所牵魂扯魄？

当"外星人"罗纳尔多以桑巴舞的优雅姿态，婉若游龙般出现在赛场上的时候；当"忧郁王子"罗伯特·巴乔脚下射出致命一击的时候；当身着蓝白条衫的"大力神"巴蒂斯图塔通身喷射着锐不可当的气势的时候；当用脚板和足球对话的"魔术师"齐达内表演着传切绝技的时候……足球，诗意般的梦幻怎能不让人如醉如狂、如痴如癫！只要你是血性男儿，你就无法逃避足球。说到我自己，那是远远够不上一个真正的球迷的。法兰西世界杯的赛事，于我仅仅是一次被动遭遇，好比汽车驶过泥泞积水的路面，难免溅湿了路人的裤管那样。我想，许多深夜守着电视屏幕的人也会和我一样，并不见得是足球"发烧友"。只是打开电视机的一刹那，视线就被足球这道魅力十足的风景线俘虏过去——潮水般的攻防，幻影般的速度，魔鬼般的破网，雷鸣般的欢呼……人类完全可以从8250平方米的微缩世界里找到产生自身崇拜的理由。

作为中国人，看球时我总避免不了用东方的眼光去审视和解剖足球。看尼日利亚人以非凡的奔跑、对抗和落地雷一般的爆发力攻破西班牙人防线的那场比赛，非洲青年与生俱来的天赋，令我联想起张旭的醉书、怀素的狂草；看巴西人绵里藏针的过人技巧，时而奔放，时而婉约，我甚至怀疑他们是从飞天的反弹琵琶、徐悲鸿大气磅礴的奔马中偷得了灵气。

我不敢妄言高佚脚下的玩意儿和足球究竟有没有血缘关系，但我相信东方热土曾经孕育了足球的种子。

然而，亚洲足球落后了！中国足球落后了！韩荷之战，0∶5的结局，这就是亚欧足球的差距！90分钟，于熬夜看球的中国球迷确实是一场灾难性的难言的折磨。我们一向恐惧的"太极虎"在欧洲足球巨人面前只是个幼稚园的孩子。且看，换下大牌球星博格坎普的荷兰人，居然还游戏般地踢入韩国大门两球！这种"欺侮"的轻松无异于狸猫戏鼠。那么，中国足球呢？世界杯外围赛屡战屡败，沉痛的教训并没有使我们变得聪明，高昂的学费并没有教会我们什么。相反，我们更加急功近利！国内的甲A、甲B联赛已实在没有多大看头。"吹黑哨""踢假球"时有所闻；算不上什么的小球星也敢漫天要价；踢进两个幸运球的新手转眼不知天高地厚……是足球梦幻般捉弄了我们，还是我们把足球给宠坏了？

看世界杯赛，多数人对韩乔生、孙正平、张路诸君关于每场赛事的赛前预测、赛后评球的条分缕析没多大兴趣；即使巴西能不能卫冕、东道主可否捧杯、射手纪录会不会被打破、谁是金靴奖得主等撩人的悬念也取代不了国人深埋心底的足球忧患。古语云，"哀兵必胜""置之死地而后生"！此届杯赛的非洲足球是最值得我们效法的榜样。绿茵场上，只要精神不倒，不屈的失败者如喀麦隆、摩洛哥，不是同样展示了强者的风范么？

正因为足球特有的悲壮和浪漫，才作弄得不少人疯子般痛哭流涕，傻子般纵情阔笑，甚至把一批人诱入"足球流氓"的极端。梦幻足球啊，中国需要你！世界因了你才分外精彩！

足球，我的中国心

一只黑白相间、重量仅为 453 克的足球，却那么沉重地击打着国人的心。

进军法兰西的亚洲十强赛，自鸣哨之日起，便把中国观众掷到风口浪尖上一惊一乍。两个多月的焦灼企盼，两个多月的梦牵魂系，几乎所有中国球迷的心壁上，日夜都传来它"嘭嘭"的回声。

足球，就这么在世纪之交悲喜交加地演绎成中华民族求之若渴的自强自信的象征。看台上的狂呼也罢，愤怒也罢，喜极而泣也罢，所有的失态都是拳拳之心的袒露；所有的失控都是民族精神的认同。

作为普通的球迷，作为曾经为中国足球叩问过神祇的球迷，每当国脚们在电视屏幕上出现，我的心跳就要加速，我的手指就会攥出声响。看到国脚往家门口倒球，我就会骂出"臭球"之类的粗话；而一旦他们长驱直入、起脚怒射，我则又任感情狂轰滥炸忘乎所以。因为一场球间的无常喜怒，我不得不一再向嗔怪我的小女儿作出解释："你知道吗，你的老爸多想赢球啊！"

十强赛主场对卡塔尔一战，生死攸关。我为此撒谎脱身离岗，提前两个小时守候电视机前，默默地为国脚祈祷。90 分钟的惊心动魄，我眼睛不眨，我呼吸凝滞，我站起坐下，我坐下站起……我不知是怎样熬过来的。我抽了 10 支抑或是 11 支烟卷，然而结局是 2∶3。中国足球又一次只能在世界杯的外围徘徊、流浪，我接受不了这个残酷的事实！我捶胸顿足，我老泪纵横，我成了全家人认定的精神病患者。足球啊，中国足球！你就这样山重水复，让中国球迷一次次地激动、亢奋，一回回地痛苦、失落吗？

我不相信，能以手把乒乓球调理得出神入化、旋转乾坤的国人，却怎么会生着一双无能为力的脚；我不相信，攀登十八盘的泰山挑夫的脚，踏平人门、神门、鬼门的黄河纤夫的脚，竟然驯服不了453克的足球；我不相信，跋涉了五千年艰难坎坷、创造下人类四大文明奇迹之一的炎黄后人，居然振不起亚洲雄风，居然在现代足球搏杀中踢不出临门精彩的一脚！我不相信！有一部叫《京都球侠》的影片，它的戏谑、调侃让我沉思。洋人的足球把大清王朝踢得鼻青脸肿，伤痕累累，试问面对这苦涩的幽默谁能笑得出来？痛定思痛，我从不怀疑中国足球终归会有扬眉吐气的一天。11月12日的中科较量已与双方出线无关，可我仍然忍不住要看。当屏幕上出现"历经沧桑，痴心不改""卧薪尝胆，从头开始，艰苦奋斗，笑对未来""挺起来，坚强的脊梁"等球迷们打出的标语牌时，当主席台对面一面足足覆盖半个看台的五星红旗呼啦啦扯起时，当群情激昂的赛场里一遍遍响起国歌声时，我的眼睛模糊了。我切身感受到一种从未有过的沉雄和悲壮。国人的心，九死不悔，依然一往情深地对中国足球寄予殷殷期待。

中国需要足球。中国呼唤自己的球星。中国足球将会在反思中奋起！我强忍住"待从头，收拾旧山河"的强烈冲动，捧读中国足球队致全国球迷的公开信，一时血涌如潮。"我们有决心从哪里摔倒再从哪里爬起来"，这何尝不是中国球迷的心声啊！中国人只流汗，中国人不流泪，中国人十年铸一剑！于是我想起苏永舜、曾雪麟、高丰文、徐根宝……当然还包括范志毅、郝海东以及我们所寄予厚望的再度赴巴西深造的那群国奥小将们。二十五载上下求索，六次冲击世界杯未果，可谓"路漫漫其修远兮"。我要说，凡是为中国足球冲出亚洲、走向世界而拼搏过的人，中国会记住他们！中国足球虽败犹荣！

佛典有云："欲知未来果，观其现在因。"中国的改革开放正如日中天向着二十一世纪迈进，一个在所有文明中具有最健全基础的神州，将以她精深博大的智慧和坚韧不拔的精神向人类证实：二十一世纪必定是中国的世纪！那么，二十一世纪的中国足球也必将一展雄风。足球，我的中国心啊！

水 歌 水 哭

水，掬一捧在手，凉意陡然从指尖漫延全身，燥热的心即刻凉森森的了。无声无息，水在手里只留下一块漫漶的痕迹，很快的，连这一块水迹也没了踪影，像一阵风掠过耳边，伸手去抓，空空如也。昔日孔子游于川上，曰：逝者如斯夫，不舍昼夜。不舍昼夜的是时间，也是水。在千年的钟乳石洞里，时间与水滴携手，穿透历史，穿透年年月月，以一根断断续续的珠链串起模糊的昨日、匆促的今日及新鲜的明日。兵燹战乱，天灾人祸，没有谁能阻拦时间沉重的脚步。我恍然明白了，为什么人们慨叹时光飞逝总爱扯上流水。时间即水，水即时间啊！君不见，滔滔黄河，滚滚长江，奔腾浩荡，日夜不歇，带走了"秦时明月汉时关"，带走了"剑光如电马如风"，空余下一段旧事任后人评说。似水流年，流年似水，时间与水如同镜里镜外的你。历史的长河中，你能分清哪个是真，哪个是假？"鸟去鸟来山色里，人歌人哭水声中。"

水是柔弱的，柔情似水，是打动人心的魔力所在。水看得久了，坚硬的心也会慢慢融化的，何况敏感脆弱的心呢？那位在汨罗江畔茕茕徘徊的诗人，是否在念着"谁知吾之廉兮"而凝望着碧澈清莹的江水中的自己。波光潋滟，水烟氤氲，湘夫人从水中袅袅升起，软语召唤他走向另一个世界呢！而在德国诗人歌德的《渔夫》中，恰恰就有一段水神诱惑渔夫的诗句：你不见那太阳和月亮／不都是要到海里去凉爽凉爽／他们的面庞浴过海波／再升起来不是加倍漂亮／这深处的天空／湿淋淋的／清澄的碧空／难道不使你心动／你那映在水里的面影／难道不引诱你进入这永恒的清露之中。水是谁也猜不透的精灵，当你靠近她时，她以锦缎般的霞光诱惑你，以银蛇般的月光召唤你，像大地深处的回响，呼唤雷霆雨雪。

曹雪芹说女人是水做的，男人是泥做的。其实，孩子才是水做的，大人则是泥做的。孩子见了水，犹如羁鸟投林，汪着清亮清亮水的脸盆，是孩子永不厌倦的乐土。泼啊，掬啊，洒啊，一滴滴晶莹的水珠，变成了孩子一串串快活的笑声。心是纯净的，眼睛是清澈的。水之外的狡诈，孩子是看不到的，看不到也就无从忧虑，无从心灰意冷，无从迷惘踌躇。岁月分分秒秒运行，自私、虚伪、怯懦、贪婪，一层一层泥巴似的抹在渐渐长大的孩子身上。泥怕水啊，晶莹若冰的水，映出的却是另一个自我，丑陋，卑琐，冷漠，胁肩谄笑。

行色匆匆的人们，你是否注意到脚下的河水愈来愈浑浊了？泛着腥臭的污水流入正待开花结实的园田……哭泣着的水猝然使人心惊啊！

水是世界的一面镜子，你在镜子里看到了什么？

泱泱诗国

提起中国，我们特别地骄傲和自豪。五千年的辉煌，五千年的灿烂，五千年洋洋洒洒的抒情，五千年浩浩荡荡的放歌，把我们的祖国装点成泱泱诗国。

泱泱诗国啊，你有血、有泪、有歌、有哭。

泱泱诗国啊，你长赋、短吟，希冀、寻觅。

"秦时明月汉时关。""大风起兮云飞扬。"你是那样古老悠远；"黄沙百战穿金甲。""怒发冲冠凭栏处。"你是那样的多灾多难……而今，你从古老悠远中走来，掸掉历史的积尘，变得那样容光焕发；你从多灾多难中走来，挥去沉重的忧伤，变得那样充满活力！

五千年的历史长河从我们心头滔滔流过；四十八年新生的春雷从我们心头隆隆滚过。祖国啊，你以五星红旗的名义，以雄壮的国歌的名义，以社会主义豪情的名义，以改革开放风采的名义，向世界宣布，古老而年轻的泱泱诗国，如今正以如椽巨笔书写着前所未有的瑰丽诗篇。

"长叹息以掩涕兮"的屈子啊，请止住你哀戚的行吟吧！如今极目楚天，处处菱荷摇曳，兰芷芳馨，稻浪与秋菊相映，金鲤与银棉交辉。

"对酒当歌"的魏武啊，你慨而且慷的壮心直薄云霄，只是我们今朝对盏，不是为了解忧。请看，就在你的故乡亳州，富裕起来的农民正鼓瑟吹笙，痛饮你创制的九酝春酒。

长咨嗟"蜀道之难难于上青天"的李白啊，可知今日天府之国已织就了大道纵横，机翼搅动九天云，汽笛穿越万重山，真的是朝发白帝，夕至石城了。

苦吟"安得广厦千万间，大庇天下寒士俱欢颜"的杜工部啊，请随便沿着黄河、长江、珠江的入海口走走看看吧！官殿式的楼阁，欧式的别墅，耸立在蔗林青纱间；彩釉瓷砖铝合金门窗，把万户千家打扮得千娇百媚。

"泪湿青衫"的江州司马啊，你所哀怜的浔阳江头琵琶女，早已是音乐家协会的理事；卖炭翁闲坐弈棋品茗，在敬老院中安度晚年。假如你有逸兴赴趟洛阳牡丹花事，准能和他们于花海中相见。

何必发"白云千载空悠悠"的浩叹？诗人崔颢啊，请再登一次黄鹤楼吧！今天江上烟波已散去，日照武钢生紫烟，晴川阁里已备好文房四宝，请你再题汉阳树的新篇。

"春风不度玉门关"已一唱三叹千年。诗人王之涣啊，看今日丝绸古道上，西去的列车铿锵高歌直达边城；而塞外新城一座座，如同晶莹的夜光杯，斟满芳香四溢的葡萄美酒。

"但悲不见九州同"的陆放翁啊，你可知香港已经回归，澳门已经回归！海峡两岸人心所向盼一统。古老的黄土地，以磁石般的吸引力，重塑华夏新的巍峨，再铸九州新的璀璨。

世纪之交的中华人民共和国，诗情豪迈，浮想联翩，写尽风流一章章。今日之中华，诗情如洪波涌起，绘日月辉煌，描山河妖娆。中国人民足踏茫茫冰雪，振衣珠穆朗玛；乘长鲸远航，濯缨曾母暗沙；伴钻塔叩问地心，唤醒沉睡的宝藏；驾火箭扶摇而上，遨游九霄。

泱泱诗国，春光正好啊！

冷静下来的喝彩

进入火热的七月，"女足精神"一时成了国人街谈巷议的热门话题，几乎所有的球迷都为中国女足姑娘在征战第三届女足世界杯赛中展现的巾帼风采而骄傲。老早拿定主意要写篇文章为女足喝彩，可案头的台历翻过一页又一页，女足姑娘班师回京已多日，太多的感慨涌动于心，竟折腾得我无从下笔。

是女足姑娘在决赛中临门一脚踢出了遗憾，最后一战与夺冠良机擦肩而过的残酷事实冻结了我的一腔激情？不是不是！女足姑娘们横越太平洋，长途跋涉，克服时差干扰，一路过关斩将打入决赛，最后与对手苦斗120分钟方以点球失利，实非战之过。因此，连美国女足教练迪奇克也由衷赞扬她们精湛的球艺和拼搏的顽强，说本次杯赛实际上产生了两个冠军。是的，赢了固然可喜可贺，输了也没必要抱怨，更何况我们输的只是一场比赛，一次成功的失误，谁也不会对中国女足问鼎的实力有所怀疑。还是那句老话，足球是圆的，什么样的事情都会发生，什么样的偶然都必须接受。

不以成败论英雄。我的心沉重于另一方面的思考：多年来，无人注目，无人喝彩，中国女足走着一条寂寞的路。不事张扬的付出，默默无闻的奉献，即便取得金牌、银牌亦如冷艳一现的昙花，不慕虚荣，不求掌声，这就是我们的女足！反观媒体涉及足球的报道，年年喊着"冲出亚洲，走向世界"，看来看去，不是甲A，便是甲B，清一色男人的世界。冲不出国门，照样被捧为球星，频频转会，身价百倍；屡战屡败，一次次失望，球迷们一头雾水还对其呵护有加。搞不懂国人的"重男轻女"：娇生惯养、百般恩宠的"小皇帝"没出息至多叹口气来句国骂，粗茶淡饭、荆钗布裙的小女儿出人头地也引不起多大惊喜。且不说酬劳上的两极分化了吧，摊上"大老爷们儿"能够心理平衡？然而，我们的女足姑娘能够！她们的无言拼搏只为证实自身的价值。

本次世界杯赛上，女足姑娘的人品、球风表现得淋漓尽致，可圈可点。十年玉汝于成，一朝大放华彩！正如国际足联主席布拉特的评价那样：中国女足队员不搞欺骗。她们不揪球衣，她们不假装受伤，她们不像男足队员那样躺在草地上或担架上，30秒钟后爬起来撒欢狂奔。布拉特的评语充满着对中国女足姑娘的敬重和钦佩！事实正是如此，女足姑娘以自己无可挑剔的完美，演绎着中华女性的独特魅力。只要稍微留意西方各传媒对中国女足的高度赞扬，你就会扬眉吐气地伸出食指和中指：中国姑娘脚下滚动的不是足球，而是地球！

中国女足的成长历程，与我国改革开放飞速前进的步伐何其相似！她们的眼泪和欢笑、挫折和胜利告诉我们：中国人要取得和西方人一样的成功，往往要付出不知多少倍的汗水和艰辛。志气，理想，坚韧不拔的毅力，是中华民族摧不垮的精神长城！

在"玫瑰碗"没能敲开玫瑰门，姑娘们顶着美利坚的炎炎烈日流下了热泪。我们多么心疼啊！但是，我们打心眼里为她们骄傲：和人高马大的西方女子同场竞技愈显身单力薄的中国姑娘们，拼尽全力，踢出威风，终于为世界女足运动的发展写下了辉煌的一页，立起了让全球仰视的纪念碑！

"玫瑰碗"的机会失去了，我们会再来！带着伤痛也带着微笑，带着压力更带着自信，为锻造坚强，雕塑执着，我们一定会再来！

女足，铿锵玫瑰！就冲这我为你喝彩！

第二辑

尘 世 写 真

生命随缘可见

幼时的我特别喜欢小草小花小虫儿。大热天里我会不避暑气，伏在蒸笼似的沙土地上看蚂蚁们成群结队匆匆觅食的情景。那小生命所表现出的坚毅，常常令我生出几分敬意来。深秋一场严霜之后，除了越冬的麦苗之外，乡间便很少能见到绿意。可田埂边、小路旁，却覆有一片片米荠菜，冲破肃杀倔强地挺起一朵朵煞白的小花。我出神地望着它们，从那褐绿的叶片上似乎能发现另一个悲壮的世界。

记得一次随母亲串亲戚，半路上被一片菜花地里起落纷飞的彩蝶迷住了，钻进花丛，如入童话的世界，把串亲戚的事早抛于脑后。我蹑手蹑脚地挨近蝶们，出神地专注于它们颤动的触须和敷了一层金粉的薄如绫绢的翅膀……及至母亲惊惶变调、大呼小叫我的乳名，我才恋恋不舍地从童话的国度里走出来。当我发现有两滴清泪挂在母亲绽开的笑脸上时，母亲已张开双臂把我紧紧地揽在怀里，重复述说着她的恐惧。原来母亲走出老远老远了，回头不见了我，还以为我掉进沟里壕里了呢！

成人之后，特别爱回忆遗落在乡间野地里的童年，回忆大自然里闪着生命之光的朋友——一只在豆棵上鼓翼而鸣的蛐子；一只在梨花丛间嘤嘤而歌的黄蜂；或者在墙缝里探头探脑的一株星星草……孩子瞳仁里的世界是五彩缤纷的，所有的生命都是那么纯真美丽。

如今渐近老年，却常童心复萌。有时感觉里竟会幻化出某种生命呼唤的声音，只顾痴痴地聆听而忘了自身的存在，惹得老伴不止一次数落我反应迟钝而近乎失态。

下班回家后，若是没有事做，我十有八九会跑到封闭严实的阳台上发傻，一遍遍琢磨那句话：天地有大美而不言。抬头见有一只小蜘蛛正在结网，还有一只叫不出名儿的小虫豸正沿着墙缝向上攀援。此时的我情绪纯粹而单一，完全把自己投入到精神的遨游中。倏然间，一些说不清道不明的情结、感悟纷至沓来，要诉诸笔端。这便有了诗歌，有了散文。我把这种心境下浓缩喷发出的文字，自鸣得意地称作生命的礼赞。

因了热爱生命，便喜欢为自己营造一种氛围。我将一盆兰草置于书案，让那柔韧修长的叶片横逸过来，随手一触，那叶片便悠悠颤出似有风韵万千的绿色音符，叮咚从指尖滑下。自娱于这种刻意追求生命美的我，眼前立即幻象迭现：郁郁树林，茵茵草地，淙淙泉溪，啾啾鸣禽……

因了热爱生命，别人眼里的寻常事我也极易投入，常常忘我而表现得感情脆弱。看老戏为古贤忧心如焚，听新曲为时人扼腕长叹，一出悲剧能让我怆然涕泗，而喜剧则又能逗我笑出泪来。这就注定了我虽为男儿却婆娘般哀哀戚戚难以潇洒。

人到中年，在一家小报安身立命。受职业驱使，长年奔波于乡野村径，既领略了质朴民风中的真善美，又时见世俗中的假恶丑。这是特殊工作给我的一份幸运，也是一份折腾。我写真实的故事述天道人性，也违心捉笔以应景，两者互相矛盾又互相关照，结果弄成了这般模样！诚如一位诗人所言：既果断又优柔，既困惑又清明。不过，每每自我折磨一番之后，便复归平和。我想，这大抵缘于受自然陶冶之后而趋于禅意的心性。

发现生命的奥秘你会更加热爱生命。虽不是哲人的名言，但我相信。

花落花开任去留

　　而今，快节奏的日子，瞬息即变的世事，逼得你匆匆忙忙地赶路，你便觉得好累好累，便觉得周围总有应付不了的大大小小的麻烦。于是，能不能放松放松情绪，调节调节心境，活得从容一点，便成了人们心向往之的一种生活方式。

　　"说到底，人还不都是肉身凡胎，为过日子劳神操心，从明到黑直不起腰杆；行孝尽职，养儿育女，吃饭穿衣……百事繁杂，谁脱得了这些红尘琐事？活得不易才要好好活着呢！"想不到妻看了电视剧《渴望》后，居然发了一通对人生颇有领悟的感慨。许是感受至深，我就觉得很是贴近寻常百姓的苦乐情怀，如淡饭粗茶，真实而又亲切。

　　"达亦不足贵，穷亦不足悲。"凡事别跟自己过不去，这几乎是我面对人生的信条。若要给自己画像，几笔便能勾出个大致轮廓来：不愁不焦，不温不火，不惊不乍，不急不躁，口头禅是没有蹚不过的河，没有翻不过的山，相信明天比今天好。为这，妻讥我为寒号鸟转世，得过且过。

　　赠此雅号，我拒不领情，老夫老妻少不了"丁当"几句。其实我也曾经是一个耽于幻想、经常想入非非的人，把致命的清贫和理想的富贵于幻想中扭结纠缠，赏水中月亮，观壁上骏马，就这样希冀——失落、失落——希冀地走过一道又一道岁月的门槛，猛一抬头，竟不知今夕何年。

　　和多数人一样，我的命运在一次次的遗憾、叹息中演绎，多半是沉重的惶惑，也时有短暂的潇洒，久而久之便养成了与世无争、一切听其自然的心性。把青春、爱情、事业、理想一一无情地抛在身后，只在灵魂深处刻下一丝或快适或疼痛的划痕，留给回味，留给反思。

命运实在待我不薄，未及弱冠就写诗，就出诗集，领导厚爱，同事称羡，很是风光一阵子的。于是便设计似锦前程，便忘乎所以飘飘然起来，哪里想到会云雾里一筋斗栽下，跌得鼻青脸肿。清醒了许多后，挤在文化圈里当创作辅导员，做文艺编辑，一干就是几十年。兴之所至，偶有诗文见诸报端，虽空怀大志亦自得其乐。

人，有几个能经得住生活的诱惑？忙忙碌碌、寻寻觅觅，总想活得充实，活得色彩斑斓，让理想与现实的矛盾折腾得极苦，迫使你不断地去做出调整和选择。就说我吧，安身立命于一家小报，便倾力想做个像样的编辑，把担负的那块版面编排得有嚼头、上品位，于是就埋头纸堆里，以虔诚的敬业精神躬身耕耘。诗很少写了，书更不著了，匆匆不觉寒暑数易。见别人皇皇大作一本连一本结集成书，又生出一些惶惑的念头，不断地自我否定，让浮躁与不安袭扰心头。可转念一想，这又能怨得了谁呢？逼自己如此认真还附加虚荣，自拣的十字架也只好自己消受。"宠辱不惊，去留无意"，想得开了，也便习惯了沉默，把感受和体验藏于心底自我消化，也许有一天会变成营养以某种形式表现出来，或者成为永久的遗憾。

说来说去，人不能过于理智，尽管理智是人皆有之的面具，可面具下面遮掩的仍然是易于冲动的感情。"何事低徊两鬓霜"，犯得着么！为什么偏要以极端的生存状态去折磨自己呢？谋事在人，成事在天。所以我相信自己的感觉：顺从自然，一如花落花开。

生命有轰轰烈烈，亦有平平淡淡，但没有本质上的区别。有人以淡然的微笑面对生活，有人则陷入深深的苦痛而不能自拔，二者皆是一种人生选择。"胸中书卷云凌乱，身外功名梦等闲。"有一天，如果我能从汤汤逝水中俯视自己一步步随意走过来的影子，也就不枉今生、不虚此行了。

人生不必强求，不必刻意。是小草就绿一片地，是大树就擎一方天，是露珠就闪烁晶莹，是宝石就大放华彩。用心良苦何乐所有？还是听其自然的好。

永远的梦

三五友朋小聚，浅斟慢酌神聊，说人情冷暖，话世态炎凉。座中常有慨叹者，似乎人类文明发展到今天，精神上的追求已经迷失了走向，信手都能拈出个事例来证实道德的沦丧。世风真的日下了么？传统美德真的被荼毒而无可救药了么？面对这样一个敏感的话题，我的思索常常超越时空，沿着历史的长河溯流而上，去寻找人类的精神家园。

人性从善从恶，打从有史记载以来，就是一道严肃的论题，就成为困扰人类的二元方程，就被一代代的思想家、哲学家、社会学家反反复复地加以考据论证。古希腊神话中，人类始祖查格留斯被提坦神吃掉，宙斯以雷击死提坦神，灰烬中生出人，结果人便有了多重性：可以有天神般的高尚；可以如魔鬼般的奸诈；又可以有人的情味。中国民间传说中，人是由女娲用泥水掺和捏制而成，晾晒遇雨急以大帚扫拾，结果人类中便有了身心伤残者。这两则有关人类起源的中外神话传说，妙在异曲同工，都是把善恶美丑、清白污浊集于人一身。

善与恶的交融，美与丑的杂糅，创造与欲望的不可分离，现实与理想的相斥相吸，形成了人的血肉之躯。面对人性的两面，哲人们殚精竭虑，只是想把人塑造为冰清玉洁、通体透明的灵物。无论启迪教化自我约束的三大宗教信仰，近代各种进步政党的发轫宗旨，抑或古往今来维护社会秩序与规范道德的律条，莫不体现了人类完善自我的神圣追求。

翻开我华夏几千年文明史，自从盘古开天地、三皇五帝到如今，美丽的梦想引无数英雄竞折腰，中华民族的优秀代表始终憧憬着追求着东方的伊甸园。正因为有了这种梦想的激情和理性力量的升华，才使得我们的民族充满活力。孟子认为人性向善，寄望于天，相信人的美德通过自身的发掘弘扬，是能够趋于至美的；荀子主张人性向恶，强调后天的法治教化；而汉代的"王霸杂用"的治国安天下的政治纲领则宽厚仁爱与严正的法律两手并用，求社会的平和有序。正视人性的缺陷，正视人心善恶并存的现实，这并不能使人类失望于人性的不完善，相反更能敦促人们弃恶从善、为健全自身作出不懈的努力。一部文明史说到底，就是人类不断与自身的弱点做斗争的历史。

"渴不饮盗泉水，热不息恶木阴。"人之作为灵长类又区别于其他动物，在于人类永远向往和求取更高处的风景。爱因斯坦为一个问道的少年写下这样的箴言："亲爱的子孙后代，如果你们还没有变得比我们现在更为正义、更为爱好和平、更为理智的话，那么请你们见鬼去吧！"这近于严厉的寄语无异于棒喝，警醒惕励着我们这些后来者从善如流、嫉恶如仇，去攀登属于人类的至高境界。从晋人陶渊明空想的"桃花源"到孙中山先生的"世界大同"、毛泽东同志的"环球同此凉热"，一代代的贤达伟人梦寐以求的莫不是人类最崇高、最完善、最富理想色彩的世界。这样的世界，只要人类不断地激浊扬清、祛除自身的弱点，并不是不可期的。

斧柯恶木，涸竭盗泉，我们今天全民参与的精神文明建设工程，不就是让世代人梦中的世界真正展现于眼前么？所以我们没有理由悲观，优雅和温馨将属于我们，追求的人生永远存在着无穷的魅力。

寻 找 平 衡

写了几十年豆腐块文章，诌过几本歪诗，自觉是一种很高尚、很优雅的事业。逢到有人于公众场合介绍说，"这位是诗人、作家，未及弱冠便出过集子的。"本已淡泊的心免不了又起涟漪。看来"名利"这东西，对于我等凡夫俗子还挺顽固，挥之不去。

改革开放后商潮汹涌，到处谈钱，为文已被世俗人不屑一顾。于是，文艺圈内便有了跳槽、下海者。此时，呕心沥血在报刊上隔三岔五发表几篇诗文，除了自我欣赏，恐怕没人当回事。这尴尬场面我就碰上过。一次下乡采访，主人留饭，酒酣耳热之际忘情谈文说诗，心想必有知音唱和，哪料人家压根儿没有耐心听你饶舌，早有陪饭者岔开话题议论起当前的经商热来了。吃了冷冷的没趣，顿感"曲高和寡"的失落。想想也是，眼下大家凡事都讲效益，一篇文章一首诗，究竟值几个小钱呢？

我家三小子有个款友，每次宴客千儿八百爽快一掷，据说在他们那个圈子里尚属小菜一碟。一日大款来寒舍小坐，目睹家徒四壁，唏嘘不已；又见我伏案沉吟，顿生怜意："老叔这是何苦？不妨跟小侄转转去，包您老活得有滋有味！"我只有苦笑作答，依然埋头爬我的格子。

只因我多半生是这般走过来的，积久成习，喜欢了这种投入的心境。写诗需要营造氛围，需要舍弃浮躁而求宁静致远，有时难免自恃清高。这清高在时人眼里自然一文不值。然自认亦非坏事。受人冷遇便可头脑清醒，不失自我，便会感到自身的平凡，求得心理平衡。舞文弄墨，雕虫小技，壮夫耻为，头上本没什么光环，何必过分看重自己而悻悻于别人的轻视。

我所结识的青年作者中，有很大一部分对文学顶礼膜拜，梦里把有朝一日登上文坛视为人生最美风景，痴迷的程度令人肃然起敬。我常以切身感受向他们布道：文艺是一枚苦果，绝不是高人一等的事业，要甘于平凡，耐得住寂寞，如果争名于朝，争利于市，便不要去涉足文学。看，说来道去，我还是重弹让人听腻了的老调子，真是脱不了文人酸气。

不是说生活是创作的唯一源泉么，要想感受生活你必须是生活中的普通一员，做平凡世界中的平凡人，没理由受世人的特殊欣赏和厚待。孤芳自赏只能远离人群。当然，耐得平凡也并不是抹杀个性，而是以平常心感受万事万物。胸怀苍生，置身其中，人情练达，世事洞明，方有可能做一点真学问。

某某升官了，某某发财了，在机关里常常是众口议论的话题。其实有什么可议论的，官有官道，财有财路，谁都生活得不易。腰缠万贯、玉食锦衣的大腕也好、大款也罢，人家自有一套价值取向和奋斗方式，嫉妒是一种弱智低能行为。如此解释纷繁社会，说不上正确，但可医人心理障碍，让人走出误区，平心静气干自己认定的事业。

某君说，当今为文，受锻炼的是心理承受力，不为光怪陆离的世情所动。诚哉斯言，我很推赞。有件小事对我颇有启发：常逛农贸市场提篮买菜，便熟识了一位鱼贩，那老哥隔天去一趟微山湖，鱼兑出去便下馆子逍遥，问他何不一天一趟多挣点？答曰：钱有赚得完的么？让钱给累死？咱可不那样活法。简捷的几句，理儿却很深。自以为了然世事的我还不如一个市井民众活得明白，呜呼，有什么清高自负可言？

失体乱弹，有悖时宜，却是心里话。这类寻找理由求得心理平衡的阿Q做法，但愿对年轻的文朋诗友有所裨益。

甘苦寸心知

　　文友有信来，问我写起了散文为何不作诗了呢？我苦笑作复，借了袁枚的意思，"莺老莫调舌，人老莫作诗。"人到了一定的年龄，平淡归真，激情锐减，心同野鹤，意若冰壶，自敛了"高吟大醉三千首"的凌云纵横豪气，哪里还有追求清新俊逸的余勇？我这话并不意味着散文比诗写起来容易，只不过向文友表白江郎才尽的苦恼。

　　习写散文也有了几年的光景，至今不但没有写出一篇像样的美文，而且感觉如走入困境般越来越难。有时纸铺桌上，笔提手中，题材烂熟于心，结构、角度早有了摆布，可就是一个字也写不出来。要说原因，那便是"忽来还有意，已过即无心"，情绪没了。没了情绪就没了文章。这情形下如果硬着头皮去写，恐怕鼻子眼睛安的都不是地方，连自己也读不下去的，怎好去糊弄读者？

　　常与《大彭》的作者探讨文章作法，说来说去还是文无定法，关键在一个"新"字上。不出新则不如不为。砚田跋涉，劳苦笔耕，可真要达到"入妙文章本平淡，等闲言语变瑰琦"的境界，却是很难的啊！不说别人怎样，就我而言，写来写去总是那老套子，总是无可奈何的"似曾相识燕归来"。照妻的尖刻数落，全是些絮絮叨叨的过去如何如何呀，现在怎样怎样呀，如读琼瑶君的爱情小说，大同小异，有千篇一律之嫌。儿子进一步指出，说我那些文字浮光掠影，缺乏深刻，没能深层次地开掘事物本存的内涵；并建议我从读书开始，读哲学、政治经济学等方面的经典书，增强对客观事物的观察和认识能力。所谓"运笔如山未足珍，读书万卷始有神"就是这个道理。母子俩切中肯綮的批评如一瓢冷水，几乎动摇了我继续写下去的信心。平时赏大家美文，也就有过"文章本天成，妙手偶得之"的感慨，惊叹那些"看似寻常最奇绝，成如容易却艰辛"的力作，但又不是依样画葫芦所能学得来的，便徒增困惑而找不到自己的最佳状态。看来为文的功力不是一日所成啊！

"四十年来画竹枝，日间挥写夜间思。冗繁削尽留清瘦，画到生时是熟时。"郑板桥的这首题画诗可谓道出了创作的甘苦，"画到生时是熟时"说的就是孜孜以求的探索过程。对一个作者来说，日思夜想，走火入魔，苦心孤诣，惨淡经营，实则是为了寻求属于自己的一种最佳表现形式。而这种佳境不是经常能捕捉得到，所以才令人穷追不舍的。从这个意义上说，我对一些"专栏作家"很不以为然。我认为即使他们才思如潮，妙笔生花，也不可能天天艳遇缪斯。文章得之于无心，失之于刻意，如果轻薄为文，强说滋味，把一些貌似秀丽实为油滑的陈词滥调勉强成章，那也只能是凑热闹的游戏之作，连自己的羽毛也不珍惜了。

杜甫有云："文章千古事，得失寸心知。"这样的高度我不敢仰企。业余所爱，时有小文，也不过是为"陶冶性灵存底物"罢了。唯其如此，才要求自己用心用功，严肃写作。若是那情绪意念仅仅如鸟儿在脑际盘旋，不往稿纸上飞落的时候，我说什么也不愿作践它的美丽羽毛的。我只能苦苦待那一声悦耳的鸣叫。

"由来作者皆攻苦，莫信人言七步成。"说得多有道理！

孩子心灵中的世界

我的小孙女维嘉差两个月才满四岁，这个年龄在大人眼里还是刚爬出褓褓的娃娃，不谙世事，单纯如一滴透明的水珠，幼稚如一茎随风俯仰的弱草，编个瞎话就能骗过她，做个手脚就能蒙了她。

然而，我们大人错就错在这里，愈是单纯的孩子愈是不能欺的，欺了，做大人的就犯下了不可饶恕的罪过。

近些日子，我越来越发现，小维嘉那双黑亮亮的眼睛好锐利，一下子就能看透大人的心，有时竟如剑的锋芒，直戳你心窝里最隐蔽的地方。我渐渐察觉，她已经学着用她的眼睛、用她的心灵去审度周围事物，明是非、辨真伪了。我再也不敢当着她的面弄虚作假、信口雌黄了；我必须循规蹈矩、谨言慎行、诚实认真地处理好每一件生活琐事。为了做一个合格的爷爷，我几乎是诚惶诚恐地对待我的小孙女，因为她使我不断发现我的虚伪、我的荒唐，以及我们大人身上的一切劣根性。

一天，奶奶问："维嘉，是奶奶好还是外婆好？""奶奶外婆都好，就是爷爷不好！""啊，爷爷怎么不好？""爷爷骗人。""怎么骗你？""爷爷说下班给我买香蕉，可是但……买的苹果。"瞧，我们的"可是但"连爷爷的小小疏忽也不放过的！那事事顶真、不容食言的纯正，我们大人做得到么？尤其是直言不讳地指出长者的错误，我们怕是更做不到的。我们长了心眼，多了世故，便要为尊者讳，为长者讳，为爱者讳；明明领导错了，尊者错了，你也不会轻易道出，甚至还要当面夸声好，讨得个欢心，求得个相安无事。

童心明净，童心容不了一粒灰尘。一次，小维嘉挺委屈地告诉妈妈，幼儿园的老师发给扬扬两块糖果，却没有发给她。因为扬扬喊老师姑姑，她没有喊。我依稀感觉到了什么，马上对她说："老师爱护维嘉呀，维嘉的牙不好，多吃了糖果对牙齿更不好。"对于这种必要的撒谎，小维嘉瞪大眼睛听着，最后还是相信了我的话。而我很快避开那双眼睛。也许这类撒谎很美丽，对孩子无戕害？我找理由原谅自己。

孩子从感情上渴望沟通，渴望友谊，渴望理解和信任，而且不存在任何的功利目的。某天，我看到这样一幕情景：小维嘉怀抱玩具熊说着悄悄话儿。我凑过去，靠近她蹲下来，小声问："你对小熊说些什么呀？"小维嘉回答说："我要送小熊回到大森林里去呀！离开了妈妈，妈妈不想它吗？""那是个玩具熊呀，能听见你的话吗？""能。"小维嘉很自信，"我抱着它，在它耳朵边说话，它当然能听见了。"接着，她又忽闪着大眼睛望着我："爷爷不都是这样对我说话吗，我都听到了呀！"

多么天真的孩子，让我忍俊不禁。但我一点也不怀疑小维嘉说话的真诚，我相信她与小熊之间的心灵是相通的。我紧紧地抱起小维嘉，刚才的那番话萦绕心头，令我感触颇多。我想，要求得人与人之间的理解和信任，你就得首先用真诚的心去贴近别人，像我们的小维嘉那样用心去交流，你就能听到世界上最美妙的声音。

孩子的心灵世界里没有冷漠，只有炽热的爱；没有邪恶，只有善良的情。那天，我们全家看一部纪实片子，看到故事的主人公为事业耗尽心血，正在死亡的边缘上挣扎时，小维嘉两眼盈满泪水，拉着奶奶的手大呼小叫："奶奶，奶奶，你快去救救他呀……快关上电视，不能让他死，不能让他死呀……"我们都被她感动了，小姑真的就把电视机给关上了。关心他人，同情弱者，救死扶伤，这本是人的起码品德，可是这些年来，人与人之间的感情淡了，有时甚至接近于麻木不仁，连惊心动魄的壮举也置若罔闻，更不要说去关爱一个需要帮助的危难者了。相比较之下，我们真该面对孩子做一次深刻的内心自省啊！

我得感谢我的小孙女，是她以孩子的真诚、孩子的善良、孩子的正直、孩子的洁白，教我从头学起，做一个堂堂正正的大写的人。让我知道羞耻，知道荣辱，警策我一步步走好，再也不敢去干坏事。这绝不是我的矫情话。

谁知盘中餐

眼下生活富足、衣食丰赡，人们于饭桌上大啖生猛海鲜、尽享美味佳肴的时候，对小小的一粟一米似乎已不屑一顾了。

为此，我常常想起一首古诗："锄禾日当午，汗滴禾下土。谁知盘中餐，粒粒皆辛苦。"这首选入小学课本作为思想启蒙的古诗，只要上过几天学的人都会熟背成诵、烂熟于心的。然而在青少年中知道一粥一饭来之不易却并不珍惜、甚至暴殄天物者为数不少。

说起来我家小女便在其中。喝稀饭留碗底，吃馒头掉馍渣，总要丢一片残渣剩羹挥手而去，很心安理得的样子。每次饭后少不了由我打扫"战场"。俗话说"吃了不疼撒了疼"嘛！尽管我疾言厉色地批评她，可丝毫也改变不了小女的陋习，反被她讥为"老抠"。无奈之余只能自叹"家教无方，生此无赖"了。

气罢安静下来的时候，我就想：出身本是寒门的孩子，怎么就一转眼学坏了呢？一次，和小女理论起来，她竟抱了几分委屈，反唇相讥我的生活观念过于陈旧。她说她去某学院看她的同学，亲眼见有个学生把好端端的整个儿的馒头隔窗扔往对面的墙壁，看它如何"叭"一声反弹过来，然后打一个响指很潇洒地扬长而去……我听着听着火冒三丈，简直怒不可遏了，这种行为和旧时的纨绔子弟有什么两样？这样的大学生将来走出校门能和劳动人民息息相通么？对此，过去新闻媒体也曾多次曝光，可问题并未得到解决。看来，对年青一代倡导珍惜劳动果实、崇尚节俭之风是非常必要和势在必行的了。

我是在农村长大的苦孩子，受过饥寒交迫的磨难，眼见老辈人如何小手小脚过日子。我的扛了一生长工的爷爷，吃馍的时候总有个习惯动作——双手掬在一起。那样，一星一点的馍渣就掉在掌心里，然后小心翼翼地抖手吃掉；有时不慎掉落地下几个馍星子，他也要一点点捡起来，吹一吹送进嘴里。我那时年幼无知，还以为是爷爷的一种怪癖，那一星半点的馍渣子，能垫多少饥充多少饱？真也太小家子气了吧！

后来进城上学，父亲每月都有几次背着布口袋为我送干粮。每次他把干粮从口袋里掏出后，习惯地把口袋抖了又抖，抖出的一小捧馍渣他就津津有味地嚼着。有几回还当着同学的面，弄得我挺不好意思，私下里埋怨他老人家有点太那个了。现在回想起来，实在对不起父亲节衣缩食供我求学的辛苦。我那时并不懂得珍惜粮食的要义，或者扩而大之，爱护人类所创造的一切财富，是一种为人所必备的优良品格。及至我有了家庭，有了孩子，品尝了锅台上放着几只碗的困顿生活滋味之后，才真正理解了父辈们珍惜粮食、不敢稍有靡费的生活习惯。

进城之前，我种过几年责任田，亲身感受到"足蒸暑土气，背灼炎天光"的辛劳，对于活命须臾不能离开的粮食，更有了一份特殊的感情。试想，年年盛夏酷暑，你钻进密不透风的庄稼窠里，大汗淋漓地松土、锄草、施药、治虫，从种到收的每一个环节里，一场风、一场雨都牵系着你的每一根神经，你几乎没睡过囫囵觉，没安闲地吃过一顿饭，忙得披星戴月，累得精疲力竭，熬得两眼红肿之后，面对白花花的米饭、香喷喷的馒头，你肯定会发现它的神圣，它的不可亵渎。你还会忍心糟蹋那点点滴滴血汗的结晶吗？所以，每当孩子们抛撒饭食的时候，我会半嗔半气地说："应该送到劳改农场去，作践粮食何尝不是一种犯罪！"接着我还要细说从前，把老辈人的辛酸故事翻腾出来。结果在孩子们的印象里我还落了个唠叨不休的"婆婆嘴"。

"老抠"也罢，"婆婆嘴"也罢，随你怎么说，反正在粮食问题上我是脱不了小家子气了。我尤其痛恨那种"有酒流如川，有肉积如山"的以公款大嚼、作践得满席杯盘狼藉的奢靡。我想问问灯红酒绿下的食客们，当你们"乐极未言醉，杯深犹恨稀"的时候，可知那盘中餐是怎么来的么？

少年不知愁滋味

现在的青少年，赶上寒暑假，生活的全部内容几乎就是"吃喝玩乐"了。一位同事说，他的孩子平常每个月的花销都在数百元以上，若是假期，那数字就更令人咋舌了，吃刁嘴食，喝各种"广告"饮料，玩桌球，耍游戏机，在那些五花八门的乐事中瞎混。真是"少年不知愁滋味"，加上父母的溺爱宠惯，简直到了随心所欲、任性放纵的地步。看着眼下城里的孩子那么多的玩法，那么好的心情，我就羡慕得不得了。心里嘀咕，自己小时候哪有这样的条件去玩去乐，一定是很单调、很乏味的了。可是回想一下童年的日子，却并没有丝毫寂寞孤独的记忆。

由此我发现，原来"快乐常结顽童伴，愁绪不缠稚子心"的。即使忍饥受冻，生活苦涩，少年的日子也是有滋有味的。

说起我的童年时光，因为家贫，便过早地帮助父母挑起艰难的生活担子。印象中最深的是寒假里的拾粪和暑假里的割草。穷人家的孩子懒不起，在这一点上父亲对我要求极严，疼归疼，但从不让我去看蚂蚁上树。寒假第一天起，他就把我从热被窝里拽起来，布置拾一筐粪的任务。于是，我惺忪着两眼，背上粪箕子开始钻巷子、遛旮旯、村前村后转圈子。一条贴身灯笼棉裤灌满寒风，"马猴"帽檐上结一层白霜，等到太阳露红便拾回满满一箕子。后来读古诗"鸡鸣茅店月，人迹板桥霜"时，愈加体味到了那种早起劳作的别一番情致，从来没有觉出一个"苦"字。

暑假里，则常常是母亲小声细语唤醒贪睡的我，好趁早晨凉爽割回牲口一天所需的青草来。我们东邻西舍的小弟兄们邀成一群，钻进密不透风的庄稼窠里，手镰并用，割呀薅呀，不到半晌午就割够了。正好，小河的水也晒热了，一群泥巴猴子便如下锅的饺子"扑拉扑拉"跳进河里，变成"浪里白条"，扎猛子、打水仗、抓小鱼……玩个黄汤浑水不知归。直到谁家的大人吼着骂着才爬上岸来，一排溜水鬼子顶着几十斤的草箕子往家里挪。那份玩兴，那份野趣，只能是岁月的留痕，永远也享受不到了。

成年以后告别了少年癫狂，参加了工作，接着成家立业，那曾经有过的快活一去不返，代之而来的是"怎一个愁字了得"。感到慰藉的是长长的人生路上，无论是三起三落、七灾八难，我居然都能熬出来、挺过去了。想想，我要感谢少年的那段生活，感谢父母"劳其筋骨"的家教，养成了我吃苦耐劳、坚韧要强、经得起水火打磨的品性，以致历尽劫数，饱饮沧桑而能甘之如饴。

如今的青少年衣食无虞，不知愁焦，捧在父母的掌心上视若明珠，已不知苦为哪桩事，这当是社会进步、物质生活丰富使然。但是我担心的是，当他们碰上突然的风雨侵袭，或是意想不到的变故，还有没有坚忍的承受能力和处变不惊的心理素质？别人家的情况不敢妄言，只说我那两个女孩子吧，衣来伸手，饭来张口，日日唱着过，天天"悠"着走，哪里想到过日子比树叶还稠，世事的艰辛困厄于她们已经是极隔膜的了。听说我补了工资，缠着非到馆子里"撮"我一顿不可，说什么此为"潇洒走一回"嘛！补发的钱尚未到手，就"强令"我出出血，说是要旅游去，而且说到做到，真的就"挟持"着她们的母亲嘻嘻哈哈地看海去了。

看来，快乐人生是青少年们的专利，做大人的只有羡慕的份儿，没有嫉妒的必要。我所忧虑的是，热衷于"吃喝玩乐"的孩子们将来的路该怎么走？我们的社会，我们的家长，于照顾好他们的衣食生活之后，还应该认真地想一想，怎样为他们的健康成长提供思想营养，万万不可缺少了吃苦耐劳所必备的精神钙质啊！

孩子是我们寄予厚望的未来，我们哪能等闲视之而无忧虑呢？

鸟　友

　　杨花拂去嫩寒，柳眉戏弄暖烟，正日丽风和，春光灿然，"爱鸟周"选在这个时候真好！

　　儿时，爱鸟爱得发癫。有副好嗓子的黄莺、画眉，自不待说；叽叽喳喳满院觅食的小麻雀，起起落落常惹大人们烦，可我喜欢；就连鸣声哑哑、被视为不祥的黑老鸹，我都想和它们交上朋友。

　　到了上学的年龄，读书识了字，特别爱背诵古人描绘鸟们的诗。

　　"两个黄鹂鸣翠柳，一行白鹭上青天"——春和景明，天地清新，何等让人心动目悦。

　　"春雨初晴水拍堤，村南村北鹁鸪啼"——湿漉漉的鹁鸪声，绕村而过，唤起多甜的童年回忆。

　　春天是这样美好，冬天呢？冬天也有冬天的鸟趣。老家是远近闻名的梨园村，千把株合抱粗的老梨树，黑黝黝的枝丫把个村子遮盖得深不可测。每年入冬，一到薄暮时分，铺天盖地的鸦群便飞来栖息。一轮恹恹西坠的斜阳里，鸦翅驮着落日的余晖，云彩一般涌来，哗啦啦落满枝丫，那情景果真是"渺渺倦鸦翻，相随日薄暮"。每逢这时候，我总要冲出家门，跑到梨园边，数着一只、二只……直到暮霭四合，脖酸眼迷，才恋恋不舍离开。

　　因为爱鸟，常常和前后院的小兄弟们搭伙去掏家雀、摸鹁鸪、逮青丝儿，误了吃饭，误了上学，惹得母亲嘟囔父亲横眉竖眼。有一天父亲终于大怒，一脚踹翻了我用秫藤儿扣的鸟笼子，那一脚不亚于在我心口扎上一刀。父亲心平气和后又和颜悦色地开导我："栽花不如种菜，养虫不如喂鸡。闲情是富人家才有的，咱黑汗白汗流着还求不得温饱呢！"体谅父亲的辛苦，不再惹他生气，我便把养鸟的事转到"地下"。

由爱鸟到养鸟，大概是所有孩子的天趣。上小学四年级的时候，有一天的课堂上，满屋叽叽喳喳的雀叫，经老师收缴，除少数几个女孩子外，几乎所有男孩子都养了小麻雀。放学路上，我们会因意外捉到一只试飞的小青丝儿欣喜若狂。一群小脑袋挤成一团，品它的羽色，逗它叫上两声……嘿，那快乐大人们哪里知道！与鸟结友，几乎是我童年全部的精神生活。

长大了，学到的知识告诉我，鸟类不独以嘹亮优美的歌喉取悦于人，而且以它的捕食害虫平衡和净化着人类的生存环境。据调查，一窝山雀一天便能吃掉3600条鳞翅目幼虫，给农家带来多大的好处可想而知。猫头鹰因怪相怪声遭多少误会，可它昼伏夜出，实是一位最忠诚的值更守夜的"森林卫士"。至于啄木鸟，它们用手术刀一般的尖喙，不知治好了多少病树，故而获得了"绿色医生"的美誉。今天，当我们享受着越来越美好的物质文明时，实在应该记取鸟们的功劳，从而更加珍爱它们。云雀在丹麦，乌鸦在瑞典，红隼在比利时，绿雉在日本……——被奉为"国鸟"而待如上宾。人们已经开始重视与鸟们和睦为邻，我们何时有自己的"国鸟"呢？

"花开鸟语辄自醉，醉与花鸟为交朋。花能嫣然顾我笑，鸟劝我饮非无情。"宋人欧阳修的诗很是确切地表述了我如今的心态。随着年事渐高，爱鸟，就任它在天空自由翱翔，再不干囚之于笼中据为己有的蠢事；却是花倒养了几盆，置于案边，满足些许私念。仰观城市的上空，已经绝少见到鸟们的情影，更不要说那拨动人们心弦的鸣叫了。

鸟们，回来吧！我从心底发出呼唤：你们是人类永远也离不开的朋友。

买菜小记

眼下到市场买个鱼肉蔬菜，短斤缺两被商贩们轻轻宰上一刀是常有的事，经的多了便不放在心上。

有一次买排骨，摊主的秤一冒橛子，说是四斤七两，我接过拎一拎就觉得不对头。摊主极机灵，一眼看出我不易察觉的疑虑，便要过去重称给我看："老师傅可看清楚了，都搁不上砣了，你瞧，四斤七两还戥外边。一步一杆秤，您校去，少一钱补十斤！"见我不置可否，好像动了真情："哎呀，价钱尽我要，分量我能不给足？做生意讲的就是这个，买卖公平，童叟无欺，坑您老师傅一星半点的我能长块肉夯拉着？四五二十，五七三十五，您给23块钱，那五角零头不要了！够不够意思？"一边说着一边顺手往我菜篮里丢了根剔过的肋骨。我心想这回准是我的判断出了问题，瞧人家那真格儿的实诚劲，怎么会骗我呢？

回到家里待把情形一说，老伴反倒犯了嘀咕："零头不要还饶了根骨头，怕是给你点安慰吧？"于是她接过来往手秤上一挂，天爷，算上那根骨头还短四两呢！老伴火了，嚷着要找去。"离柜不认账，你找他能补你？若是碰上了个茬子，说不定还尽拿丑话噎你。算了算了，吃一堑长一智，下回再掰他的秤星子就是了。"经我一番劝说，老伴的气算是消了大半，可那一餐烧排骨吃起来总觉像串了味儿似的。

此后再去市场，老伴便让我随身带着那把手秤。可我心想，逛市场就逛市场呗，腰里别杆秤算是哪码子事儿？穿街走巷，买菜购物，本来是悠然自在的一种消遣，褒贬货色，讨价还价，挑肥拣瘦，拌嘴逗趣，无非寻点乐子。若是掂着把手秤人堆里挤来挤去，急睁火眼跟商贩不是斤斤计较而是"两两计较"，岂不自塑小气鬼形象，让市井之徒侧目而视，成为人家的饭后谈资？

既不愿丢份儿，又不心甘情愿挨宰，于是便自作聪明生出个"狡黠"法儿，买前先出壮话喷喷对方："给够秤噢，我挎包里可是装着手秤的！"对方拿眼睖睖，见我一脸的正儿八经，便规矩起来。你甭说，此法倒也真的灵验了一段时日，每次买回的东西果然不再缺斤短两。然而戏法儿连着三遍不攻自破，日子一长，摊主们见我并未亮过一回手秤，估摸出了我不过玩的唬人法，遂又悄悄地"解禁"开宰。

风气如此，奈何？我倒惭愧于为此等小事曾经工于心计。一日，对老伴发起感慨，说："生活中杂七杂八的折腾就够咱应付的了，实在不该再为那秤砣儿头高头低劳心伤神，真是俗气俗气！"老伴知我心性，笑笑自我解嘲："对对，吃亏人常在，莫想发外财，只要咱不干那档子坑人害己的事，落个心里干净便罢。"

我会永远记住他们

在我人生的旅途上，有一段刻骨铭心的历程，直至今天，隐痛、感念还常常纠缠着我。我知道，那一段经历对于我是多么重要！它如影随形，无时不在向我提醒着什么。

已经过去了四十年，四十年前那场运动把我扔进了绝望的深渊。我像一个溺水者，完全失却了自救的能力，灰溜溜地去微山湖畔一家农场接受劳动改造。前路渺茫，我自暴自弃，学会喝酒、抽烟、打牌……追逐所有消磨生命的东西。我不相信命运，但我认定这就是今后属于我的生存状态。我懒得抗争，我只能随波逐流。

既然是劳动改造，就得去干最苦最累的活。农场给了我一把长长的钐刀，把我安插进打草队。八月的湖边，疯长的野草过膝齐腰，白天毒日头蒸人，夜晚小咬（一种蚊虫）吃人，提起来好汉打怵，是那种谁都视为苦役的原始劳动。

第一次打草，我既有一种莫名的悲壮，又有一种被驱赶、被奴役的悲哀。当我趔趄完十多里荆茅丛生的荒路、已经精疲力竭的时候，黑着脸的队长吼一声"干活"，我才真真实实地感到自己成了最底层的人。

——穿着臭汗渍出碱花的柿涩衫，嚼着热风烘干的煎饼卷，干着牛马一般的体力活。

然而，生活又的的确确是个万花筒，它的魔幻般的变化往往令人吃惊。当我像个囚徒苦苦挣扎，并打算乖乖就范做它的俘虏的时候，前面竟突然出现一个亮点，鼓动着我咬紧牙关也闯过去，心里陡然升腾起飞蛾扑火般的壮怀激烈。

　　事情的起因是有一天，队长因我整日愁眉苦脸、一蹶不振的软塌样子，虎起脸骂道："你只管瞅瞅你那个熊样！来农场就不怕抽筋扒皮，别指望谁可怜谁！"他接着又甩出一串脏话，夺过我手中的钐刀，却有一丝怜悯的眼神一掠而过："去，把乱草归拢归拢，往后就干那轻松的吧！"

　　我心头漫过一股热流，眼泪差点夺眶而出："是啊，怜悯会毁了一个人，我绝对不会接受同情！"

　　在后来的日子里，队长还有其他人给了我许多启示。他们有活就拼命干，雨天则呼噜呼噜酣睡，喝烈性酒寻开心，抽劣质烟斗嘴皮，生活对于他们似乎一丝儿沉重感也没有。尤其是那个为大伙烧汤燎水绰号"白香瓜"的女人，大襟褂子从来不扣，晃着两个奶子招眼地在人前蹿来蹿去，指鼻子戳脊梁骂臭男人个个都是饭桶，把她个老娘累死也没人疼……男人便有了粗鲁的"疼"法，于是就揽腰扳倒，就乱摸乱抓，她却嘻嘻哈哈顺地打滚也不在乎。日子一天天就这样过，快乐的农工们改变了我。我开始自省：我不是来接受改造的么，凭什么要把自己的苦相带给别人看？带给这个本来就沉重、就极少清闲的劳苦群体？

　　打那之后，我逐渐融入他们的喜怒哀乐之中，成了一个酷似他们的农工。我除了重新挥起钐刀、汗流浃背地猛干之外，一闲下来就和他们一样神吹海侃，和他们一样扯着脖子大碗喝水，背对女人大泡撒尿。我们扯女人，扯男人缺少的所有的东西，扯得荒唐放纵，扯得荡气回肠，把单一色调的湖滩草地涂抹得五彩缤纷。充实的生活拯救了空虚的灵魂。我终于发现在这些普通劳动者的身上，闪耀着令人钦仰的粗犷、豪爽、质朴、坦诚的人性光芒。同时让我感悟到生活不全是面包和牛奶的滋味，苦辣酸咸也是生活不可或缺的四味。对于生活，你既没有理由抱怨也没有理由拒绝，只能沉住气咀嚼。

　　多少年过去了，那段生活始终如一条喧腾的河，在我心头流淌。我与农工们的友情，我们一起发生的故事，总想说说让别人听听。今生今世，我会永远记住他们！是他们搭救了我。他们虽然平凡，甚至人性上带有残缺和丑陋，但他们最能消化痛苦、创造快乐，是最真实的人！

心仪儿歌

不管谁回忆童年趣事，往往都有一串串紫葡萄般的儿歌悬于心壁上。它玲珑剔透，汁液饱满，一碰就会滴出甜甜的奶香。儿歌，以它的亲切，以它的朗朗上口，伴随我们蹒跚学步，引导我们踏上漫漫人生路。

我学写诗便是从儿歌开始的。朋友戏称我为"诗人"，其实我是算不上诗人的。我十六岁学写诗，从老祖母那儿学得的押韵合辙，居然就诌出了顺口的东西，居然就很幸运地被编辑看中，一而再地发表在《中学生》杂志上。老诗人沙鸥还为其中的一组专门写了评论文章，让我的名字在五十年代风光了好一阵子。到今天有老友提起那段往事，称我年少有成，我却视之为牙牙学语的习作。以《牵牛花》为例："牵牛花，满篱爬，你家我家是一家。河东谷，河西瓜，沿河十里白棉花。走一步，看一下，全是社里的好庄稼。"三三七的句式，浅白的语言，直来直去的思路，从外象到内蕴都是地道的儿歌形式。

我这样看待我的少年习作，绝无贬低儿歌的意思。相反，我推崇儿歌，对儿歌怀有一种特殊的感情。还是刚刚记事的时候，从奶奶口里流淌出的儿歌如一条亮晶晶的小溪，便开始洗濯我一颗天真无邪的童心。"小板凳，歪歪，里面坐个乖乖。乖乖出来买菜，里面坐个奶奶。奶奶出来烧香，里面坐个姑娘。姑娘出来梳头，里面坐个小猴……"像这样的儿歌你可以视它毫无意义，或者说它不知所云，但你不得不承认它的无序中的有序，它的跳跃中的丰富联想。它从奶奶的嘴里信口而出，像一条闪着七彩光环的魔练，上面缀着一嘟噜神奇迷人的生活故事，让你似懂非懂，却学唱得兴高采烈，差不多一遍成诵，终生不忘。这样的儿歌文人不去写也写不出来。

有人说儿歌是挂在孩子脖子上用五谷杂粮、山果草籽串成的项链，朴素无华，散发着泥土气息，此话言之成理。七岁那年我去姑姑家，冲着表嫂挤眉弄眼唱："巴根草，支楞楞，我唱唱，表嫂听，表嫂叫我小猴子，我是表嫂老头子。"年轻的表嫂羞红了脸，跺着脚直发狠。姑姑笑着解围，一把揽我在怀："我的儿，是谁教的你呀？"我说是奶奶，姑姑的眼泪竟流出来了。像这一类的儿歌，多是挑选最结实的词语穿成一串儿，句句如炒豆粒儿"嘎嘣"响，如玉米粒儿般瓷实，意象鲜活可感，内容贴近平民生活，朗朗上口的流韵里飘溢着泥土的芬芳，氤氲着人间烟火味。

以上所言的传统儿歌，大都是经过一代代老祖母们的打磨提炼，变得锃亮浑圆，温馨可人，经得住品味把玩，令人喜爱。眼下的新儿歌，多粗蛮恶俗，无法望其项背。由此，我想起了六十年代诗友李作华一首名为《嫁妆》的儿歌："金粪筐，银粪筐，送给姐姐做嫁妆。一筐金，一筐银，盛的金银取不尽。妹妹哭，妹妹闹，妹妹吵着她也要。社长说，傻妮子，你的嫁妆是拖拉机！"这样的儿歌，从生活中来，虽打上强烈的特定的时代烙印，却不失纯真情怀，既钻入童心又带有口语的色彩，丝毫无文人气，近于民间大师手笔。撇开苦难，谁都有一个亮丽的童年，那亮丽便是儿歌的光彩。哪一天我若能写成一首流传小儿之口的童谣，朋友呼我"诗人"，我想我便不会脸红了。

足球，永远年轻

巨大的地球围着小不点的足球旋转了整整 33 天。这奇特的"天文现象"绝不是出自童话家的生花妙笔，而是真实的存在。1998 年的炎炎夏日，五彩缤纷的世界没有哪一桩事能具有与其相匹敌的魅力，没有哪一种物象能像它那样充满刺激，令亿万苍生神魂颠倒。这就是法兰西世界杯赛所搅起的铺天盖地的绿茵旋风。

足球，这项源于公元前 475— 公元前 221 年我国春秋战国时期的"蹴鞠"，以后过了很久很久才被英吉利人丰富成现代体育的运动，它的诱惑力，它的穿透力，它的挑战性，它的青春朝气，无一不达到了极致。

从北京时间 6 月 10 日 22：40 到 7 月 13 日 05：45，足球的影子无处不在。跨越国界，超越政治，不分卑微显贵，不分人种肤色，足球以人类通用的语言传播着和平、友谊至上的信息。它的亲和力，它的平民精神，使多少人泪流满面，情不能自已。美伊对垒，冤家聚头，美国球迷和伊朗球迷却紧紧握起了手。场上的 22 名球员含笑交换礼物，合影留念……这就是足球！它以博大的胸怀容纳百川，化解人间的所有恩恩怨怨。

足球，以它深沉的理性思考，化干戈为玉帛。马尔维纳斯群岛战火刚熄，阿根廷和英格兰两支球队便携手迈进第 13 届世界杯赛场。时隔四年，在加沙地带厮拼得天昏地暗的以色列和巴勒斯坦士兵，不约而同地放下武器，躲进各自的碉堡看起了第 14 届世界杯。本次杯赛，断交 19 年的山姆大叔和伊朗同场竞技，就此，克林顿在电视讲话中说："我希望它能成为美伊两国结束隔阂的另一步。"这就是足球！它左手放飞洁白的鸽子，右手挥动碧绿的橄榄枝。

面对足球坦诚的灵魂，所有的人，无论你是刚强铁汉还是窈窕淑女，无论你是政界巨头，还是黎民百姓，都毫无遮拦地掏心扒肺祖露人的率真无邪。法克交锋，希拉克为胜利鼓掌而笑，快乐得像个大孩子；而土季曼一脸的凝重，他显然心里不大好受。足球牵动着人们的每根交感神经，让人悲情难抑、豪情恣肆。当中国足球一次次失利刺痛炎黄儿女的心，竟连锦心绣口的女作家徐坤也骂出"狗日的足球"之类的粗话。然而谁都能理解女作家浸透爱与恨的那颗纯正的心，"失言"恰恰是对中国足球"哀其不幸，怒其不争"的传神写真。历届世界杯，几乎都少不了足球流氓的滋扰生事。所谓的"足球流氓"的反常举动，无非是一些狂热过度的足球崇拜者的非理性的行为。这种行为恐怕再高明的心理学家也诠释不清他们扭曲的心路。足球使人性返璞归真的同时，也掀开了低级趣味的人性中的负面。

我们的世界因足球变得美丽动人，足球因世界性的参与愈加流光溢彩。历史的尘埃可以湮没显赫一时的帝王将相，人们甚至记不起三世之前祖宗的名字，但是却会传诵着贝利、贝肯鲍尔、普拉蒂尼、马拉多纳等曾经叱咤风云于绿茵场上的英雄们的名字，一往无前的飓风，闯关夺隘的神勇，一剑封喉的破门，山呼海啸的喝彩……所有的激动人心的镜头，都在折射着民众对足球的一种图腾化崇拜的心理，一种日久积淀的社会文化，一种人类永不言败、战斗到最后一刻的精神！当今，可以毫不夸张地说，小小的一只足球，已经成为全人类生存及进化的活力因子！

北京时间1998年7月13日凌晨，第16届世界杯徐徐降下了壮丽的帷幕。法国夺冠、巴西饮恨的结局，对于中国球迷来说出乎预料或在意料之中都不重要，重要的是世界杯给我们的启示：足球——永远年轻的形象，将激励诞生过"蹴鞠"的东方热土及生息在这片热土上的龙的传人，以全新的创造精神迈向下一个更加辉煌的世纪！

想起一首民谣

　　70年代，乡下老家流传着这样一首民谣："大（队）干部，小（队）干部，一人一条化肥裤，前边是日本，后边是尿素。染青的，染蓝的，就是没俺社员的……"幽默、诙谐的话语，尽管有点儿刻薄，却恰恰道出了当年的一段实情。一针见血地针砭时弊，毫不留情地揭露世态，这便是民谣的特色吧。

　　那首民谣反映的社会现象已经成为历史，我无意评说什么，只是对它隐含的另一层意思颇有感触。那时，我们的国产化肥尚属起步阶段，远远不能满足农业需要，因此要大量进口外国化肥，特别是日本尿素。连带而来的是包装尿素的化纤织物袋，那种化肥袋用来做裤料，下垂、挺括，洗后不见皱褶，比棉织品的观感好得多，一时成了人们追逐的"奢侈品"。僧多粥少，有限的尿素袋子可以理解地便成了大、小队干部的专利品。百姓羡慕、生嫉，心理失衡，编成顺口溜调侃调侃，亦属情理之中。

　　我最早穿上化纤料的衣裤也是在70年代，不过不是舶来品，而是地地道道的国产货。常州市文联的一位挚友，先是寄来一封言词恳切的信，说他的上海亲戚，可以买到金山化纤厂的内销产品，价格便宜得不得了，于是就想到了我这个"锅台上放着七只碗"、手头时常拮据的穷朋友。时过几日，包裹邮过来，打开一看，五颜六色，捻一捻手感滑爽，掂起来轻柔柔地打飘，是那种后来充斥市面的"的确良"之类，我选了深灰色的一种做了一身新装。嗬！穿起来就是与众不同，招引来一片惊奇的目光。那一年，我携妇将雏，自我感觉很美地圆了一场衣锦还乡梦。现在提起来，真成了不大不小的笑话。

吃饭穿衣，是我们有着十多亿人口国家的一件大事。只几年间，我国的合成纤维工业蓬勃发展，穿衣凭布票供应的年代一去不返。就在那时候我又听到朋友传言，说洋人们早就舍弃化纤织物而热衷于丝、棉、麻之类的天然织物了。说是化纤织物虽然外表美观，但是不透气、不吸汗，穿起来沾身不适，尤其是带有静电之类的东西还对人体有害。是真是假，含含糊糊，我和大多数国人一样，没放在心上，也就不以为然地穿了多年的化纤织物。

几十年倏忽而过，反观现在人们衣着的变化，特别是面料质地上的选择，令人不胜感慨！现在你无论去大商场还是到小摊点挑选成衣，卖家总会苦口婆心地劝购："用手试试，纯棉的！真丝的！包你穿在身上舒服！"好像这么多年我们都是遭人愚弄变傻，需要棒喝才能回过神儿似的。到外贸店或专卖店走走看看，那些肥肥大大、宽宽松松的专给外国人做的服装件件价格不菲，可青年人趋之若鹜，奔的就是纯棉或纯丝、纯麻的质地。给人的感觉穿衣再不是等闲之事，已经到了格外讲究、格外审慎的地步了。

一首民谣，一段沧桑旧事，几十年之后的今天，重新咀嚼一番，除却它的原汁原味外，我还品尝出了别一种滋味——物质从匮乏到丰盈给人们带来的生活观念的嬗变。

留下一处风景

我家五楼阳台对面，一幢新落成的大楼遮了半边天。全封闭式的茶色玻璃窗，奶油色贴面瓷砖，银灰色铝合金落地门，在融融春阳的辉映下，显得格外明丽淡雅。过往行人驻足仰观一番之后，大都发出一声赞叹："嚯，好漂亮的大楼啊！"

这座大楼从基础土建到封顶完工，前后历时年余。这么长的时日里，几乎每天早晨和黄昏，我都要凭窗望一阵子对面的风景。不是夸张，这幢楼确乎是在我的瞩望中一节节拔地升空的。风雪里、雷雨里我瞩望；严寒里、酷热里我瞩望。我瞩望那些戴铝盔或者柳条帽的建筑工们，如何像蜂群营造蜂巢一样忙碌，如何精细地堆砌起一块块红砖，如何奋力将成吨成吨的建筑材料举向高空。每一个黎明，是他们把我从沉沉酣梦中唤醒，直到深夜他们休息后我才能得到下半夜的安静。许多难以名状的声音，从工地的每个角落发出，又聚集起来成为訇然的喧响。为此周围的居民烦透了，常常提出抗议，常常口出不逊。逢上这种时候，我感情上总是站在建筑工一边，替他们辩白，代他们述说苦涩无奈的歉意，竟至被误认为那带工的可能是我的什么亲戚了。

我不知道我为什么一定要为他们辩白，我们只是瞩望中的相识，从来没说过一句话，连一次手也没招过。只因为他们是农民建筑工，是从乡下来的，我就感觉特别的亲切，父老兄弟一样的亲切。如今，他们走得无影无踪了，只给这城市留下一幢大楼，留下一处风景。只要我看一眼那风景，我的心便要怅然一阵子。

　　过去一年多的日子里，我沿着穿城的小河上班下班，沿河那一排简易工棚就是他们临时的家。冬天的一个中午，说不清出于一种怎样的心理，没经主人的允许，我冒冒失失推开虚掩的板门，心不禁为之一颤。没喂灰口的砖墙缝嗖嗖钻进丝丝寒气，稻草铺上挤挤挨挨悬着一顶顶脏成黑褐色的蚊帐，冬天里还会有蚊子么？是没时间拆除还是为了给自己圈起一小块方便的空间？未经整理的棉被上面蒙着一层汗渍过的灰尘，原来的花色图案几乎辨认不出来，苇席下隆起的砖块便是枕头了。为城市砌造高楼大厦的人却要住在这样窝囊的工棚里，该是何等的辛苦啊！我的**鼻翼酸酸的**。

　　听到了动静，一位上了岁数的老人挂着笑走过来。一边擦起脏兮兮的围裙擦手，一边"同志同志"地打招呼，看装束是为他们办饭的。从老人嘴里我得知，他们是从边远的乡村进城挣钱来的。他们那个县里像他们这样从事建筑业的有好几万，下关东的走西口的都有。他们包得上就近城里的活算是挺幸运的了。他们背井离乡，夙兴夜寐，用血汗，用力气，承揽着城里最苦最累最粗最贱的活，在改变自己命运的同时，也改变着城市的面貌。小工三块五块，大工十元八元，除去吃用所剩有几？他们干的活城市人不会去干的。他们住的窝棚城市人也不会去住的。他们吃的是最低档次的方便快餐，一锅萝卜条煨粉丝，或者一锅大白菜稍加荤腥儿，单调，乏味，清一色碳水化合物而已。然而他们吃得有滋有味，干得用心用力，成天乐呵呵地让城里人惶惑不解。他们将省下来的钱捎回乡下养家糊口，他们为城市的发展做出了贡献还感激城市给了他们机会。大楼落成了，他们便默默地离开，在城市的另一个角落，重新开始又一轮的夜以继日的辛苦。我常常想，只要你看见建筑物上那些缄默的石头，那些撑持重负的钢筋梁柱，你就一定会感受到那些从乡下来的建筑民工朴实无华的品质。

　　还是在这幢大楼落成的时候，我见到一位老民工（也许他就是带工的），在拆除最后一副脚手架后，脸上的表情庄严沉重如石雕，久久地凝视着，眼神一层层向上望直至楼顶，一如画家审视他的作品那样投入，然后才恋恋不舍地离开。是啊，这楼不仅仅是他们给城市留下的一处风景，它分明是一座纪念碑，一座记录下他们为开发建设城市出力流汗的丰碑！

　　我越来越思念他们。现在他们在哪儿？但愿他们在为城市付出辛劳之后，会得到应有的快乐和幸福。

宁　静

　　喜欢宁静，尤其喜欢在宁静的环境里漫无目的地散步。年轻的时候，似乎不是这样的，这大概属于一种老年心态吧。

　　逢上过礼拜，特别是炎热的夏天，青年人睡足了懒觉还要不避烈日张开的火伞，去逛商店，去游乐场所，哪儿热闹往哪儿凑，哪儿刺激往哪儿挤。我则早早地爬起来，在嘈杂尚未到来之前，去寻找属于自己的一片宁静。一般我都是沿着故黄河岸边那带形的林荫道踽踽而行，从容惬意地享受城市里少有的那一段美好时光——幽静、安谧、清新、凉爽。间或有赶早市的菜农，飞快地驾着电动三轮一掠而过，有嗒嗒的马车声由远及近……于是，这便造成了一种错觉，似乎不是置身于城市，而是乡村；确切地说，是城市里的乡村。我所居住的这座古老的城市，因为历代兵家必争而赫赫名世，可是她的飞速发展变化，她的快节奏的现代生活，几乎挤干净人们发思古之幽情的所有空间。因为不喜欢逛街，偶尔一次便感觉这古城陌生得不相识了，仿佛一夜之间那楼群如雨后春笋般冒出来，团团地把你包围在中间，给你一种心胸憋闷的缺氧感。如果去淮海路，你就得变成一条鱼小心翼翼在人流车海里钻，万万大意不得的。那些各种型号的车，从国际名牌到各种等级的国产货，色彩斑斓，式样驳杂，形成城市的新景观。站在古彭广场环顾，四周高楼林立，交叉路口车流汹涌，真有点大城市的意思了。入晚，主干道上霓虹辉映，灯火如昼，满眼的滚滚商潮，满耳的流行音乐，古城确乎走向了空前的繁华。

　　古城走向繁华无疑是件好事，是经济发展、社会进步的标志。置身于这种现代繁华，谁都会感受到生活的澎湃激流，谁都会因生逢盛世而由衷地赞叹阔步向前的时代。然而在匆匆忙忙劳碌之后，人们总还是渴望有一片宁静，让绷紧的神经得到短暂的小憩，调整放松一下生活的节奏。在我住所的东面，黄河公园本是片宁静之地，老人们在树荫下布棋、舞剑、打拳，成百上千的鸟笼挂满树丫，天籁之音充盈于耳。曾几何时，这里也让喧闹嘈杂给取代了。且不说白天，一大早四点不到，"露水市场"便开始人声鼎沸，日用百杂地摊堵塞了人行道，招徕顾客的叫卖声不绝于耳，加上五音不全的"三轮""四轮"机动车的吼叫，那简直就成了一片喧嚣的商海。谁还能在这样的环境里敛气平心地陶然入静呢？

为了寻找那份失去的宁静，和朋友们每年都要去趟微山湖。爬上铜山岛，放眼浩淼碧蓝的湖波，把疲惫的身心融入空灵的水色天光之间。兴之所至，还少不了弄一叶扁舟，没入接天绿荷里，摘莲采菱，歌笑唱和，充分享受大自然的赐予。被幽静之美陶醉了的我，竟至"乐不思蜀"，想在这儿结庐而居了。朋友中有人提议应该开发铜山岛，大兴旅游业，我马上表示反对。我以为，在当今工业文明高度发达的时代，微山湖虽已不再是世外桃源，但毕竟还保留着些许自然天趣，还是一片很少被红尘污染的洁地。倘若辟为旅游景点，车辇萧萧，舟船如织，我们不是又失去了一片宁静了么？

我这样说绝不是留恋小桥流水、烟村三五家的古情古意，我只是想，高度繁华的现代城市也应当并存几分宁静。她既热烈豪气、雄浑大度，又不失儒雅斯文的君子之风，能让不同价值取向的人们各有选择得其所哉。

我祈愿我所居住的古城更加繁华，早日跻身大都会的行列；同时，我也固执如一个痴人，苦苦地寻找那一片能够栖息心灵的宁静。

第三辑

流　年　逝　水

称呼的故事

记不清哪一天了，同事的上中学的半大小子顶头碰脸叫了我声"爷爷"，心头由不得"咯噔"一下子："唔，老了？真的老了！果然是岁月不待人啊！"

早年，读刘禹锡的《酬乐天咏老见示》，"莫道桑榆晚，微霞尚满天"，玩味之余，觉得于自己还是很遥远的事。尽管那诗所持的是积极的人生自勉，但毕竟抒发的是古稀老人的情怀。如今，这种心境不也一步步逼近我了么？

生活中，每天的感觉都是新的。就如每天都要瞥见早晨那轮太阳一样，鲜活而充满巨大的生命力，决然没有重复的感觉。头一回听人家小伙子叫我爷爷，以后就再也找不到那种莫名的惊诧和新奇，包括亲孙女嫩声娃气地冲我叫第一声"爷爷"，那心绪也大大不同。

我居然做了爷爷，快乐夹杂着沉重。面对这称呼，我想我的人生旅程终于走到了又一站，终于有了一个外在视为成熟的标志。我不是多少年前就巴望自己成熟么，然而老是成熟不起来，老是干出些"聊发少年狂"的荒唐事。

想起年轻时的一段往事，至今还觉得有点儿滑稽可笑。师范毕业那年正值"弱冠"，在一家小报当编辑，周围的人都叫我小阎，我竟至于老大不高兴。"男子二十而冠，冠而列丈夫"，太史公都这样讲了，何以在我的姓氏前面冠个"小"字？次年"反右"斗争中，有人就狠狠奚落了我一顿："阎志民这家伙傲得很，你叫他小阎不行，得叫他老阎，他是老子天下第一！"结果挺严肃的批判会响起一阵哗然讪笑。当时如果地下有缝，我会一头钻进去的。

那场运动之后，不再有人叫我小阎了，或直呼其名，或在姓氏前面换上"老"字。仿佛一夜之间，我真的变老了。一个内定"右派"，谁还敢昵称于你？世态炎凉，让我咀嚼着失去"小"字的苦涩。

以后去当小学教员、中学教员，我便成了"阎老师"，这称呼一直延续至今。其间也有例外的时候，逢上政治运动，积极分子们旧话重提，我还是那个"老右"。人，说怪也怪，愈是失去的东西愈想得到，愈是得不到的愈觉得它的珍贵。比如这冠以"小"字的称呼，只有回老家亲人的叫声中才有。婶子大娘在我的乳名前加个"小"字，亲亲热热地喊着，喊得我血沸情涌，五脏六腑直颤悠。满脸胡荏子的我，在她们的眼里，依然是个光屁股孩子，那种至深的情感撩拨得人鼻头酸酸的。想想这么多年的磕磕绊绊，直想扑进亲人的怀里哭个痛快。

几十年弹指过去，随着庚岁的递增，职业的转换，人事的变迁，于我各种各样的称呼可谓丰富多彩，一路琳琅。同辈人大都称"老阎"，亲近时换称"阎兄"，晚辈多为"阎伯阎叔"，叫得最多的还是"阎老师"。曾经诌过几句歪诗的缘故，喜欢戏谑的朋友便叫我"阎诗人、阎作家"，我也不置可否，算是默认下来。最让我感受深刻的是陌生人的问路问事，张口都是"老师傅"，且恭敬得像面对白发长者。这称呼给了我一个确凿的信号：我的人生之旅事实上已到"夕阳无限好，只是近黄昏"的阶段了。到了这个年龄，恰如青山夕照，人变得通体透明，心地一片灿烂，正该努力地创造一个短促的辉煌来。所以，我便不拒绝接受这个"老"字。稻谷由青转黄，辣椒由绿转红，皆为自然之法则，皆是趋向成熟的标志。人，也是这样由幼稚走向成熟，穷其一生追求的便是这至高的境界。因此，我也就不知老之将至，依然匆匆赶路，依然敬业勤作，常常兴致盎然，见猎心喜，偶成诗文，淡淡地点缀深秋的风景。

小孙女一口一个甜甜的"爷爷"，接受这个称呼是要有勇气的。我惕励自己，"晚晴风物好，长与共晨昏"，如果仅仅是表象的成熟，如果还裹着酸涩的内核，那就糟了！要紧的是心理上的成熟，思想上的成熟。

我开始懂得了人之尊贵，真想回过头来高质量地重活一次。什么样的称呼都无所谓，只是要自珍自重啊！

斗酒诗百

说酒必言诗，古人把酒和诗的缘分搅和得难解难分，几乎没了酒便没了诗。酒抱诗而醉眠，诗乘酒而癫狂。郭沫若先生有一个统计，在李白现存的1050首诗中，与酒有关的诗达170首之多。"纪叟黄泉去，还应酿大春。夜台无李白，沽酒与何人。"这谪仙人也真是个放浪纵饮的"酒徒"了。酒到了宋诗、宋词里，更是比比皆是，佳句迭出，仅《宋词三百首》的选本，提到酒的几近占了一半。可以说步唐人后尘，宋代诗家词客青出于蓝而胜于蓝了。

我总觉得酒和诗的结缘是古代文人自我作践出来的。封建士大夫们或屡试不中，或仕途多舛，或官场失意，便"一杯先为破愁城"，借酒浇胸中块垒，以求"是醒是醉人莫测，非梦非觉中了然"的心理平衡，结果"举杯消愁愁更愁"，形成了一种嗜酒无度的恶性循环。以致后来李白有采石矶邀月投水而死的骇俗之举。

从杜甫的"李白斗酒诗百篇，长安市上酒家眠"，到杨万里的"三杯未能通大道，一醉真能出诗篇"，简直把酒说神了，也把后人给蒙住了。酒气冲天，诗兴大发，醉意朦胧的灵感是属于诗人的。"近来逢酒便高歌，醉舞诗狂渐欲魔。五斗解醒犹恨少，十分飞盏未嫌多。"这难道是真的？酒果是诗的酵母吗？

早几年，我也曾因乱诌过几句而被戴上"诗人"的桂冠，可就是从来没有找到酒助诗兴的那种感觉。相反十饮九醉之后，迷迷糊糊，连自理的能力都失去了，哪里还能作诗应对？所以酒场上有人一提"李白斗酒诗百篇"，我就打怵。主人借此殷勤劝饮，"遇酒不饮负主人"，岂能拂了人家的一片美意，因此便舍命不拒，一醉方休，出了不少的洋相。

中国是诗的国度更是酒的国度，外国人把酒看成是中国的第五大发明。5000多年前的炎帝时代，从五谷种植的开始便有了酒酿。"地列酒泉，天垂酒池……纣丧殷邦，桀倾夏国"，说的就是3600年前的夏朝，桀已用美酒注成池塘，放舟塘中宴饮，可见那时酒已批量生产，普及华夏。最早的有文字记载的文学著作《诗经》中，就有了酒的记述："为此春酒，以介眉寿……厌厌夜饮，不醉无归。"这大概是酒与诗结缘的发端了。从此，3000多年的中国文学史一刻也没离开酒。远溯秦汉，近及民国，举凡竹林七贤，唐宋八大家，李白、杜甫、苏轼、陆游……没一个不是诗酒齐名的。看来酒中有诗、诗中有酒又决非玄言了。然而偏偏现在的诗人大多不是豪饮者，即使朦胧诗人也不是在酩酊醺然中写诗。而今饮酒者多为大款，饮人头马、马爹利、五星白兰地、X.O.轩尼诗，那是因为他们有钱。诗人囊中羞涩，不饮也罢。况且现代诗已扔掉了韵脚，更无因酒造成的韵致、氛围和融融悦趣之感。

我倒是很庆幸诗酒缘分尽，从此诗中无酒香的。其实古人对酒的认识也是相当清醒的，"只消一盏能和气，切莫多杯自害身""狂吟醉舞知无益，粟饭藜羹问养神"，说得再明白不过了。

写诗就写诗，何必一定要饮酒呢？

走在人生旅途上

重复一个题旨的作文，连自己都觉得好生奇怪，为什么要一次次絮叨生命的美丽？看来你这人的日子过得还挺顺气、挺有滋有味的吧？

知我者摇头：他呀，活得一点也不轻松。前半辈子磕磕绊绊且不说，只就眼下的住房，子女的工作、婚嫁，老伴的自费疗疾，就够他承受的了。

我却以为不知我者说对了。别看我成天匆匆忙忙、衣冠不整的狼狈样子，可心灵之约在我的前方展示着一幅又一幅诱人的风景，驱使我全身心投入，虽吃尽苦头而乐此不疲。我甚至于还要感谢上苍，它赐予我的生命是那样无与伦比。

想一想，这难道不是事实么？我们每个人都有着属于自己的、别人无可代替的生命旅程。在这段生命旅程里，苦涩也罢，甜蜜也罢，一个又一个驿站风景，不都成了我们美丽难忘的回忆？

学生时代，我曾经渴望色彩，亲近绘画，幻想着将来能够成为一位很有造诣的艺术家，以致入迷了好长好长的日子。遗憾的是可能出于天资的原因，最终只留下对艺术的几点朦胧感悟和始终不变的朝圣心情，无奈转而去亲近文学。回顾往事，我不因此追悔。我觉得我认真去做了，我没有虚掷年华，我把对生命的钟爱倾注于笔端，抒发我的热情和梦想，尽管笔法平平，文意笨拙。

对于生命之旅的认识，我自觉还没有进入大彻大悟的境界，时而激动于天堂的绚烂，时而战栗于地狱的狰狞。但是我开始明白，既然挣扎在这充满人间烟火的世界里，食五谷杂粮，度三灾六难，便不会一帆风顺，事事如意。因此，面对险恶，遭遇困境，我从来没有失去突围的勇气。我坚信，人生的旅途上不管如何的多风多雨，走过阴霾，穿过泥泞，便有一方明朗的天，便有一份亮丽洗濯你一度抑郁的心，从而使你获得新的前行力量。不至于像沙海里的旅人，因畏缩却步，被风干而倒下，成为一具失去灵魂、失去思想的木乃伊。

感谢多舛的命运，正是因了这个才让我学会了坦然地面对一次次突然降临的灾难。冰封雪裹里，我听得见春水化冻的潺潺低语；万木凋零时，我看得见柳翠桃艳的勃勃生机；当沉重的冰雹击打大地的时候，带给我的不是绝望，而是强烈的震撼和抗争的激情。怨天尤人是一种苍白的软弱，逃避现实是一出人生悲剧。人，当他脱离母腹的那一天起，便拥有了生的权利和责任。谁都希望自己生命的田园开遍芬芳的花朵，然而鲜花和荣誉只垂青于矢志不渝的跋涉者，永远和懦夫无缘。

我曾经有过一段光彩炫目的日子，后来因为众所周知的一场运动，被抛进蹉跎岁月，一度自暴自弃，失去了生活的勇气，于是苛待自己，鄙薄生命，几乎一蹶不振。后来下放去劳动改造，于偶然中顿悟人生大义。那是一个月明星稀的夜晚，我心力疲惫地蜷曲在麦草垛边，仰观天象，神游星空，脑海里蓦地跳出曹孟德的"青青子衿，悠悠我心。但为君故，沉吟至今"的诗句来，顷刻间感情上得到了一次愉快的释放。古代的智者成了我心灵的导师，仿佛就在眼前给我以微笑的启迪。广阔的宇宙，博大的思想，使我体验到了个人的渺小，却没有引我走向虚无，而是教我勇敢地摒弃畏葸卑琐，珍重自己，跌倒爬起来之后，更要走好每一步路，尽可能地展示生命的风采。

不管这世界怎样的有风有雨，怎样的残缺不全，爱和美的存在是永恒的。商品大潮冲击下的现代人，已经逐渐失去了淳朴敦厚，于惶惑迷乱中被不断袭来的苦恼困扰。物质生活的膨胀越来越挤小了精神生活的圈子。如果这是个悲剧的话，我们有理由抵制不让其堂皇上演。

珍惜生命，热爱生活，以饱满的激情拥抱明天，这便是我战胜软弱、永远昂扬向上的信念。

人生季节

窗外冷雨霏霏，一股砭人的凉意透过玻璃窗直逼过来，我不禁打了个寒战。冬天真的又来了。凭窗望去，奎河边一排杨树上瑟瑟发抖的最后几片黄叶，风雨中打着旋儿凄然飘下。自然界的生命终于让寒冬扫落了最后一片颜色。一转眼间，繁华热闹的盛夏，瓜果飘香的金秋，都成了围炉闲话的故事。

不知什么原因，兴许是年龄的关系吧，我对冬天特别地敏感，老早就穿上臃肿的衣服，迎接又畏惧它的到来。每天，当女儿穿着一袭薄衫上班去，我就少不了嘟囔："不晓得冷么？看看都是什么季节了？"女儿似乎很奇怪我的诘问，回头睃一眼然后扬长而去。我不明白，在她的心里，压根儿就没有冬天的影子。

我年少的时候也决然没有害怕过冬天。想那时候乡村农事完毕，几场秋霜之后，就盼着天空早一天飘下雪花来，最好能是一场大雪，把个乡野包裹在一片白皑皑的晶莹之中。这时候我就可以和邻居的小哥跑到雪地上疯个够。一阵子雪仗打得浑身的汗毛孔张开，然后再去滚雪球，堆雪人。等到数九腊月，茅檐下挂着水晶帘一样的冰凌，沟河汪塘冻个严严实实，那更是我们这些少年最巴望的季节。滑冰去，砸凌眼去，汪塘成了我们这些半大不小的孩子们的水上乐园。你尽可以一鞭子把个木陀螺抽得疯转，在欢笑声中看那陀螺如何转呀转呀直至醉倒下来。或者你坐在冰上，让伙伴们从背后尽力一推，哧溜，从这沿滑到那沿，简直若腾云驾雾一般，感觉妙极。也有扫兴的时候，我有一次就不慎双脚插进凌眼里，棉裤湿到齐膝不敢回家，只好让寒风冻干外边，贴身处却硬是让体温给焐干，乐极竟也没生出悲凉。现在回想起来，那是因为有了寒冷的冬天，孩子们才真正有了属于自己的童话世界。

夏天的酷热难当也是成年以后的感觉。少年时亦如盼望冬天一样盼望夏天的到来。拾柴割草，牧猪放羊，脊背晒得黧黑淌油，小河里一个猛子扎下去就成了"浪里白条"。见大人们在阴凉下忽闪着大蒲扇，骂着鬼天气，竟不知他们中的哪道子热魔。水里泡足泡够的我们，在大人们的嗔骂声中，每人脑瓜上顶一片荷叶，像得胜的将军鱼贯进村。

春天在我的记忆里极模糊，好像就是稍纵即逝的花开花落，几乎没有留下什么刻痕。倒是秋天令我铭心刻骨。壮年时，我正在一座小城里经受着灵魂重铸的痛苦。有一天，百无聊赖的我沿着绕城而过的河踽踽独行，凄风萧萧，苦雨绵绵，孤雁长唳，落叶飘零，天地间阴霾低垂，瘦水笼着冷雾，柳林含着泪烟，心情落寞到了死灰一般。那一刻，我觉得我成了被世人遗弃的孤魂，形单影只如一片掉进泥淖的枯叶，其色惨淡，其意徘徊。后来好长一段时间，我都害怕秋天的到来。

其实，秋天的充盈，秋天的明净，秋天的深沉和成熟是亘古不变的自然景观。我那时眼里的秋天，山川寂寥，落木萧萧，不过是心理上的秋天。古人说"境随心造"，此言不谬。现在盛世升平，百业俱兴，我也就变得格外喜爱起秋天来了。即便是有风有雨的日子，我依然能恬适而富有情致地忙活手头边的工作，再没有了那种由感情支配而衍生的悲天悯人心绪。兴致来了，还常常玩味宋人朱敦儒的《西江月》词："青史几番春梦，红尘多少奇才。不消计较与安排，领取而今现在。"此种人生最可意最悠然自得的境界，不是和秋天一样的清和明丽么？青史留名也罢，奇才盖世也罢，年轻人口出狂言倒是十分可爱，但人过中年之后则应把一切看淡，旷达宁静，随缘自适，悠然意远……

窗外依旧冷雨霏霏，我却巴望一场大雪早早降临，也好于漫天飞雪中，邀一群孩子奔跑于茫茫大野，呼喊着，欢笑着，痛痛快快地聊发一次少年狂，重温一回远逝的打雪仗的乐趣。

祝你生日快乐

54 根蜡烛点燃起来了。

女儿关上电灯，室内顿时变换成另一种氛围。柔光融融，蜡香习习，蜡烛们绚丽成一颗颗小太阳，很幸福地流着彩色的泪。全家人围着烛光，眼神里充满着虔诚，充满着爱意，充满着对母性的尊敬，定定地对着妻，拍着手唱"祝你生日快乐，祝你生日快乐……"

已是泪光盈盈的妻，用手拢一拢灰白的鬓发，很激动、很庄严地接受全家人的祝福。烛光摇曳里，我发现妻的端庄沉静，浅浅笑意里的万般柔情，正用她的母性的光辉辐射着她的儿女。我确信她这时是最幸福最幸福的人了。

为妻过生日还是第一次。过去了的长长的几十年，也许是多子女的拖累，也许是过多的苦涩艰辛麻木了记忆，妻就像丢失新婚那天的快乐一样把自己的生日给遗忘了。她从来不提自己的生日，我这个粗心的男人从来也想不到这一点。

几十年相濡以沫，妻为我吃多少苦，挨多少累，担多少惊，受多少怕，终于红颜蚀尽，霜染两鬓，无私地把一切奉献了出来，才有了今天我们这个风雨过后温馨可人的家。我何止是粗心，是缺乏互相关爱的那种至真至诚的热情！是太多的坎坷、太多的负载剥蚀了我应该具有的脉脉深情了么？我不能以此为借口原谅自己。我悄悄望一眼幽幽烛光里无声端坐的妻，不觉心底让泪浸透。我对自己说："弥补你犯下的过错，今后可得好好地善待她。"

34年前，在我举步艰难、心灰意懒的时候，妻闯进了我的生活，以光彩照人的青春形象征服了我的心。她不顾世俗的偏见，以炽热的爱接受了我这个"罪人"，让飘萍般的我有了一片平静的水域。以后的日子里，我们同沐风雨，共营爱巢，分担忧患，共享苦乐，让我找回失去的希望，振作起一切重新开始的勇气。想到妻对我做出的奉献，绵绵此情，我纵是肝脑涂地也难以回报。

然而，我这个过于粗糙的男人，只顾匆匆赶路，偏偏弄丢了那份人世柔情。这几年，孩子们相继成人，懂得了父母的不易，一再提议要为我们过生日。可我总是无所谓地婉拒，我说我来自社会底层，庄稼人的儿子命贱，那样的破费似乎欺祖而奢侈了。我告诉他们：你们的爷爷、奶奶从来就没有生日，乡下人不讲究这个。要过就给你们的妈妈过吧！就这样，妻大病初愈之后，第一次过起了生日。

当一曲终了，吹熄蜡烛，电灯复归明亮的时候，孩子们的激情达到了沸点，团团围住他们的妈妈手舞足蹈。一直沉浸在往事回忆中的我，此刻百感交集，已是泪流满面了。妻望着讨她喜欢又惹她生气的一群儿女们，欲言又止，把分切的蛋糕拣了一块最大的首先递给了我。

我恭恭敬敬双手接过，仔细品读妻那一脸的谢意，那流露出的无以复加的快慰，心里默默地说："待到明年今日，我要为妻亲手点起55根蜡烛，以全部的热情领着孩子们唱起那支全世界都熟悉的乐曲——祝你生日快乐！"

把回忆交给明天

人上了岁数爱回忆过去，而年轻的时候总喜欢憧憬未来。

当我还是个师范生的时候，逢礼拜天，便要约上几个同学结伴而行，爬云龙山、九里山，或到市里唯一的公园去漫无目的地浪游一天。我们脚不停、嘴不闲，走一路热闹一路，谈的全是关于未来的话题，全是关于成熟和收获的憧憬。在浓密的林荫下，我们围成一圈儿，有谁便开始朗诵一个叫卉放的中学生写的诗："亲爱的朋友，你想一想，十年之后你在什么地方……"爬上高高的山顶，望浩荡的故黄河，我们又会不约而同地唱起："像那奔腾的江水，流过五月的山岗……"年轻人的心如一座炽热的洪炉，将理想和希望燃烧成一片灿烂和光明。记得毕业前夕，和袁君、章君等又一次从西坡登上云龙山，面向旷渺寂寥的石狗湖，我们一个个"心潮逐浪高"。彭君摆出一个挥手指向远方的姿势，摄影师把那一瞬间的豪迈"咔嚓"一声浓缩进方寸之间！我们相约走向生活，走向未来。尽管那帧珍贵的照片已褪色，人物眉目难辨，但那一瞬间对明天的期冀却长留在我的回忆之中了。

有位诗人说："中年的船，没有港湾。"人到中年之后，生活的日程表排得满满登登，养老育小，男婚女嫁，本职工作，社会活动，子女前途，住房晋级，外加缠人的家务……千篇一律而又多姿多彩的日子，似乎永远也没有划上休止符的时候，哪里还有那份闲云野鹤的心去编织明天的彩锦？在疲惫不堪之后，躺进沙发做片刻的休息，脑海里出现的多数是过去值得留恋的一幅幅图景。

不知从哪一天开始，我喜欢上了音乐。因为音乐最能唤起人们对往事的回忆。不管是《安魂曲》还是《小夜曲》，在曼陀林的伴奏下，把人世间的一切，通过梦幻般的音乐语言淋漓尽致地展现给你。深夜，被旋小的音量，轻轻地似在无边的恬静中缥缈舒展的柔纱，送给人一片安谧和宁馨。福斯特的家园故老；施特劳斯的维也纳森林的故事；或者还有我们的二泉映月、春江花月夜……它们让我的心颤动不已，沉浸在曼妙的旧事中，然后闭上眼，梦返神游孜孜矻矻的过往年月，尽力地不让泪涌出眼帘。这样的回忆，实际上是一种销蚀人的慰藉。

一次，我背着几十斤的米袋上楼来，妻见我大汗淋漓、气喘吁吁的样子，心疼地说："这两年，我发现你一天天苍老了。""是么？"我无力地反问一句，心头却如重锤猛击。我自然是感觉到了的，懒散和惰性的滋生便是最好的明证。下班回到家里再不像以前手脚不停拾拾掇掇，进门的沙发成了我锚泊的港湾，成了我忆梦的温床，这老态还是女儿先发现的呢。是的，当一个人需要仰赖回忆支撑生活的重负时，事实上他已经不再年轻。十几年前，为撰写《淮海战役故事》书稿，我可以周游大半个中国，涉水跋山乐此不疲；在此之后，两次文朋诗友相聚的笔会都被我婉拒，甚至连单位组织的外出旅游活动，也被我认为可有可无而失去了"偷得浮生半日闲"的机会。这个变化连我自己都感到十分惊愕，不要说妻子儿女们了。

"男儿有求安得闲"，看来，我需要改变一下自己了。于是，我开始努力去追赶快节奏的城市生活，上班、下班绝对不按钟点行事，有意识地避开那沙发的引诱，疏远那份舒适和舒适中的回忆。我决意为自己充实新鲜的生活内容，比如和年轻人交朋友，从他们身上感受蓬勃的朝气；经常参加各种聚会，不拒绝一切邀请，让自我感觉处于良性状态。当然古典音乐还是要听的，不过不再沉湎于过去，而是面向明天，让心中升腾着创造一个新的自我的勇气。像不需回忆的年轻人那样，眼睛盯着未来，把回忆留给明天。

永远的明天，才是始终美丽着的诱惑。

回到少年时光

"少小离家老大回，乡音无改鬓毛衰。"不想真是应了这句古诗，30年后重踏故乡黄土路，我已两鬓稀疏，满脸皱纹，成了"儿童相见不相识"的异乡客了。

"涓流入海，叶落归根"，这几乎是羁旅在外、过了中年之后的人所共有的心病。有人怀念家乡的山水塘坝，有人依恋故园的老屋祖坟，而我日思夜想的却是童年时光的伙伴。

我们都是穷人家的孩子，一个老林塘子的后生。一起拾柴，一起割草，一起偷过东院大叔家的酸杏疙瘩，一起扒过西院二爷家的苦瓜蛋子……"少不更事"地上演着一幕幕恶作剧，童心和童心碰撞出一团团真挚亮丽的火花。这中间跟我最要好的当数蚰子哥和小磨盘了。

蚰子哥年长我两岁。清贫日月里唯独他生得白白胖胖、细皮嫩肉，村里人说我那大娘奶好，发孩子。小磨盘呢，小我两岁，矮墩墩、憨实实的，动辄哭鼻子，腮上脏兮兮地常挂着泪痕。新中国成立前两年，我们一同进了学校，一同念"大羊跑、小羊跑"。我那时长得又瘦又小，可就是有股倔劲儿。小磨盘遭阔人家子弟欺侮了，我就冲上前，可十回有九回占不了上风。逢上这种时候，蚰子哥就成了我俩的"保护神"。他二目圆睁，双手叉腰，往中间一站，那大块头儿硬是威逼得对方怵怵地溜了。

我们同窗六年，彼此互帮互助的故事足可写一本大书。我们曾经撮一堆沙土，插干柳枝为香，效仿"桃园三结义"，磕头发誓今生今世有福同享，有难同当。虽说儿时游戏，却情真意切，很有那么点儿庄严悲壮，以致后来每每忆及，便激动不已。

那时的我们，友情多么浓烈，多么真纯，眼里容不得一粒沙子，心里搁不住半句私话。如今，哪里去寻找这样直率、这样可贵的情谊？分别愈久，相思愈烈，我只想急切地去重温那旧情，去一股脑儿向他们倾吐几十年来只能诉说给亲人的伤痛。

然而世态已变，物是人非。到家就听说蛐子哥在一家社办厂当头头，已是村里腰缠万贯的首富，新楼平地起，家用电器一应俱全。对此乡亲们多有微词。而磨盘却因老实巴交，加上一家老小多病，依然过着几近新中国成立初期的寒碜日子。两家生活水平的强烈反差，令我愕然、怅然。

我躺在老家木板床上，反复回忆那段少年时光，愤怒多于感慨。我要找蛐子哥去！"苟富贵，勿相忘！"少年时的义气哪里去了？……不，我不能先踏他的门槛，我要先看望我的磨盘兄弟去，这样，我才能给自己找到点心理慰藉。

磨盘一家六口挤在三间破房里，那房子低矮、阴暗、潮湿，一股霉味瘴气。黝黑清瘦的磨盘弟木讷讷地向我诉说几十年的艰难日月，说到伤情处眼眶里竟盈满泪水。我好言安慰，并提醒他为什么不找蛐子哥帮衬帮衬？他说找过，他当不了女人的家，以后就再也没找过。"人穷亲断路，这是古理。"磨盘唏嘘着。我也只能陪着唏嘘。

"听说瑞兄弟回来了，今晚我摆场！"人没到话先飞来，抬眼望大门外闪进个人，依稀辨得出是蛐子哥，满面红光，腆着肚子，发福如《水浒》里的蒋门神似的。

少时三兄弟此刻相对而坐，不知为什么我的心绪压抑得很，好像有一堵无形的墙隔着。交谈言不由衷，感情上出现了一种莫名的障碍，早先准备好数落蛐子哥的词儿竟说不出口。我们就这样相对无言地沉默着。末了，还是蛐子哥打破窘境："晚上到我家聚聚，咱哥儿仨一醉方休！"

晚上，半生一聚，我决意尽兴，以浇心中块垒。于是我们频频举杯，豪饮撞开了心灵的闸门，抛开30年辛辛苦苦，屈屈辱辱，恩恩怨怨。烈酒烧沸浓情，我们痛诉心事，百感交集，原来没一个活得轻松。

30年啊，我们各有难处，只有酒才使我们找到了单纯，找到了真诚，找到了亲热与欢乐。

我们重现了无功无利、无忧无虑的本性，我们互相捶打着、叫喊着乳名。不知有愁，不知有累，不知有妻儿老小。

蛐子哥醉了，磨盘弟醉了，醉得东倒西歪，哭着笑着扭结在一起，比30年前还孩子气。蛐子哥拍着胸脯："瑞兄弟，放心，磨盘的事我包了！过去，当哥的不是人！"

是的，我们不该变为成熟的人，我们应该永远是孩子！尽管我也说的醉话，可是我要把此时的情绪保留下来，牢牢铭记人生最不该失去的那份纯真，那份热情。回来吧，我的美好的少年时光！

怀念白芋

　　"白芋骨碌白芋馍，离了白芋不能活。"这句流传于 60 年代初的民谣，至今还在我心底激起层层涟漪。提起白芋，无论城里乡下，只要上了岁数的人，就会有一种特殊的感情，就像突然和多年不见的患难挚友碰了面，往往手未紧握一起，眼圈先自湿了。

　　每年芦花泛白、落叶飘零的时候，在农村便到了抢收白芋的季节。几场秋霜，满地芋秧蔫耷，生产队长一声号令，男女丁壮一起扑进深秋的原野，割秧的割秧，刨墩的刨墩，然后聚拢成堆，然后按户头、工分过秤。一年一度，大人孩子围着白芋忙得团团转。先是挑出匀称不带伤的下窖储藏，备够一冬鲜食，然后把剩余的洗泥、切片，晾晒成芋干。赶上那阵子，家家都是饭不是饭，菜不是菜，胡乱扒拉几口，点灯熬油，撑住困劲，全家动员，老幼上阵，切的切，运的运，晾的晾，连夜把芋片或撒往大田，或晾于屋顶，或悬挂绳条上。赶上好天气，不消三五日，那芋片白花花的，地上如一片雪，瓦上如一层霜，绳上如一串串银元宝，确乎成了乡下的一道迷人的风景。只是庄户人家没那份闲情逸致欣赏那景色，忙不迭地趁干收藏，看看那冒了尖的秫秸囤，摸摸那圆滚滚的麻袋，终于长舒了一口气，一年的口粮总算有了着落。若是碰上秋雨连绵，芋片发绿变黑，不几天散出一股酒糟气，庄户人算是让老天给坑死了，只剩下掉泪。

　　寻常百姓对于白芋可说情有独钟，只要吃过公社食堂的，只要从三年自然灾害时期熬过来的，没一个不留下铭心刻骨的记忆。那时我在一所镇小学教书，一班里几十个孩子全是满脸菜色，头连着筋伏在课桌上无精打采，半睡不睡地听我讲课。有一次课堂上，我发现不少孩子嘴里悄悄蠕动着什么，经询问方知是嚼着他们呼为"馃子"的熟白芋晒成的干儿，就有几个递上来几片一迭声要我品尝。我那时肚子里也正饿得翻江倒海，哪里还顾"师道尊严"，便顺手捏一片放进嘴里。嘿，那种软中带硬、柔中泛甜的口感，类似一块牛皮糖，简直美极了！我敢说那是我一生中最高级的一次口福享受。

以后连续三年的日子里，白芋成了黎民百姓的救命之物。说来也奇，也是天可怜见，那些年抛撒在地里的冻白芋居然不苦不坏，捡回来浸泡成渣，拍出饼子烘焙，捏出窝头蒸煮，自家吃剩了还一块钱一个到城里去卖。当时的党和国家领导人的确体察下情，为了休养生息，与民共渡难关，十分适时地提出"忙时吃干，闲时吃稀""瓜菜代，粗粮细做"等温暖人心的口号。于是一时什么"蒜糜蛙鱼、狮子摆头、清蒸素丸……"等一系列颇带创意的白芋食品进入寻常百姓家。尽管花样翻新却万变不离其宗，吃得鼻塌嘴歪，吃得直吐酸水，只求果腹饱肚的人们也就顾不上讲究了。

沧桑岁月，早已远逝，可我总时不时想起那个年月，怀念度我饥荒的白芋来。打从明人徐光启的《甘薯疏》至今数百年间，苍生亿兆确乎皆和白芋结下难分难解之缘啊！进城多年来，逢上收芋季节也曾买上三斤五斤下锅煮饭，每次少不了老伴的唠叨："那物件你还没吃够？反正我一见它就犯醋心。"妻早已吃倒胃口，对她的反感我全然理解。

如今欣逢改革开放盛世，民丰物阜，人们的饮食结构发生了天翻地覆的变化。不要说城里一家家星级饭店拔地而起，即使乡村装饰考究的小酒楼也遍地皆是。什么粤味、川味、淮扬菜、鲁菜，生猛海鲜，满汉全席，如今的食文化迅猛发展，大有排山倒海之势。面对这类大嚼大噬，我常生出隐隐的怀旧情绪来。我倒也不是有福不愿享，无事找烦恼，只是觉得人之吞饭食菜除讲究养生适口外，总还要不忘俭廉，常思粒米来之不易，满足口腹之余还应追求一点精神上的东西。别人作何感想管不了那么多，我只能在儿女们面前念叨曾经与他们的父母共过患难的白芋。

中秋忆石榴

"七月十五定旱涝，八月十五定穷富。"儿时常听到母亲把这句农谚挂在嘴上。那时候不同于现在，秋熟作物多半是高粱、谷子，中秋节前老早进仓，丰歉已定。劳苦了一夏的农人便腾出手操办过节的事，这里面自然有庆贺一番的用意。

中秋节一来，一缕缕轻轻淡淡的果香，便飘散在各家各户的茅屋里。那气味里蕴含着节日的祥和，熏染得主妇们的笑粲然起来。

集市上，一堆堆、一摊摊，满条街上全都是酥梨、柿子、石榴，红红的，黄黄的，圆圆的，亮亮的，好吸引人哟。

母亲拢一拢蓬乱的发丝，拽一拽皱巴的褂襟，顺手掂了篮子，便带了我赶集。不往梨摊儿、柿摊儿转，眼睛只往那噘着嘴儿的石榴堆儿上瞅。

母亲对我讲："榴开百籽，石榴是个吉祥物；石榴是暖性的，消积化食，不比那黄梨、柿子，吃不巧要破肚子的。"

小贩们为了招徕买主，早把一只石榴剖作四瓣放在堆儿上，老远就让人看见那红如玛瑙、亮如珠玑的籽粒儿，像姑娘们的玉齿般朝着你笑，诱惑着你就偎了过去。

母亲挑选石榴，首先看皮质，凡是滑滑亮亮，且带几分矜持地泛着柔光的，准是新摘下来的。然后用掌心儿掂了又掂，铁疙瘩般坠手的，准是那种籽密粒小的铁石榴。母亲按人头多买了一个。这多出的一个便是对我随她赶集的犒赏了。

下集路上，母亲从篮里拣出一个大小适中的，用牙齿啃掉嘴儿，用指甲沿着两侧掐出痕儿，用力一掰，整齐排列的石榴籽儿如蜂房一样呈现出来。母亲只尝了一粒便全给了我，嘱咐我不必吐核儿，那核儿专化食的。吃剩下的皮儿，母亲接过来放入篮里，说是冬天就来了，扯几尺白粗布，用石榴皮着了色为我做一身新棉衣。

中秋节晚上，月亮升起来，父亲就着煤油灯开始切石榴。父亲有一把极锋利的小刀子，看他切石榴真是利落，一手把着石榴，先把嘴儿团团地切割一圈，然后食指、拇指抵紧两头，不轻不重在上面划了四道，只一掰便四分开来，这法儿看似容易，可得用点技巧。刀头划重了伤及籽粒，划轻了掰时少不了挤坏籽粒，力气必须用到恰好才行。月光下那切开的石榴笑口大开，那籽粒儿便分外晶莹剔透，看着让你不忍心吃它。母亲开始一瓣瓣地分给我们兄妹，我们便捧在掌心。柔柔的月色里，那籽粒儿犹如无数的水晶石聚集一起，莹洁、闪亮、点点殷红如火星在夜幕里闪耀。

父亲说，看皮相是萧县的品种，瞧那籽粒儿大大的，样儿水灵灵的。我们都不舍得大嚼，抠出一粒一粒细细地品。天上点点小星星，地上颗颗石榴籽，阖家圆月夜，将童年的愉悦罩在温馨的光晕里。

以后，父亲在院子里栽了棵石榴树，结出满枝的果儿，可吃起来总不抵那年中秋母亲买的。

如今，又是中秋佳节。举头望明月，眼睛便觉了湿润。在这一缕对石榴的忆念里，浸润着终生伴随我的乡情。

过　年

　　说起过年，人人都有一个属于自己的童年故事。

　　我的童年是在新中国成立前度过的。那时候生活的清苦眼下的少年人是想象不出来的。过年能吃上白面馒头，能见见荤腥解解口馋。若是赶上好的年景，说不定还能添上一身新鞋、新帽、新衣服呢！因此，乡下的孩子特别巴望过年。

　　能够熟记成诵的童年歌谣不少，其中就有两首至今重温起来还挺开心："新年到，新年到，穿新衣，戴新帽，噼里啪啦放鞭炮！" "老奶奶，你别馋，过了腊八就是年；腊八粥，喝三碗，大鱼大肉任你拣。"这样的童谣，在当时的困顿日月里，自然是染上了理想色彩。试想，有鱼吃，有肉食，有新衣服穿，怎不格外地诱惑稚童之心？

　　"田家重元日，置酒会邻里，小大易新衣，相戒未明起。"在乡村，辛苦劳作忙活了一年的农家，特别看重年节。一入岁尾，时不时三两声爆竹，便有了"年景"。无论穷的富的，都开始了忙年。赶集上店，走亲串友，备办节食，操办年货，扔下愁，丢下焦，几乎天天过"快乐"的日子。想想当时的情景，老一代人的随遇而安，索求甚少，常令我感怀于心。

　　奶奶在世的一年春节，家中无粒米下锅，扛长工的父亲背来斗半高粱，母亲连夜捏出一锅秫面团子，凑合着算是有了年饭。奶奶则在昏黄的油灯下为我赶制一件新衣。说是新衣，其实是用母亲一件旧裙子改做的。奶奶偷偷擦一把眼角的泪，强笑着给我套在破棉袄上，嘴里念叨着"穿上晃年新，捞银又捞金"，居然还乐得我又蹦又跳。那况味，那心境，如今思忖思忖却要鼻尖酸酸的了。

大人怕过年的心情直到我人到中年才有切身感受。70 年代初，工资 38 元，锅台上摆着七只碗，逢上过年，"小九九"盘算来盘算去：如何给妻子一点安慰，如何给孩子一点惊喜，如何给父母亲戚一份不太寒酸、聊表心意的节礼，真是恨不能一分钱掰作两半花。不过，背债借账，却也心安理得，为的是大年三十人归来，少一点遗憾怨悔，好"共欢新故岁，迎送一宵中"。

近几年，托改革开放的福，生活改观，家境渐好，过年的心思对孩子们来说已经淡而近无了。我却仍是巴望过年，当然不是为了解馋品酿着锦衣，而是寻找那种远去了的民俗文化意蕴。爆竹千瑞中，春联紫气里，暖炉温酒，滚汤热饺，儿孙绕膝，共享天伦，好不喜洋洋者哉！清人陈维崧云："五更爆竹千门响，轰醒阳乌春睡。早涌彤轮，竞开朱户……喜街影喧妍，穿帘痕韶丽，多少轻烟嫩霭，做就好天气。"

适逢升平时代，人的心情大好，过年已经是一种感情上的需要了。

学　农

　　"新筑场泥镜面平，家家打稻趁霜晴。笑歌声里轻雷动，一夜连枷响到明。"这是宋人范成大的诗。我喜欢宋诗，特别是那些描述农事的篇什，不独是它的清浅、流丽的诗风，更是它贴近生活的平民色彩。时隔千年，今天读起来仍给人亲切之感。

　　这大概是因为我生在农村、长在农村，自然形成的一种偏执的爱吧。

　　我的爷爷扛了一辈子长工，枕着犁臂终其一生，却没有一片属于自己的土地。父亲吃尽千辛万苦，置下几亩薄田，日夜劳作，四时躬耕，成了名满乡里的庄稼把式。照时下的说法，他该是个"种田状元"。

　　父亲对土地的那份深情，对田园的那份厚意，对庄稼的那份钟爱，是现在的青年人无法想象的。数九寒冬的深夜，他常常惊醒，冒风踏冰到田里转悠一圈，看麦子们可受得了冻害；三伏酷暑的晌午，他常常顶着烈日蹲在地头，点一锅旱烟听高粱拔节抽穗。

　　我十岁那年夏季，父亲把一杆比我还高半截的锄头交给我，开始"授业"。那天的日头特别毒，密密的高粱地里没有一丝风。他先是让我在后面边拾草边看，示范了一趟就要我亲自学锄，手把手指点怎样前腿弓起后腿蹬，怎样拉开架式把锄板端平，怎样套锄花斩草不伤苗，怎样深锄浅划不留"门槛子"……父亲做农活讲究精细，一杆锄在他手中如一根绣花针，描龙画凤纹理不乱，锄花儿鱼鳞般错落有致，深嵌的脚窝儿不偏不斜一蟒齐。父亲常对我念叨，从农活的一招一式里就能看出一个人的心性，看出他是不是一个凡事顶真的人。

"忍饥多是力耕人"，田家常常是以苦为乐。父亲力尽不疲伺候土地，一生过着半饥不饱的日子，可从来没见过他丝毫懈怠农事。他教我学农始终目光严厉，要求严格，若是我稍不留意伤了一棵苗，留下一棵草，必然招来一顿疾言厉色的责备。有一次我因贪玩半天，马虎潦草锄了几垄地，父亲发现后怒不可遏，硬是罚我跪在田头向土地忏悔。火辣辣的日头直射下来，晒得我豆大的汗珠直淌。母亲心疼地出面干预了："怎么能这样呢？孩子还小着哩！庄稼活，不用学，等他长大了自然就知道了。"边说边拉我往树荫下走。父亲硬是不依不饶："你懂什么？我要让他记住：人哄地，地瞒人，咱土里刨食的人就不能图清闲，不然将来他领家过日子妥不了饿掉大牙的！"父亲说这话时把脸扭过一边，声音变得缓和起来。后来听母亲说，当时父亲流下了眼泪，他是巴望我能像他那样成为一个合格的农人啊。

当我远游回到故乡，伺候二亩责任田的时候，父亲已经苍老得不能下地干活了。可每逢大忙季节，他总要一大早叫醒我和孩子们，好趁凉快多干点活儿。平时还常交代我，要孩子勤快，不能学懒。年年割麦插秧的当口，他总要拄着拐杖蹒跚到田头，看着"田夫抛秧田妇接，小儿拔秧大儿插"的忙景，脸上便挂起欣慰的笑意。此时，唯有我理解他老人家内心深处的那一片关爱。

如今，我搬到了城里，已和土地作别数载，父亲也离世多个年头了。回忆往事，我是多么怀念随父亲"晨兴理荒秽，戴月荷锄归"的那一段岁月啊！我把编稿子、爬格子当作种田一样一丝不苟，实是得益于父亲的教诲，从他的一生奋斗中承袭了一种人格力量。

春日里，品读"但得有牛横短笛，一蓑春雨自农桑"两句宋诗，我的心便如烟雨中的子规，啼叫盘桓在故乡田野的上空。

头刀青韭

　　"头刀青韭，又鲜又嫩的头刀青韭嘞！"一声叫卖，脆生生如一串春鸟的啼鸣，飞落到沿街一扇扇打开的窗口。叫卖声悠悠扬扬，溢着新泥的气息，飘着乡风的清爽，湿润润、甜软软地撩拨城市里家庭主妇们的欲望。从黎明中醒来的城市，在迎接一天的喧闹之前，正静如处子，格外平和，因了这一声叫卖，幽蓝的晨曦里，便氤氲着一种田园牧歌般的韵致。

　　一声叫卖，唤回我别梦依稀的往日，引我走进乡间那一片绿油油、水嫩嫩的菜地。仿佛我就如一棵青青的菜苗了，裸身生长在春阳煦煦的抚摩之中。我的根便又重新扎进那片温热的乡土里了，摇晃着一身夜露，重新感受一次质朴瓷实的生之欢乐。

　　我似乎又不是一棵菜苗。我的思念置于乡间那用树枝、秸秆编结成的篱笆园子里，心情敞亮如同沐浴着太阳雨的一片羽毛，如同挑在叶芽尖上的一颗晶莹水珠，在透明的爱意里，倾听喁喁低语而又隐隐作痛的镰音。我的躬耕垄亩勤劳为本的父老乡亲啊，每天都要为匮乏生命汁液的城市奉送一个鲜活的早晨。

　　叫卖声飘过来又飘过去，我在阳台上只能看见一个远去的背影。那一袭粉红的春衫于晨光里游移，如一支儿时听熟的谣曲，一路逸散淡淡的香，任怎么琢磨，都酷像我那乡下的妹妹。

　　此时何夕何年？此时我在何处？那溶溶月色下白练子般的小河，那阳光镀亮的柳树和杨树参差的林子，那斜风细雨里默默无语的老屋，那长满牛蒡草印有清晰蹄痕的小路，还有窗前含笑的石榴，还有户外轻吟的槐花，甚至软软柔柔诱你就要扑过去打几个滚儿的沙坝子，金黄金黄让你直想钻进去依偎叙旧的麦穰垛……多少有滋有味的少时梦，一刹那乡间万象全如映画般显现在我以绵绵思念编织出的幻影里……

　　在这远离乡间的城里，听那一声叫卖，分明是唤我的名字，我真的就变成一根瘦瘦弱弱的青韭了。

不会凋谢的微笑

那是一种怎样的微笑，如素色的米兰在你不经意间悄悄绽放，淡淡的、浅浅的、细细的。但是，那微笑的穿透力，简直就能直入你的灵魂，让面对它的每一颗心震颤不已。

已是十多年前了，有一朵这样粲然的笑不凋不败，在我的记忆里定格，成了永恒。

那时我得了一场大病，不知怎样住进了医院的。从昏迷中醒来，眼前白色的墙壁，白色的摇床，白色的被褥，这告诉我是在病房里。我的昏沉沉的头脑里一片空白，唯有阵阵疼痛显示着我的存在。

"终于醒过来了！"是谁在我身旁释然细语？柔柔的如风，润润的如露，软软的如水，是母亲的、妻子的、女儿的笑糅合在一起的么？我无法确切表述当时一刹那的强烈感受，我只觉得那微笑天使般的美丽。

她一身洁白的衣服，同这病房里的氛围极为和谐。她依然那样微笑着，一双明眸放着奇异的光彩，流溢着无声的语言。我的心里起了从未有过的激动，便试图挣扎着坐起来。

"啊哟，不能动弹的，你现在还输氧挂水哩，需要安静下来，懂吗？"她俯身轻轻制止我，口气像哄小孩子，"你不知道吧，胃出了血，差点挨了一刀。谢天谢地，眼下好多了！""谢谢，谢谢！"我无力地闭上眼睛。我听见细碎的脚步声飘然而去，如一支悠悠的抒情的歌。

"她一整夜没休息，就定定地守在你旁边。"同室病友感叹着，"干她们这行也真够辛苦的。"

"然而这是职业性质所决定的呀，她为什么要选择这一行呢？也许她并不喜欢，就如同我不乐意住进这病房一样，只是一种无奈？"我胡乱地想着……

又是一个早晨，我惺忪着眼，蓦然发现向阳的窗台上，有一束月季插在盐水瓶里，顿时为这狭小单调的空间增添了温馨的气息，热烈开放着的花像一团火。望着望着，不知怎么这平常见惯了的花朵竟使我领悟：生命只要延续就应该像这花朵一样燃烧，生活对于我们永远是迷人而美丽的。这肯定是她送来的祝福！"这一夜你睡得挺好，现在该服药啦！"晨光里她走来了。依然是那曼妙的语调，粲然的微笑。"谢谢你啦，谢谢你啦！"我的眼角有一股热乎乎的东西。

她的手臂做了一个优雅的动作，示意让我平静下来："谁都会生病的，生病不可怕，重要的是心情好，什么病魔都能战胜的。"

说这番话时，她的眼睛极美。

她已人近中年，我只能从她眉宇间尚存的清秀猜测到她一定有过美丽的豆蔻年华。后来，她把光艳照人的青春默默献给了洁白的事业，就如那窗台上的鲜花总会凋谢一样。多少年过去了，打针，送药，天天机器般地运作，无可挑剔地尽职尽责……可那一束鲜花所寄寓的美好感情，病人该怎样理解、怎样珍重啊！

我真想把我的感动一股脑儿说给她，可是当我的眼神触碰到她的微笑时，嘴巴变得出奇的笨拙，我几乎什么也没说。出院时她还是以惯常的微笑对我说："不管什么样的痛苦，都是创伤造成的，都需要理解和温暖。"这可能就是她忠实于事业的精神支柱吧！

我只知道她姓张，不知道她的名字，多少是个遗憾。但重要的是她把微笑留给了我，像一朵不会凋谢的花，在我心里永远美丽地开放着。

潇洒老友

"咚咚咚……"

一阵敲门声。

"来了，来了！"我一边应着一边忙去开门。嗨呀！万没想到是他，我在沛县的一位老友 S 君。一晃多年不见，他还是那个样子，眯缝着一双眼睛，一脸笑嘻嘻的神情。

于是便让座，便泡茶，便递烟，便互相询问这么多年的状况。

十五年前，我和 S 君在一个小单位里共事，因为都是单身汉，共住一间宿舍，早早晚晚泡在一起，关系亲密到无话不说的地步。有时谈文说艺，因观点的差异，尽管争得面红耳赤，但事后总是和好如初。我们有共同的爱好，夜以继日地读书写文章；我们有共同的遭际，是历次政治运动中的"老运动员"；我们有相似的家境，孩子多，负担重，老牛破车艰难度日。所不同的是他活得潇洒，一切比我都看得透，遇到天大的事也能通脱不羁；而我活得太累，什么事都过于顶真靠实。

初识的时候，见他不拘小节，成天无忧无虑的样子，我便百思不得其解。人生在世，五劳七伤，千灾百祸，顺境时活得洒脱倒也罢了，逆境时仍能保持良好的心态，那种此心悠然的境界实在令人佩服了。

记得是"四人帮"倒台前夕，那时的政治气氛恰似"黑云压城城欲摧"，我整天忧心忡忡，提心吊胆过日子。他则不然，"吱吱呀呀"拉起京胡，兴之所至还放声来一段样板戏。当他发现我拿眼睛审视他的时候，便哈哈笑起来说："你这个人呀，顶真得近于迂腐了！就像历代的文人学士一样，皓首穷经，焚膏继晷，披发荒原，踽踽而行，一杯浊酒，两行清泪。老病孤舟，犹念天地之悠悠，独怆然涕下；结庐陋巷，还仰天长啸：凭谁问，廉颇老矣，尚能饭否？何其悲哉苦哉！"

对他这一通敲敲打打的宏论我也只能报以苦笑而已。S君的达观处世，在当时那一方小县城里是挺惹眼的一个。"文革"期间，很多次挨红卫兵揪斗，可每次揪斗后，仍谈笑幽默如常，似乎什么事情也没发生。有一次游街示众回来向我眨着眼笑，之后，顺口吟一首题为《剃头》的古代试贴诗让我品味："闻道头可剃，何人不剃头。有头皆可剃，无剃不成头。剃自由他剃，头还是我头。请问剃头者，人亦剃其头。"那摇头晃脑的姿态，那自嘲中隐含着的辛酸心绪，直让我鼻头发酸而怀疑他是否能承受得了一次比一次厉害的磨难。后来我们分开，每年的几番书信来往，他仍然是那个秉性，知道我活得不易时，总是力劝我学会自我调理，求得心理平衡。"君子直道而行，别人怎样想，不理可也！"他大概就是用这句古人格言来排解无谓的烦恼吧？

老友这次专程来访，是为送一本《启功韵语》给我，明显地带有一番良苦用心。启功老人已年届八旬，北师大的名教授，著名书法家和文物鉴赏家，不仅为人幽默风趣，且文如其人。老友特别向我推荐老人的所谓《自撰墓志铭》，依然如当年吟咏《剃头》诗那样摇头晃脑："中学生，副教授。博不精，专不透。名虽扬，实不够。高不成，低不就。痈趋'左'，派曾'右'。面微圆，皮欠厚，妻已亡，并无后，丧犹新，病照旧。六十六，非不寿。八宝山，渐相凑。计平生，谥曰陋。身与名，一齐臭。"读毕，我们都忍俊不禁同笑起来。

我知老友用心，老友知我缺憾。笑傲生死，在任何逆境之中而能达观，古往今来，类此者确属不易！好吧，今天就潇洒一回！我催老伴赶快摆上酒菜，尽管犯着胃病，这酒一定要喝，和老友喝个一醉方休！

酒酣胸胆尚开张，鬓微霜，又何妨！杯底朝天，且让我与潇洒老友一齐潇洒。

回忆不会老去

  偶然翻翻《兰登书屋琐记》，那书中记有贝·瑟夫的一段逸事，非常有趣而发人深思：因为一位朋友的细心，他与一个美艳优雅的姑娘在三十多年前交往的录像，竟被保留下来，并且通过一家电视台给播映了出来。两位已经步入老年的当事人看了那一段充满感情色彩的历史记录，都激动得寝食难安，费了相当一番周折终于接上线，并且通过电话娓娓叙说了三十多年的别离之情。多情并怀有浪漫味道的贝·瑟夫"哄了又哄"地执意邀请已经当了祖母的那位姑娘共进午餐。不料对方却回答说："我绝对不来，你记住我那时的模样就行了。我希望我现在看上去还是那个模样。"

  读完这个故事，我不禁拍案称奇，这真是一个绝顶聪明的老太太！她懂得珍视和爱护一个人曾经有过的青春华彩，她只想把那段美丽的往事永远贮存在甜蜜的回忆里。试想，如果那老太太真的去赴约，面对对方的是刻上岁月沧桑的满脸皱纹的老妪，那场面肯定是无奈且尴尬，只能留下一声落寞的叹惋。

  想想确是如此，我们每个人都有一段属于回忆的甜蜜时光。甜蜜的回忆始终是光彩照人的，它不会随着时间的流逝、岁月的剥蚀而老去。

  小时候吃过一种焖白芋，热热的、香香的、甜甜的，以致一提起那焖白芋就要流涎水。其实那焖白芋哪有什么特别，不过是我们几个拾秋的孩子挖一个小地窖，将垒成塔状的土疙瘩烧红，然后踩踏搅碎，放入几块鲜白芋，上面覆一层湿土，闷严踏实，半个时辰扒开，就是软兮兮的焖白芋了。

说实在的，论味道和现今城里的烤白芋比都比不上的。可那特殊的烟火味，那吃得满嘴满唇黑灰的情趣，却留下了温馨的回忆，且是那么刻骨铭心。

乡情乡恋是属于甜蜜的回忆的。老家有一位被抓壮丁裹挟到了台湾的远亲，每次的家书里总要重复絮叨他离家前亲手伺候的小菜园：滴露的青韭，带花的黄瓜，油亮亮的紫茄子……他说他在台湾从来没有吃到那样鲜美的蔬菜。照我想，蔬菜本无二致，只因为那回忆染上了浓浓的乡土思念罢了。

说到这里，我想起一次下乡采访，有位通讯员颇带几分骄傲地对我讲："今天俺就用俺石庄的煎饼款待老师，那煎饼松脆喷香，吃了一回管保您想着下回。"是的，石庄的煎饼早已跨出国门远销朝鲜半岛，且很受友邦的青睐。然而当我慕名品尝，口感未见有异于市面上销售的普通煎饼时，心想，也不过尔尔。那位通讯员的心情我是能体味到的，这正如我小时候吃过的焖白芋，五十年后，我走遍大半个中国，什么样的美食佳味尝过之后皆随日月推移而淡忘，唯独那焖白芋的滋味难以忘怀，浓而甜的记忆形成了一种"焖白芋情结"。

与贝·瑟夫的故事结局相反，我的一位读师范时的同学恋过一个女生，炽热得难分难解，只是后来没有成功。四十年后他得知她的下落，执意要我作陪去见见她。他带着四十年前的罗曼蒂克见到她时，却因双方的家庭现状和理性而失望得很，那种原本寄存于心的清纯甜蜜的记忆一下子被打碎了。后来他抱悔地告诉我，自己抹不掉甜蜜的记忆，而现实却是最无情的。所以，保存好记忆，千万不能莽撞地去验证。

回忆，尤其是那些充满甜蜜而美丽的回忆，只能作为精神财富终生享用，而不能作为现实追求去自寻烦恼。

老师，您好！

说这话二十几年前了，我那时在一个镇子里的小学教书，正赶上那段特殊的年月，因为归入"黑五类"之列，所以不免就小心翼翼地"夹起尾巴"往前挨日子。每次万不得已到街面上买点生活必需品，背后总有好多双冷冷的眼睛，好多只手指指戳戳。

记得是过罢春节的某一天近午，我刚出学校大门，目不斜视往家赶，迎面过来一位年轻军人，大约有十来步远吧，"叭"一个立定，右手齐眉举起："老师，您好！"

我被这突如其来的问候弄蒙了，还没来得及搜索记忆，年轻的军人便极亲热地自我介绍说："老师，我是清远呀！"

啊，清远！是哟是哟，是我五十年代末的学生，六(一)班的小不点儿！可眼下一米八几的个头儿，仪表堂堂，我哪里还能认得出呀？十年一面，师生自然有一番热烈的交谈。后来，从别人嘴里，我方知他已经是团级干部了。

那个年月，那种政治背景，有谁能这样恭恭敬敬地称我一声"老师"呢？我眼里盈满的泪花差一点滚落下来。那一刻的欣慰、激动，怕是我一生中最难忘怀的一次。

我毕竟未被我的学生嫌弃，作为职业的荣誉，我还有这么一回可以炫耀。

教书育人的事业，曾经使我青春蓬勃的心充满骄傲，曾经激励过我去创造辉煌壮丽的人生。我师范毕业后被分配到一个县的干部文化班管后勤，我吵着闹着说自己是当小学教师来的，无论如何不愿去上班。人事部门的同志向我解释：这是对你的相信，别人想要这个位置还捞不到呢！我死活不领这个情，终于还是到一所乡村小学里去了。

此后，我认认真真地教书，像苏联影片《乡村女教师》中的女主角华娜·瓦尔瓦拉那样，期望自己有朝一日桃李满天下，享受"光荣，属于亲爱的老师"那份殊荣。然而职业的选择和确定往往并不能完全按照个人的意志。三番五次的改行，一次又一次的失落，可我一刻也没有忘记做过教师的那段时光。

十年前，教师薪水微薄，生活拮据，很不为一些势利的人尊重，于是就有那么几个饶舌贫嘴者编排故事对教师加以嘲弄。逢到这样的场合，我的心就好像被针戳一般，怒不可遏，拍案而起，少不了"以牙还牙"，来个狗血喷头的还击。尽管得罪了不该得罪的人，可替我钟情的职业伸张了正义，自以为值得。

现在不做教师了，自然就失去了学生，想一想，不能不深深地生出一些遗憾来。每回上班、下班经过学校的门口，往往下意识地往里面瞅上两眼，以一瞥敬仰的目光投向穿行于长长走廊中的教师们。我突然就觉得他们岂不像营造蜂巢的蜜蜂么？年复一年，默默无闻，穿越时间的隧道，擎着智慧的火把，引领一颗颗稚弱的心灵走向成熟，走向海阔天空的未来。是的，从事这样的事业既高尚又凄凉，既宏伟又琐屑。

能震动人心者，盖因为他们所作出的奉献都伴随着某种牺牲。因为曾经做过教师，且又那么执着，三间杏坛，一群学童，成了我记忆中的永远定格。

"老师，您好！"二十几年前一句极平常又极真诚的问候，无时不在我的耳畔萦绕。且让我也以颤抖的心，向着我遥远的启蒙先生，以及所有的教书育人的同志，至真至诚地作一次亲切的问候："老师，您好！"

不 敢 收 礼

　　眼下，连刚懂点事的孩子都知道，若要办成一件事，哪怕芝麻绿豆大，不送礼意思意思十有八九是没门的。这种不良风气且有愈演愈烈之势。对此，人们已经见怪不怪，好像办事情原要如此的。"官不打送礼的"，看来这句古话有它的道理。只要一官半职在身，自有人来敲门。

　　我常想，送礼者大抵不会是心情舒畅的吧，那么受礼者该是一种什么滋味呢？比如有人提了两瓶茅台，还有其他包得严严实实的贵重物件，往你视线所及的角落一放，笑呵呵地望着你……说实在的，没有人给我送过厚礼，缺乏这种体验也便摸不透那心情。

　　有两件事虽说已过去好几年，至今还不能释怀。一次是乡下二姐想把儿媳调到城里来，估摸着我在县里是个人物，以为我会手眼通天的吧，便提了一大包果品罐头之类找上了门，直截了当地说明来意。按理说我这个当舅爷的为外甥媳妇换换单位张罗一下还是应该的，可她哪里知道摇笔杆的人不过"秀才人情纸半张"，干这样的事心有余力不足，且对有求于人的事向来畏首畏尾。我当晚辗转于枕席，和老伴合计再三，决定把礼品原封不动退给二姐。这当然不能证明我怎么怎么的高尚。"吃人家的嘴软，拿人家的手短"，平头百姓都解这个理的，好赖一个国家干部，岂能贪小利而自结网罟往里钻。那一次我是彻底地把二姐给得罪了。还有一次是远房侄子带了钱物托我为孙女的就业找找门路，其情之切几乎让我无法拒绝。我只好向侄子摊了底牌，真心实意向他说明我实在没这个本事。最后侄子悻悻而去。这样一来，老家里的人便当故事传开了，说我所以不敢收礼，是个啥事也办不成的人。福耶祸耶？不过以后再没人登堂送礼，反倒落个清净。

因为做编辑，常常要和业余作者打交道，多数是清茶一杯，促膝谈文。也有别着小心眼来的，知我是个烟民，临走悄悄丢下两包，弄得我十分狼狈。那意思明白得很：请给予关照。逢到这种情况，我呢，如食了苍蝇一般难受，既不愿发人情稿，又拉不下脸当面拒人，只能无可奈何昧下了一笔小小的人情债。

因为耍笔杆，便有熟人求帮写写典型材料，自然要"意思意思"。老伴对此非常反感："人就这么不值钱，一条烟熬几个通宵！往后这样的蠢事不能干，保条老命要紧！"话说得真够尖刻，让你只能忍了又忍而无从辩驳。

不敢收礼，是因为常常受良心的谴责。哪怕是鹅毛薄礼，总觉得周围有好多双眼睛盯着，吃起来不香，用起来别扭，觉也睡不实。

文友王金年讲了个故事，说某某人整天价有人送礼，家里名酒贵烟堆满一房间，由于猛喝猛吸，结果没出三年，就莫名其妙地患上了胃癌，从发病到一命呜呼，一共没用半年。如此说来，没人送礼倒是好事，至少可以心里干净，不担心生癌。

话也得说回来，不收受人家的礼品就不会生癌了么？从医学的角度上讲，我是个慢性胃溃疡患者，如果有一天发生了病变，苍天在上，可绝不是因为吃了人家的东西而招致的报应啊！

不逛商场

一次公差去京，与友人逛了"赛特"购物中心，不为买东西，初心是想开开眼界。谁料这一逛陡然增加了无钱的烦恼，在物质的汪洋大海里几乎生出一种溺水的感觉来。那么多令人眼界大开的高档商品，好则好矣，可一看标价，不是千儿八百，便是过了四位数，对我等收入微薄的工薪阶层，实在是一个个吓人的天文数字！

物质文明的日益丰富，对现代人来说无疑是挡不住的诱惑。星期天，也许是为了寻找这种感觉，儿女们总爱去市中心的各大商场一饱眼福。回到家里少不了眉飞色舞大谈新款式、新色彩、新发现，最后是一声手中无钱的慨叹。逢到这种时候，我先是冷冷地听，由他们挥洒感情，待他们尽兴之后再谈我的见解。我一是不赞成逛商场，有钱则"劳民伤财"，无钱则"睹物丧志"，让物欲消损时光；二是提倡享受从俭，量力而行。我把朱光潜先生说过的话转述给他们："有钱难买少时贫。"朱先生这里将少时贫视为人生一大珍宝，是告诫后生只有居贫而不自惭形秽，才能励志奋斗，克勤克俭，不屈不挠，最后方成正果。这种精神是再有钱的父母也为子女买不到的。

因为出身穷苦的农家，曾经受困于生活的艰辛，俭朴便成了习惯，消费观趋于守旧。因为出门便花钱，所以从来我是不喜欢逛商场的。然而时代在前进，生活在变化，一向被清高之士呼为"阿堵物""孔方兄"的金钱，越来越渗透于人们生活中的每一个角落。一个"钱"字，是拜倒在它的脚下，还是做它的主人，问题的关键在于正确地看待。

　　培根乐于引用一则谚语："金钱是个好仆人，但也是个坏人。"英国诗人赫伯特说："有钱是可怕的，没钱是可悲的。"已故台湾作家三毛有一句被人频频引用的话："钱不是万能的，可没有钱是万万不能的。"俗语也云："有钱能使鬼推磨，无钱毙死英雄汉。"这不都是谈钱的两点论！其中的辩证法不言自明。君子固穷，安守清贫，固不可取，但在有了钱之后，也不能挥霍无度弄脏了手脚。

　　金钱是活着的必需，但在温饱无虞的条件下，人还应有所追求，寻找一种高尚的精神生活，寻找忠于职守的那种幸福。这样想只求儿女辈们不嘲我迂腐。

丽人满街

    几场南风一刮，夏天说来就来了。在城里，姑娘、小伙子们的着装成了夏天最鲜明的标志。你只管看吧，从大马路到小街巷，整个城市涌动着一条条五彩斑斓的河，每个人都是那河流里的一朵美丽的浪花。你挨个观赏比较一番，就会发现年轻人一个比一个鲜艳，一个比一个漂亮。那种青春的气息，那种蓬勃的活力，那种追赶新潮的节奏，那种猎奇求异的创造，简直让你目不暇接，眼花缭乱。说起来就这几年的事，在人们的不经意中，大踏步前进的社会首先在衣着上发生了前所未有的变革。

    美，终于复归到它本来的位置。现在不管你穿着打扮得怎样时髦，怎样摩登，也没有人说三道四、指指戳戳了。然而曾几何时，我们把美和爱美视若洪水猛兽，武断地认定为资产阶级思想意识的表现。色彩越美丽越是坏东西，穿得土头土脑、灰不溜秋便是革命的。于是便出现了几十年一贯制，出现了举国上下一片灰色调、绿色调，男女莫辨，老少难分，全如从一个染坊里走出来那样。

    "文革"开始那阵儿，我工作的单位里有个叫思美的女同志，细皮嫩肉的南方人，加上几分着意的打扮，透出的一股吴越灵秀之气，很是招眼。周围人对她的爱美本来就有微词，这下子理所当然成了"革命"对象，于是大字报铺天盖地压过来，吓得她赶紧把名字改成了"卫东"，而且从那以后，无论冬夏寒暑，皆是一身皂衣。好端端的女子蔫蔫巴巴的没了精气神儿，活像一朵枯萎的花。那个践踏了美的年代，至今还灼疼着人们的心。

    今年迎夏，我换了件紫罗兰底色的衬衫，有位学生见了笑说："老师越来越年轻了。回到十年前，怕您不会选择这样的颜色的。"是啊，我们都终于知道爱美了，人之天性终于从压抑中解放出来了。人们眉飞色舞谈论十几年来的改革开放成果，我以为最见成效、最突出，也最立竿见影的便是人们服饰的变革。几乎一眨眼间，我们的年青一代，尤其是姑娘们便孔雀开屏、凤凰展翅般地流光溢彩起来。不管你走到哪里，你都会由衷地赞叹，我们的时代多么美丽，我们的生活多么美好！面向世界的窗口一旦打开，我们中国人美起来比洋人还要英勇得多，还要更富于魅力。透啊，瘦啊，露啊，现在什么不敢穿到大街上去？甚至连汉装唐服、唱戏的彩袍，经过别出心裁的改造制作，也不怕惊世骇俗而展示于大庭广众之下。服装，作为民族文化的表现，从来也没有像今天这样占尽生活中的风流。

夏天，这个色彩缤纷的季节，当你欣赏着人们推陈出新的着装，因惊奇而振奋的时候，你肯定会走进琳琅满目的服装商店，选购一件称心如意的款式装扮一下自己的。

诗 魂 不 泯

　　这是一个迟到的噩耗。1996 年 12 月 12 日，从朋友口中得知，他于三年前的今天枕着一摞诗稿与世长辞，享年 78 岁。

　　我欲哭无泪，为他，也为我们中断多年的友情。

　　38 年前，初次认识他时，我在一家县报做编辑。是一个秋末冬初的午后，他徒步 40 里来县城找我，专为了他的一卷诗稿。满面尘埃，朴朴实实，他的一身装束就是那个时代普通穷苦农民的样子。老实说，开初，我并不喜欢他。絮絮叨叨，三句话不离他的诗，而且很有点自以为是。我认定他是被诗缠得迂迂魔魔而又自我感觉良好的那类人。看了他的诗我更无兴致，尽管我也是写诗的。可他那些诗几乎全是蹩脚的打油诗，叫我怎么也说不出恭维话的。我只丢下一句给他：写诗的人首先要弄懂什么是诗，出口又后悔，我不该这样对待一个虔诚于诗的来访者。

　　第一次他默默无言地走了。我的心里却结下不大不小的疙瘩。隔两天他又重抄了一本他自以为得意的作品来访。它委实不比中学生的习作好到哪里去。我看一首"毙"一首，直到最后一首。我弄不明白，一个年届不惑的人为什么让诗给迷得神魂颠倒？我非常尖锐地指出他的诗所缺乏的基本要素。他只笑。那是一种挺憨厚的笑，笑里仍然写满着固执。

　　再以后，他成了报社的常客。如果有一个星期不来，那也必有夹着诗稿的信寄来。信里也大都是重复着他对文学的崇拜，对诗的苦苦追求。我深受感动，编发了他的几首诗，但绝不是人情稿。因为他在信里陈述的一切是那样真诚：说起他童年站在窗外听私塾先生讲《诗经》的苦难岁月；

说起他从少年到壮岁一成不变的梦想；说起他因了轻信文学的崇高而导致的一次又一次的失望……那一张张洁白的信纸仿佛就是他家门前流向微山湖的波光粼粼的小河，清澈见底，曲曲弯弯却始终朝着一个方向，日日夜夜唱着一支属于他自己的歌谣。我的缺乏热情的处世为人和令他很难接受的直言不讳，得到的回应却是如此透明的倾诉！涉世不久，20岁刚刚出头的我，第一次理解了人与人之间真诚的价值。

冬天来了，下了一场大雪。他踏着雪来见我，说是要到北京去一趟，拜访郭沫若，拜访我曾经向他介绍的我的老师沙鸥和诗兄邵燕祥，让他们点拨点拨。我企图劝阻住他。但是无论我怎样反复地阐释我的观点，也阻止不了他的那股久埋心底的热望。他终于去了，据说是花掉了半年的粮食，以致一整个春天饥肠辘辘。

从北京回来，他欣喜得像个孩子，向我述说见到沙鸥先生、见到好多名人的幸福，那简直是一种朝圣的心理。他打开红布包裹的有郭沫若先生批改手迹的诗稿，虔诚得手微微颤抖，眼睛早已泪光盈盈。真的，此后我再没见过这样痴情于诗的人。

两年后我离开了那家报社，因为诸多说不清的原因和他失去了联系，只是偶尔在报刊上见到他发表的几方豆腐块。30多年间，时不时有朋友提到他的好多关于酷爱文学、酷爱诗的如癫如痴的逸事。尽管他没有成功，却让我一一记住。

他给自己起了个祖露心迹的雅号：慕白。他走完了与诗相伴的生命旅程，虽然还不如传说中的张打油于尘溷的历史册页上留下名字，但他给认识他的人留下深思，留下敬意。尤其在物欲侵蚀着人们灵魂的今时，像他那样单纯执着、一生固守诗的清贫者能有几人。

斯人已去矣！诗魂不泯。

做好事心里踏实

时隔多年，那人的模样已记不大清了，可他当时说的一句话，至今仍在耳边，常常警醒着我，鞭策着我。

那是个飘着细雨的秋日黄昏，我正匆忙赶往汽车站，满心里想着莫误了搭上回老家的末班车。就在我走神的刹那，从小巷飞出的一辆自行车不偏不斜顶个正着，强大的冲力把我整个儿挟起，重重地摔在马路沿上。我想挺身爬起来，可右腿怎么也不听使唤，原来右脚踝被路牙石啃得血肉模糊，钻心的痛楚扭曲了我的面容，当时以为肯定是骨折了。撞我的小青年毫无礼貌，他只是极平淡地朝我笑笑（大概算是表示歉意），若无其事地瞟了瞟我的窘态，好像什么也没发生过，便翻身飞车而去。其时，路过的人一拨又一拨，似乎也都视而不见。人啊，怎么会是这个样子的呢？秋雨透心凉，那一刻，我反复咀嚼着这座城市的冷漠。

正当我无助的时候，一辆平板车停在我身边。拉车人俯下身问："兄弟，大老远我就看见了，摔得怪重吧？"没容我说，他就搀扶我上了他的车，"前面不远客运公司有个小诊所，先包扎包扎再说。"

现在回忆起来还后悔不迭，当时我对他的相助竟没说一句感谢话。挂号。付款。取药。守着我清创包扎。一路小跑送我到车站。半个多小时里我们成了推心置腹的朋友。

交谈中我们很自然涉及"见义勇为"的话题。

我说，像他这样素昧平生却戮力助人者，似乎越来越少见了。他大不以为然："兄弟，将心比心，放在你身上你也会这样做的。出门在外，谁能保准没个三长两短？碰上了，谁又不巴望有人帮扶帮扶？"我提到那个小青年的不端行为，他唏嘘着安慰我："没伤筋动骨就是万幸了！兄弟，人跟人不同。像咱们最好，不做坏事，做好事心里踏实！"

"做好事心里踏实"，朴朴实实的一句话如电光石火照亮我的心，我感动得差点流下泪。他把我安置到客车上，我执意要他留下姓名、住址。他笑了，很真诚："干了啥惊天的大事还要留名字？你家大屋，我家大庙，屋搭着山地连着边呢！再说，我种菜卖菜，三天两头城里转，说不定哪天哥俩又碰到一块儿。"

汽车引擎响了，我心里真有些依依惜别的感觉。谁知这一别，以后再也没能见到他。

滚滚尘世，茫茫人海，帮助过我的那位大哥，你现在还好吗？我想告诉你，十几年来，我一直记着你的话："不做坏事，做好事心里踏实！"

命运压不垮一个人

偶然的一次心灵碰撞，想不到此后我们竟成了朋友。

那是去年春天的某个下午，我踅进一家叫作"芸芸"的发屋。这家发屋和一街两厢的"风剪云""伊思美"等个体发屋没什么两样，十来个平方米，一椅一镜。只是粉白的墙壁上一幅字体娟秀的标语让我眼睛一亮："命运压不垮一个人，只会使人坚强起来。"这不是德国作家伯尔的名言么，怎么会裹一身俗尘漂泊到这样一个去处呢？于是我便以一种异样的目光打量起正在捧读一本厚书的理发师了。

女理发师长着一副清秀但说不上漂亮的面庞，年龄大约二十五六岁吧。见我狐疑的样子，她便以得体的热情相迎："做头型？您的发质不错！"我注意到她合上的那本书是哈代的《德伯家的苔丝》。这又给了我一个更为奇特的感觉。

当剪刀开始"嚓嚓"细语的时候，我们的对话也开始了。"喜欢读名著？""说不上。消遣消遣吧！""怎么操起理发业的？"凭直觉我认为她应该有个体面的职业。"糊口呀！怎么，瞧不起？""不，不是这个意思！我只觉得你有点特别。""特别？""对，特别！只消看墙上伯尔的那句话。"女理发师很友好地笑出了声，随着对话深入我始知她叫芸，来自很偏远的乡村，且身世令人扼腕。初次不可做倾盖如故的交流，但我确实生出了和她结谊的念头。以后，我成了芸芸发屋的常客，和芸也从开初的泛泛闲聊到终于敞开心扉。芸读高中二年级时，父亲病故，母亲撇下她们姐妹三个和瞎眼婆婆改了嫁。苦难就这样过早地落到她的头上。为养活奶奶、供两个弟妹读书，芸辍学来城里打工。先是随一个包工队搬砖提泥，一月二三百元接济家用。谁料那包工头对她动手动脚，她扇了他的耳光另谋出路，辗转一家大酒店应聘。伺候人就伺候人吧，可老板强要她干"三陪"活儿，她连当月的工资都没要便跺脚走人。再以后便是街头流浪，贩青菜，卖气球，擦皮鞋……几乎所有流浪人的营生她都干过，直到拜师学艺盘下这爿发屋。

有一次她深有感触地告诉我：要使你整个人生过得顺心、快乐，这是不可能的。人，必须具备一种能够应付逆境的本领，她说她读高中时就喜欢上了文学，作家梦都做过的，可严酷的现实迫使她不得不改变人生定位。她解释她为什么选择理发业时说，人在生活中遇到不幸，没什么比学好一门技艺会给人更贴心的安慰，因为当你一心钻研那门技艺时，生命的船已不知不觉间越过了重重厄运。

我不能不对芸敬重起来。一个自尊地活在困顿中的女孩没有理由不受世人敬重。我甚至由此想到，一个妙龄女郎受人喜爱并不取决于她的天生丽质和尊贵的出身，也不取决于她眼下的地位和境遇，而是与她的美丽的心灵有关。可惜在当今愈来愈物化的世界中，人们往往并不看重这一点。苦难经常是后娘，有时却也是慈母，哺育受难者以精神的力量。我以为芸的坚强的性格便是这样打磨出来的。

八年城市的漂泊，芸靠自己的勤劳和诚实拯救了一个苦难的家，相继帮助弟弟妹妹读完大学，让弟弟妹妹圆了她的梦。她说她积攒下了够用的钱，打算不久回她的山村，嫁人立业去过恬淡而充满乐趣的农妇日子。面对她坦然述说心事，我蓦然明白她为什么喜欢哈代的书。哈代在那本书里说过："人生有价值的事，并不是人生的美丽，却是人生的酸苦。"

芸芸发屋的主人啊，如果我面对你的遭遇，我能像你那样坚忍吗？你使我懂得了"人生的一切魅力、一切美都是由光明和阴影构成的。苦难是一个深不可测的宝藏"。

芸很快就要离开我所在的这个城市了，依依难舍的时刻，我在送给她的纪念册的扉页上郑重留下歌德的诗句："痛苦留给你的一切，请细加回味！苦难一经过去，苦难就变成甘美。"

我相信且祝福芸会有一个美好的未来，对于已经战胜苦难的她，这该是顺理成章的事。

书　缘

我曾在一篇小文里提到我与书的不解之缘，且发一通议论说，"我这人生活的本领一无所有，混得家徒四壁，仅余两架子书了，还以为积了一笔财富，不知是悲哀还是幸运？"其实我作这番感慨时，心里早就认定与书结缘是一个人的幸运。

星期天，有人喜欢偕妻逛商场，在五光十色的商品海洋里游弋而自得其乐；有人钟爱带儿女逛公园，在湖光山色、亭台水榭间消磨时光；而我总是只身一人钻进书店，于书林里踽踽漫步。买书是一件乐事，不知别人有没有这种感受：步入书店，俯仰一架一架的书，从这一头边走边觅至另一头，蓦地发现你心仪已久的某部名著，我敢说你的眼睛会突然一亮，动情欲呼！

早几年去广州，不去南方大厦，不去越秀公园，先向宾馆的服务员打听文德路，想象着那里林立的旧书店，肯定有不少的奇货，原定在那里泡上一天，终因行色匆匆，未能如愿，引为半生之憾。这几年又有了心思，如果有机会公差北京，故宫啊，颐和园啊，那儿先甭去，到琉璃厂转转才够意思！设若买得一本两本旷世奇书，那真够人兴奋一年半载的呢！

我那堆满两架子的书，是陆陆续续每次三本两本买回来的。书买回来不外乎下面几种情况：一种是买回来就如饥似渴、通读一遍为快的；一种是买回来闲置书架上，以备日后查阅之用，或抽暇翻一翻增广见闻的；再一种是丛书套书作为工具用的，奢想退休之后或许能做点学问派上用场。由此，就不顾一切地买，所以就常常出现囊中羞涩的窘况。最近，在《文汇报》广告栏里看到上海古籍出版社向读者征订《四部精要》。这套书筛选《史记》《太平广记》等诸多古籍中的菁华，16开本共22部，估价685元。心里痒痒的我，掰着指头算算，两个月的工资加津贴正好够买一部。于是就当着老伴一次次重复念叨，老伴只笑不表态。想想也难为她，整日为柴米油盐所累，她就是表态支持，也不过是"墙上画马"，给一句美丽的谎言而已。剩下的只有我去做梦了，做梦发财，发了财去买那部书。

眼下发了财的大有人在，可花钱买书者甚少。我老家子侄辈里腰缠万贯者不在少数；小楼盖了，家具置了，生活电器化了，有的居室里还铺上地毯，装上富丽堂皇的吊灯，贴上让人眼花的壁饰……可就是缺少不该缺的书。有，也就是那么几本损脊卷边的武侠小说，散扔在床头几案，很有点煞风景。我纳闷他们为什么不买些书充实一下空旷的居室呢？什么都有了不就是少这一样么？我向他们陈述我的想法，得到的是很不以为然的摆手摇头。是的，人各有各的生活方式，本不能强求一律的，我也就不能自诩"高情不入时人眼"了。

英国人约翰逊说过一句话："一个家庭中没有书，就等于一间房子没有窗户。"有了钱为什么不给自己的房子开一扇窗户呢？即便"附庸风雅"，把书同花瓶、古玩放在一个格子里以充摆设，也是一种文明、进步。如果你的居室置于文化的、高雅的情调之中，久而久之，定会收潜移默化之益。还是有书好，每天都能呼吸到新鲜的空气。我真希望我的子侄晚辈们都与书结缘，爱书，买书，藏书，读书，让"旧时王谢堂前燕，飞入寻常百姓家"。

因爱书成癖，就常常联想到《人间喜剧》里的老葛朗台来。此人狡猾、贪婪、吝啬，视钱如命，弥留之际还要让女儿照管好他聚敛的金银家财，将来"到那边来向我交账"。巴尔扎克的笔锋真够辛辣、尖刻！我虽说视书如命，书友可以作证，却不算吝啬，绝不像葛朗台那样。

第四辑

亲 情 乡 音

族 中 两 嫂

大嫂刀子嘴，说话不饶人；二嫂天性淡泊，从不与人争长短。虽说两嫂一刚一柔，可都是豆腐心肠。兴许这脾气延年益寿，如今两人岁数都踩在九十沿上，一个满头乌发，一个满面红光。乡亲们说，两位老嫂子活得这么结实，准是前世修下的。大嫂说："阎王不收，小鬼不留，生死簿上没俺的名字，俺都快成了老妖精了。老二家的，你说是不？"二嫂只笑。

我和两位嫂子有着特殊的情。母亲生下我，一滴奶没有，全是两嫂掐下侄子嘴里的活命水，一口口把我喂大的。母性的天职驱使她们待我比亲生儿子还多了一份特别的呵护。

我刚记事的那年春三月里，可怕的饥饿在村里蛇一样唿唿蠕动，十有九户搁锅断炊。一天中午，日子尚能自如的远房二爷手捧一碗杂面"唏噜唏噜"吃得正香，一旁的我贪馋地看起嘴来。他先是拿眼瞪我，见我直勾勾没有走开的意思，鼻子哼一声，便连碗加面掼在地上。我正吓得不知所措，"叭"！屁股上重重落下一巴掌。大嫂什么时候到我身后的，我浑然不觉。她嘴唇打颤，两眼好凶："狗眼！那东西毒，是你能吃的么？"听话听音，那二爷脸色唰啦铁青，一句话也没回，"哐啷"把黑漆门关上了。"穷没根，富没苗，太阳不能老在谁家头顶照！"大嫂叉起腰不依不饶。二嫂闻声把我拽进家，从鸡窝里摸出个刚下的鸡蛋，就手放进锅里，引着火小声细气问："还疼不？""疼，疼，叫他疼到骨头里去，叫他疼一辈子！"跟进来的大嫂不给一点好气，"没出息的，再小也是个大老爷们。冻死的老鸹迎风站！懂么？"说着说着大嫂的眼泪扑簌簌流下来。在乡下，穷人活得讲志气，最怕孩子看嘴，那一巴掌真也够我记一辈子。后来，我也如法炮制教育子女，哪只手接人家的吃食我打哪只手，是嫂子传给我的严厉家风啊。

两嫂心地善，处处同情弱者，颇有些侠肝义胆。新中国成立后的隔一年冬，从苍山县那边讨饭过来父子俩，大嫂见了指鼻子说脸："都啥时候了，站着顶破天、睡下蹬倒山的汉子，亏你出来查门鼻子！分的田呢？咋不种好？瞧你胳肢下鲜灵的孩子，带也给你带坏了。"二嫂一旁使眼色让我过去，从袖筒里递给我俩棒子面窝头，附耳如此这般交代一番。等大嫂离开，我飞也似的追上那父子俩，把窝头给了他们。晚上，二嫂把听到的关于讨饭父子的难处说给大嫂听，大嫂噌地站起："咋不早说？女人死了，那汉子病不啦叽还拖着个孩子，是够可怜的。宿在村口赵家草屋里不是？咱得瞧看瞧看去。"二嫂把早备好的十个鸡蛋、一小瓶麻油交给大嫂，大嫂不由分说，拉起二嫂就往村口奔。

又隔一年，我就读于徐州师范。头一年放暑假，大嫂见我背着沉甸甸的书包进了村口，老远大呼小叫喊我的乳名："嗬哟，中了皇榜状元，可该还俺的奶水钱了！"说着便解怀，便把奶头直往我脸上戳。我躲闪着后退，她笑得前仰后合地追。二嫂倚在门框上只顾捂着嘴偷笑，动也不动弹。大嫂乜斜一眼嗔骂道："充什么好人！你只管过来搭把手摁倒他，叫他尝尝小时候咱给他的奶腥味。"我戛然站住了。望着两嫂笑纹里溢出的厚厚的爱意，分明有一股奶香在我的潜意识里流淌，酥酥的，甜甜的……

调回原籍工作，适逢改革盛世，和嫂子见面的机会多了，却变得生分起来。怅然间我从嫂子的眼神里突然发现，我的童年、少年时光已经成了她们的温馨回忆。每次回家，尽管我总把往事翻腾出来和嫂子多聊上一会儿，然而总也热闹不起来。二嫂知我心，幽幽地说："他叔，你也儿大女大做了爷爷了，俺跟大嫂思忖过了，哪还能跟年轻那阵子尽耍半吊儿？"大嫂接过话："是呀是呀，俺和邓小平都一般大年纪了，这般年纪的人重孙都上了中学，再那样瞎乐乐，儿女们准骂俺老不正经！"二嫂笑道："听你说的，人家是天上的星宿，咱们高是秫棵矮是草，哪能比得了！""咋就比不得？"大嫂挺真格地辩，"都是人，都养儿育女，都吃喝拉撒，俺比的是这！"

听嫂子朴素的人生议论，我情如潮涌。是啊，在我心灵的神坛上，两位嫂子不正是一对圣洁的偶像么！

小草虽然没有树的伟岸，可为人类奉献的同样都是生生不息的绿色。

乡 下 小 妹

提起乡下小妹，负疚便折磨着我，总想通过一种什么样的恰当方式弥补我的过错，以求心灵上的些许慰藉。

说来话长，在小妹刚刚学走路的时候，我便离家别乡到外地上学，以后又分配到外地工作，一晃就是十几年。小妹出嫁那年，我因接受政治上的审查，竟没能回老家操办她的婚事，一个做大哥的怎么能交代过去？过后听说，小妹那天哭得特别厉害，一声接一声喊着我，连前后院的婶子大娘都陪着掉泪。

小妹童年的模样我已模糊不清，只有她14岁那年给我留下一个定格在心头的记忆。那是国家三年自然灾害刚刚熬过去的头一个年头，赶上暑假我携妻带子回了趟老家。小妹先是以怯怯的眼神望了我一阵，接着从她嫂子怀里抢过小侄子飞也似的跑出家门。看着她那赤裸的上身瘦得包皮骨头、一阵风便能刮倒的背影，我难过地把脸扭向一边。是日午后，狂风暴雨大作，我正和母亲闲说家中的艰难日月，小妹从瓢泼大雨中闯进来。她只穿一条裤衩，从头到脚雨水直淌，发紫的嘴唇抖个不停。她一手提着一小篮梨子，一手抹着遮眼的一绺湿发，憨憨地笑逗着侄子："瞧，这是什么？叫姑姑！"原来冒着风雨她为小侄子捡梨子去了。

因为家境困难，小妹只进了有数的几天校门就辍学了。母亲当着她的面带有几分欣慰向我说："甭看你小妹身单力薄像个纸人儿似的，可一家吃的是她，喝的也是她，酷冬炎夏，她小鸡子似的给咱在地里挠食。前两年给你一趟趟送去的煎饼、窝头，全是她一抓钩一镢头从土里捞出的烂白芋做成的。"我想到那几年若没有那煎饼、窝头贴补，说不定就活不下来，便讪讪地说："以后我得疼我的小妹，好好地善待她。"母亲很开心地笑着说："也不要你怎么疼她，等她出嫁了你陪送陪送她，给她买一箱一桌的嫁妆行了。"我自然爽快地答应下来，臊得小妹扭头跑了出去。

不想我就食了言，让小妹空等了一场。我心里的疙瘩一年一年越窝越疼，直到母亲病逝殡葬入土，隐痛化作号啕，呼天抢地向她老人家泣诉我的不孝不忠，我的不仁不义，我对不起她老人家，更对不起我的小妹！小妹泪流满面地劝我："哥，你干公差，不是跟官不自由么？妹妹是明事理的人，你哪能老当回事儿压在心里？"我紧紧攥住小妹的手，没有一点勇气向她解释我所处的那一段特殊岁月。因为任何解释都是无用的，都无法修补我们兄妹心灵上的一块残缺。

以后的日子里，我总有一种隐隐的感觉，我们兄妹之间多少有了量不出远近的距离。我举家搬到城里几年她一次没来过，捎信传信，她只说家里离不开。她说的也是实话，从小养成的勤劳习惯至今不改，过日子的心劲比谁都大，短短几年间为儿女们盖起三处小楼，在她们村里算上数一数二的富户了。而我住在高层的单元楼里，虽说阳光明亮可心里老是阴阴的，老是想着怎么能把小妹接来住几天，也算当哥的对小妹的一种补偿。

去年冬天，我有好长一段日子恹恹地打不起精神来，妻当然知道我的心事，便打发两个女儿去乡下死缠活缠把小妹接来了。兄妹相见竟然半天没句话，她只叫了一声"哥"，我的泪就夺眶而出。我说让侄子侄女陪她去公园景点好好转上几天，她横竖不肯，却手不停闲地帮助料理家务。见我伏案写东西，又向她嫂说："俺哥领这一大家子人不易，他写文章怕是比俺种庄稼还苦哩，你可得疼他。"不多的话流露出多浓的亲情啊，我的心颤颤地热遍全身。

吃过午饭，我本想不再去上班，陪她聊上半天，可她执意要回乡下去，那眼神仍和30年前一般怯怯的。我的心一下子悬到了半空。我知道我们兄妹之间真的有了距离，难以言喻的距离只能让她对我敬而远之了。

　　我埋下头无言以对，只能在心里偷偷流泪。小妹呀，你不给哥一次机会了吗？你让哥什么时候能对你为我的付出给予回报呢？小妹走了，我的心凉下来。我只能以空怀的思念表示对她的歉疚了。

吉他声中说乡音

邻院响起吉他声。是一支挺顺耳的流行曲子。

弹吉他的准是纪春家的小三子。上月我从城里赶回家过周末，见他抱着那玩意儿，扭动腰肢，边弹边唱，如醉如痴，只觉得心里好笑，这小家伙啥时候变得"摩登"起来了？及至我到得身边，他才蓦然发现似的停下了舞步，笑嘻嘻随便到近乎放肆地说："呃，老爷们，跳个吧！"

纪春一旁虎起脸："这孩羔子，没大没小，你大老爷50开外的人了，还能照你那样头动尾巴摇，晃膀摆腔的？"

"这有什么？"小三子很不以为然，"人家城里60多岁的老爷爷老奶奶不照样跳迪斯科吗？据说还能健身哩！"

纪春直摇头："大叔，你看你看，眼下的年轻人正路不走，真没法子。我就听不惯这叫喊，怎比得上咱这里的拉魂腔、渔鼓坠,那才够味过瘾呐！"

纪春今天说这番话，自然是过时了，但那凝满浓重乡音的曲调却勾起我儿时甜蜜的记忆：在月光溶溶的老槐树下，在弥漫干草清香气息的打谷场上，一出《喝面叶》、一曲《王三姐住寒窑》曾经给了乡亲们多大的满足！而今，面对80年代的新一辈，却无法强制他们从中获取美感和乐趣。小三子和他的伙伴们需要的是另一种追求。对于现有的文化站、图书室、曲艺厅等文化娱乐设施中的观念陈旧的部分，表现出明显的冷淡。和他们接触中我大为惊愕，他们不但能如数家珍地叫出我国当前的歌星、舞星、影星的名字，而且能大谈日本的乐坛指挥小泽征尔，意大利的歌王帕瓦罗蒂。

　　说到这里，我对他们的艺术欣赏水平和观念的更新不能不发出由衷的感叹。11 月下旬，中国歌剧舞剧院首次来徐州做短期公演的那段时间，村里的小伙子们摸黑一早进城去排队买一元八角一张的前排票，看完演出回来已是深夜，可谁也没有睡意，索性聚在一起，侃侃而谈陈爱莲、周里京、张伟欣，争相评论那飘逸潇洒的舞姿，阳刚阴柔的旋律，变幻莫测的声光，立体混响的节奏。新的文化意识的潜流正在乡村勃然兴起，我为他们高兴，也为家乡高兴啊！

　　是的，古朴的地方戏曲，作为浓重的乡音会继续绵延下去，这也许自不待说。但是，从双簧管里飞出的轻柔舒缓的咏叹，从爵士鼓上迸发出的狂荡豪放的呼喊，不也在逐渐成为乡村新的音符么？过去，我曾经为家乡唱过一支支田园牧歌，也曾为家乡迟缓的步履和沉重的岁月忧愁，谁承想近几年来，一条无形的路正从家乡的田埂、家乡的村道上延伸向远方，延伸向一个极美的境界。

　　夜，静悄悄地披着月光在林梢上滑动，吉他声又骤然响起，一种奇妙的乐感引我进入深沉的思索……

恋　家

复杂，微妙，有时连自己也说不出什么滋味儿。人，大多有过这样的情感经历。

就说说我自己吧，举家从乡下搬到城里好几个年头了，可感情上丝丝缕缕始终牵挂着乡下那个曾经给我温馨、也曾经给我清苦的老家。进城当上市民，本是全家多年的愿望，现在成为事实，按理说应该如愿以偿心满意足了吧，然而我的心却时不时被一种失落情绪缠绕。乡音，乡情，起起伏伏，挥之不去，却之又来。老家的黄泥院落，乃至那两株临窗而立的石榴树的影子，常常伴着月色星光流淌进我的梦里。是一个春雨潇潇的深夜，似梦非梦的我蓦地披衣坐起，见幽幽电闪，听沉沉雷音，心便如剪雨的燕翼翩翩飞往老家。于是揿亮壁灯，睡意全无，奋笔疾书下即兴而来的诗句：离家的时候／你会下意识地回头／看那黄泥墙院／看那草苫门楼／看那隔篱伸出的葡萄须儿／缠缠绵绵向你招手／你踩出很重的脚步／才走出故园的挽留……那一刻，情潮难抑，不能自已，身心似羽化升空，在暖融融的乡思里，如一只蝴蝶翩飞在金黄金黄的菜花丛里……

恋家的执拗情感恐怕是人人都有的。对于我，老家虽然是蓬门寒屋却有一番依恋。童年且不说，成人后一住就是15年啊！人生有几个15年呢？清苦也罢，艰难也罢，我的笑，我的泪，都在那低矮阴湿的小屋里留下了印痕。搬来城里，住进单元楼，不但没给我什么喜悦，反而无端地多了一份怅然。我突然发现，舍不得那个家，舍不得那个简陋破旧却温馨可人的小屋。这样的心情，说不清个中缘由，只知道每遇下乡的机会，总要绕个道往老家转一圈，瞧瞧村前的坡、村后的河，望望荣枯的树、爬满院墙的青藤……然后在归程的车轮声里，反复于心头低吟着自己写的诗：当你感到孤独无助的时候／常会想起一方灯焰融融的窗口／像母亲的眼睛抑郁而温柔／常会听到有条小河汩汩奔流／如亮丽的村歌濯你忧愁……不觉间眼角已是潮湿。

恋家，并不是独我所有，我有位本家老哥似乎更甚。20 年前因煤矿塌陷，老村挪窝儿，全村人都欢欢喜喜搬进新居，唯独他守住老屋不走，默不作声地掺灰和泥为那老屋抹上一层新墙皮儿，一袋接一袋地抽着老叶子旱烟，看啊看啊，好像欣赏一幅画儿似的。我被他那眼神里流露出的近乎圣洁的虔诚深深打动了。是啊，那毕竟是他生活了半个多世纪的家啊！人的情感总是要有个寄托的，有了寄托，谁还在乎环境的优劣、房屋的新旧？20 年过去了，老哥那恋旧的神情时常在我的脑海里显现。到今天，我身居闹市，心贴老家一草一木，更加领悟了那份依恋的内涵。

前年春节，实在耐不住，我回了趟老家。走进结满蛛网的老屋，茫然环顾斑驳的四壁，隐约感到室内依然弥漫着我所熟悉的亲切气息，在寒冷的冬日里，似有丝丝暖意浸润着我。那远去了的多少个不眠之夜，我独坐窗前一隅，亮着如豆一灯，在妻儿老小均匀的鼻息里构思我的一首首乡土小诗，温柔而多情地迎来一个个小院黎明。野人怀土，小草恋山。时光尽可以如水逝去，可那苦乐杂糅一起的彩色记忆永不会消失。

如今，我离开了老家，就让那一段时光连同美好的往事全都留在那儿吧。恋家，想家，特为这匆匆地来看一趟老家。我生怕惊醒旧梦，轻轻锁上门，悄悄离开院子，慢慢朝村头走。归程无奈，一步三回首啊！我清楚，我是很难再回到这里来了，我不甘心啊，这会是永久地离开么？我只能以灵魂的呼唤求得些许心灵上的平静。

家啊，为什么竟这样难割难舍呢？

心 中 的 树

有一个时期迷上了希腊神话，阿波罗和达芙妮的故事便铭记于心。故事的梗概是太阳神阿波罗爱上了仙女达芙妮，达芙妮惊慌失措地奔逃，太阳神穷追不舍，眼看越追越近，达芙妮于绝望之中向她的父亲河神求助，于是倏然之间，绿叶从她的长发之间披拂下来，枝丫钻出了她的纤指，阿波罗拥抱在怀里的，只是亭亭玉立的树干——达芙妮变成了一棵树。

故事是够奇绝动人的了，然而达芙妮所变成的那棵树究竟是棵什么样子的树，是绿荫婆娑？是妩媚多姿？反正只能存在于人的想象之中，并无确定的样貌。

平生见过的树当然多不胜数，但都平平常常，称不上神奇。唯独故乡的那棵老槐树在我心中留下永远磨灭不掉的印痕。我的记忆被一片幽幽的浓绿覆盖着，多少个炎炎的夏日，她为人们凭空撑起一伞墨绿的、清爽的、蝉声如织的梦；多少个月光如洗的秋夜，她为孩子遮挡冷露，给了他们美丽而动人的童年生活。故乡的老槐树，在我的心目中有着属于她自己的神话。浓密的树冠下，一代一代传承下来的惊魂慑魄的故事，那凄绝的情节让人心悸而又满怀战栗的渴望……

"老槐树，槐又槐，槐树底下搭戏台……"我是在老槐树下依偎于祖母的怀抱里接受人生第一课的。槐荫下，我滚一身泥土；槐丫上，我贪享儿时的欢愉。人间冷暖，世态炎凉，一一写进老槐的年轮，那老槐不就是一位洞明世事的哲人么！十年，几十年，一代人，又一代人，在她身边如匆匆过客的时候，她沉默着向高远的天空伸展枝柯，承受阳光、雨露，也不回避风暴。即使朔风怒吼，冰封大地，大雪压满枝干，她也仍然没有放弃对春的期盼。我总以为那老槐不懂得什么叫哀伤，什么叫痛苦。老槐是属于乡村的。那包容风雨的宽广胸怀，那不计贫寒的勃勃生机，那不屈服于雷电的倔强的性格，那蟠回虬结所体现的力量美，不就是乡村永恒的象征？

后来到城里工作，见那一行行整齐的街树，见那公园里被人工修剪过的景树，尽管各见风姿，很有点贵族化，却失去了自然，失去了纯朴，失去了个性，矫揉造作得甚至令人生厌。每每于园林间信步的时候，一种强烈思念故乡老槐的情绪便千丝万缕油然而生。思念她满头绽开的金黄花朵，她用芳馥浓烈的语言抒写着对生命的激情；思念她劲枝凌风的姿容，她以高贵的耐性抗击寒冬而不失尊严。

老槐树啊，今夜又是秋风裹着秋雨的时候，饱经沧桑、历尽忧患的树呀，我的绵绵乡情多是因了你牵肠挂肚啊！想起你黑黝黝的树干就想起父亲青筋勃起的手臂；贫穷的乡村，你那一抹浓绿多像老祖母的微笑，将我刻骨的眷念轻轻慰抚。我多想带着儿时的娇憨回到你的身边，忘情地如扑向老祖母的怀抱扑向你哟，我的父亲般的老槐树！

怀　乡

　　进入城市，天天在车流、人流里度过，上班、下班，两点一线的机械运动，快节奏的忙忙碌碌，长长的日子显得单调而乏味。心仿佛老是慌慌的，一种什么都想抓又什么都抓不住的感觉不时袭扰心头。这种时候，不免就问自己：这是怎么了？八点钟准时来到单位，先是呆坐一阵，望着窗外发愣。窗外是铅灰的天，那大概是蒙尘的玻璃所致的幻景吧，连高低错落的楼群也是灰不溜秋毫无生气。

　　其实，窗外的世界很喧闹，自己陷入自己营造的氛围里，实在憋闷。于是，就想念乡下，就想着去乡下跑跑转转，向往在田野里走走停停的那种辽远而平和的惬意，任挟带着青草气息的风撩拨你的衣袖，任金子般的阳光亲吻你的头发。乡下的天地广阔，山呀水呀，沟呀坡呀，全那么明明丽丽，清秀俊逸，全那么干干净净，爽目悦情，让你禁不住就想变成一只鸟，在炊烟袅袅的村子上空盘旋，在太阳雨里啾啾鸣叫。

　　即便碰上雨天也算不了什么。城里人烦雨，连续两天人就变得精神抑郁，开始诅咒鬼天气。乡下则不同，乡下的雨是温柔的，乡下的雨是多情的。杨柳岸，桃杏林，斜风中的细雨，像女人的纤纤手指，摩挲着你的面颊，在你的眼前撩起一片空灵迷蒙。

　　谷雨临近的日子，乡下特别盼雨。在机关里，雨天里好心情，一杯茶，一支烟，躲在室内闲侃神吹是一种时尚，若有谁冒雨逛街，还不是发神经呢！在乡下，你会看到乡亲们不戴斗笠、草帽，不张雨伞，于如纱似烟的细雨里踟蹰田头，弯腰试试墒情，仰首望望云层，凉凉的小雨点儿在面颊上痒痒地滑动，流进唇角，仿佛花骨朵似的清新甜香。畦等着整，谷等着落，寂寞了一冬的瓜豆的种子急待着发芽。走入乡下，你会感到扑面的一种紧迫节奏。紧迫的节奏里，人们都会因为春天的忙碌而感到充实，感到生命的蓬勃。

当然，这几年情况有了变化，不少乡下人向往城市，向往喧闹繁华，开始像鸟儿一样飞离乡村，飞来城里筑巢，飞来城里寻梦。可城里有傍着溪流的小树林么？有覆盖山坡的绿草地么？我常常为他们发痴地想，当远离乡下的鸟儿们在楼厦林立的夹缝间飞累了的时候，会找到栖息的枝丫么？有一天他们也许会像我一样，思念故土，思念家园，候鸟般告别扰攘嘈杂的城里，回到恬静安然的乡下。

怀念乡下，都市文明于我并无多少魅力。一次与邹、单、周诸君游微山湖，徜徉铜山岛上，曾经感慨系之曰：它日若有缘构庐其处，日赏芰荷碧波，夜沐清风明月，一洗滚滚红尘中的疲惫，岂不妙哉！隐逸遁世么？非也。那种对乡情的浓浓的依恋绝不是"采菊东篱下，悠然见南山"式的淡泊，那是一种热烈的、恒久不变的向往。

今夜，又是雨声淅沥，听着室外来自乡下的风呼啸而过，听着妻儿老小舒缓均匀的鼻息，我的心张翼飞往乡下。想象着那里忙起了春耕春种，到处是沸沸扬扬的热闹；想象着那里水绿山青，到处是蓬蓬勃勃的生机……那一片槐树林又该簪花满头了吧，那几株潇潇雨中的杏树也该是青果如瓣的时候了吧……

乡下啊乡下，我现在还无力穿透这厚厚的风雨扑往你的怀抱。待到夕阳西下，落霞温柔的日子，我会平静地走向你。

山月应知心中事

"海上生明月，天涯共此时。情人怨遥夜，竟夕起相思。灭烛怜光满，披衣觉露滋。不堪盈手赠，还寝梦佳期。"唐人张九龄的《望月怀远》所寄寓的思亲怀乡之情，溢于言表，触手可感，曾经令我少小之心激动不已。古往今来，骚人墨客将月亮作为载体，写离愁别绪，抒神游心迹，可谓洋洋大观，留下一代代绝响。看来，在天地万物之中，最撩人魂魄的莫过于那轮遥远而又亲近的月亮了。

"上弦如半璧，初魄似蛾眉。"一弯纤月自然使人联想到女孩子的细眉秀目；"万里此情同皎洁，一年今日最分明。"中秋之夜，一轮满月，客居异乡，遥念亲朋，岂能不生出无限感慨；"月如钩，寂寞梧桐深院锁清秋。"夜凉如水，冷辉朦胧中的那人，一袭薄衫，满目萧索，低吟着的只能是无奈的失意落拓；"月明星稀，乌鹊南飞。"逸兴湍飞，横槊赋诗的一世枭雄，又是何等的英武气概！

那一轮夜夜划过淼淼苍穹的月，是亘古孤独的么？不，它早已成为历代豪俊栖息灵魂的家园，成为诗人和缪斯山盟海誓的见证。

"小时不识月，呼作白玉盘。"童年的我是在乡村的寒贫清苦中度过的。山乡的月亮又大又圆又洁，偎依在母亲的怀里，听吴刚斫桂玉兔捣药嫦娥飞天狐仙缠人的故事，让金风玉露濡染无邪的心灵。以致故园的月此后在我长长的思念里，永远美丽姣好高悬于梦中了。

离乡背井、初涉社会的那段日子，我爱独自漫步在工作地的一条小河的岸边，苦苦思念家乡的那枚月亮，好把满腹的委屈一股脑儿倾诉给它。

那时，我正经历着人生中的一场劫难，心情低落到极点，便爱读"江畔何人初见月，江月何年初照人。人生代代无穷已，江月年年只相似。""今人不见古时月，今月曾经照古人，古人今人若流水，共看明月皆如此。"等一些唯美而抑郁的古诗，借以编织梦的彩衣去装扮自己苦涩的日子。因此，单位的领导和同志批评我颓唐，说我走不出自造的藩篱。他们哪里知道，我这看似灵魂独舞的自我作践和放浪形骸的外衣下，包裹着的却是一份自卑自责的心态。我只能去和月亮交谈，去寻求一种平和恬淡的心境。我以为那无言的明月最知道我的心事。

"老住香山初到夜，秋逢白月正圆时，从今便是家山月，试问清光知不知？"人经过颠沛流离后，白香山的诗最能道出个中滋味。

我越来越怀念家乡的月。

我变得像孩子般天真写家乡的月："夜。明月一轮。很近，很近，贴着山村……瀑布似的华光泻入窗口，如水柔情泼了一枕。温存似母亲唇角的月色呀，在孩子脸上印遍吻痕。朦胧中醒来的母亲，把怀中的希望揽得更紧……夜。明月一轮。乡村的梦纯洁如银。"

多么想让家乡的月光夜夜吻着我已经苍老的面颊。于是，在一个望日，我推开阳台上的封窗，正值"流光万里同"的午夜，一轮圆月垂悬中天，把清辉无私地洒向人间，是那样坦荡皎洁。我蓦然想到月亮不断追求完美的历程，由一眉而始，日臻丰盈，直到无缺无憾。人，不也应当这样划出自己的轨迹么？

从此，我的心里便泊了家乡的一轮圆月。无怨无悔，坚忍执着，伴我在每个望日。

河 之 恋

　　身居嘈杂喧闹的城里，常常怀念恬淡平和的乡下日子，尤其当更深夜阑市声趋于平静的时候，心境单纯如一泓秋水，便汩汩流淌向往日的岁月。

　　老家在不牢河畔的一个小村子。那从微山湖方向流过来的小河，到这里急转弯儿悠悠东去，于是我那紧挨小河的村子，便像熟睡的孩子躺在母亲柔柔的臂肘里一样了。我童年的生活就与那小河结下了不解之缘。

　　特别到了炎夏，我和村里的小伙伴们泡进那条小河里，看成群结队的小鱼在被我们搅碎的水花间穿梭追逐，看鼓着大眼睛的青蛙伸出长舌卷吃低飞的虫豸，看白鹅划着红掌在碧波中来回游弋……有时，我掐一片苇叶，折叠成一只小船，推入水中，看那绿色的小舟载着我们的欢笑被流水带走。我们戏水、摸鱼、吹芦哨，直到折腾累了，便赤条条四仰八叉躺到岸边，看太阳的光晕，看云脚的长短。无垠的田野蕴含着奇异之绿，似把我们融为一体，让我们尽享生命的自在而意兴盎然。那种情致直到老来也难以忘怀。家乡的小河珍藏着我的欢乐和憧憬，我是喝着它清甜的乳汁，与岸边的小柳树一起长大成人的。

　　时间如河水一般流逝，转眼间几十个春秋，我师范毕业到了沛县小城。初去时一切都那么陌生，思乡的情绪如一团扯不开的线团，剪不断，理还乱。后来，我发现傍着城也有一条曲折东流的小河，同我家乡的小河一样碧清一样温柔一样亲切。我甚至突发奇想，这小河说不定就和家乡的小河汇流到一起去呢。于是这条小河在我的心目中变得格外亲切起来，成了我家乡的化身。劳作之余，我总爱到它身边去散步去读书去排遣思亲的百结愁肠。

我把我的欢乐我的失意我的痛苦我的激情全部倾诉给它。澄碧的河水曾经一次次洗去了我满脸的晦气，激起我对生活的热爱对生命的珍重。不知为什么，无论那段年月多么艰难，只要能看到绕城而过的小河，能掬一捧它的清流一饮而尽，我就会宠辱皆忘，疲惫顿消。小河成了我精神的寄托，小城已是我的第二故乡。所以无论走到哪里，我都会骄傲地说，我是半个沛县人。是的，我把我人生中的一半时光交给了那条河。

后来，我到了徐州，搬进了单元楼，楼下虽有一条河，然而是一条污染了的河。失去了心中的河就像心灵断了一根琴弦，再也弹拨不出曼妙的清音。童年，沿着家乡的小河奔跑，捉虫，逮鸟，割草，剜菜，学几声羊叫鸟鸣，撒欢儿呼唤对方的乳名……年轻时沿着小城边的小河漫步，任水气拂面，看绿野旷阔……那份悠然自得永远留给了过去。

眼下，生活在紧张匆忙的城市里，上空笼罩着灰色的烟尘，街巷里流淌不尽摩肩接踵的人群，奔驰着狂呼乱吼的机动车辆，加以一幢幢楼魔幻般地拔地而起，把人们生活的空间挤得越来越窄，挤得自然博大之美萎缩成阳台上的一点点盆景。现代人啊，形体上愈来愈近，精神上的距离却愈来愈远。每当我在嘈杂吵闹的车流人海里穿行时，便有一种难言的失落充塞于心田。心苦涩得久了，便自然地频频回顾那条曾经给我愉悦的小河。

怀念那条河，我不能不为之讴歌：在我甜蜜的梦境里，你有着母亲般的温存；在我清晰的记忆里，你有着父亲般的严峻。严峻和温存织我的襁褓，清贫和厚爱哺育我成人……扑进你明亮的怀抱里洗尘，浴出我无邪的一颗童心；趟着你露湿的岸堤觅寻，捡来我儿时的一片天真。你以你的质朴和净纯，为我塑出透明的灵魂。岁月可以磨损一切稚嫩，深沉的怀恋却愈加深沉……

家乡的河，你知道么？

我对女儿说

已经有好长一段时间，我发现老伴独坐叹气，表情木然，一副郁郁寡欢的样子，问她原因只是摇头。怎么会没事呢，肯定心里窝着什么？经再三追问，她终于向我吐露了心迹：这辈子怎么会要那么多的孩子？累死累活拉扯他们成人，如今倒好，一个个翅膀硬了，离开你能行了，谁还拿你当回事？男孩子且不说，就说两个女儿吧，一个闷葫芦似的从来没有一句心里话跟你说说，一个下班回来不是倒头就睡，便是忙她自己的事，反正她这个当娘的在儿女眼里成了多余的人……

几年来，老伴因为慢性病缠身，心绪一定不会多好，但是对儿女一肚子气却是我没料到的。看来，母女之间已经缺少了一种感情上的沟通，做母亲的心里开始形成了障碍，若不作一番疏导，窝在心头久了还真对她的病情大大不利。

说实话，在我心目中孩子们并不像老伴想象的那样疏离了父母。我们从小就疼爱他们，关心他们，儿女们心里是有数的。不过，我发现女儿特别喜欢一个人的世界，只要回到家里，大多是抱起书本躲到阳台去，不像人家的女儿围着母亲转，喜笑颜开说不完的体己话儿。

有一天，我终于非常认真地对女儿说："丹丹，你应该拿出点时间跟妈妈聊聊，排解排解她心头的郁结，做女儿的在母亲身上感情细腻点为好。"岂料我这番话女儿不但不以为然，反而睁大眼睛很奇怪我的念头："有什么好谈的，我就不喜欢芝麻绿豆的在父母面前絮叨个没完，即使在单位里遇上不开心，我也不喜欢到家里寻找安慰。你们总还把我当小孩子看待！"

女儿说的是啊，孩子长大了，有了苦闷再也不想对父母诉说，宁可自己去偷偷化解。但是她没有想到，由于自己的沉默寡言，造成家庭的冷清气氛，结果在母亲的心里投下了阴影。

我告诉女儿，独立思考、自立做人并没有错，只是不能忽略了这样一个事实：人需要感情上的交流，需要彼此倾听，相互诉说，尤其在失意的时候，困惑的时候，更何况母亲和女儿之间，母亲总是希望了解女儿的所思所想，所作所为。当她眼见着自己亲手栽培的小树苗枝繁叶茂，终于把枝枝丫丫伸向天空时，这种愿望便会愈加强烈。几十年来，她对孩子嘘寒问暖，形成了一种儿女绕膝的心态，习惯了被询问、被企盼、被依赖、被信任。在父母眼里，儿女永远是长不大的孩子。就拿我这做父亲的来说吧，儿女的依恋不会成为我的负担，相反，却是人间最耐得回味的幸福。还有什么是比被需要、被仰赖更让人快慰的呢？

女儿到此似乎才明白了我的意思，喃喃地说："也许妈妈已经用陌生的眼神看我了，那心里一定是苦涩无奈的。好吧，我一定和妈妈细聊，保准让她得到满足，当一个专心的听众。"于是，我们父女俩相视笑出了声。

当天晚上，我见两个女儿偎依在她们的妈妈身边，一边耳语，一边瞅着我故意乜斜着眼睛。从老伴善意的哂笑里我敢打赌，一准是女儿们在告我的"御状"了。柔和的灯光，温馨的亲情，很令我生起了感激——女儿们是大了，可女儿们的心灵世界里母爱的光辉并没有消失。

写给小孙女

小孙女你两岁半了。

两岁半的小人儿纯净如一滴露珠，在爷爷奶奶的心尖上滚动。

两岁半的小人儿美丽如一只蝴蝶，在爸爸妈妈的爱意里翩飞。

两岁半的小人儿活泼如一尾小鱼，在叔叔姑姑的眼波中游弋。

每天，你这个小不点给咱们这个家酿出多少甜蜜，让爷爷奶奶尽享天伦之乐。

每天，你这个小调皮给咱们这个家招惹多少麻烦，让爸爸妈妈备尝劳碌之趣。

每天，你这个小淘气给咱们这个家带来多少惊喜，让叔叔姑姑挥洒亲昵之情。

你是我们的小太阳呀，全家人都罩在你金色的光环里，感受着人间的温暖、灿烂。

你是我们的小恒星呀，全家人都围着你转，任你摆布，面向你调整着各自的位置。

因了你，咱们的家没有了孤独，没有了寂寞；咱们的家热热闹闹，孕育着诗，孕育着童话，孕育着最奇妙的、也是最动人的故事。

因了你，咱们的家变得年轻，永远不会衰老；咱们的家蓬蓬勃勃，每天和朝霞一样掀开明媚的一页，每天都有绿叶一样的歌、花蕾一样的笑。

你像一串风铃，从爷爷面前摇到奶奶面前，叮当叮当，叮叮当当，让爷爷奶奶听到了世界上最优雅的乐曲。

你是一枚毛杏，咿咿呀呀吐露的生涩，无须谁来破译，我们总能从心灵的感知中，惊奇地发现人生多么充满情味！

天，好高好高呀；地，好阔好阔呀；山，好青好青呀；水，好蓝好蓝呀……所有的景物都变得如此美丽。这是因为天地间有你的存在啊！

爷爷的心田豁朗了，奶奶的眉头舒展了，爸爸妈妈喜滋滋的了，叔叔姑姑乐颠颠的了，仿佛大家都真的万事如意。这是因为你更新和丰富了我们的生活啊！

你真的懂事了么？你不说我爱，你偏说我喜欢，喜欢爷爷奶奶，喜欢爸爸妈妈，喜欢叔叔姑姑。哈哟，你这个小精灵呀，究竟从哪儿学来的可人可意？

你还太小太小呀，可你要帮爷爷架饭桌儿，帮奶奶洗衣服，拿起笤帚扫地，摸来抹布擦凳，你怎么就长出大人的心眼儿？

你毕竟是稚嫩的呀，是幼弱的呀，是单薄的呀，是洁白的呀，若莹莹透明的一滴露珠。我们的心时时刻刻为你悬着，生怕因为我们的粗心不慎触疼了你，生怕因为我们的浊俗沾染了你，给你留下污染的痕迹。

我们的安琪儿啊，爷爷真想变为站成风景的一棵树，变成衬托蓝天的一片云，变成旋转木马，变成智力魔方，变成变形金刚，变成你最喜欢最喜欢的任何东西，为你营构一个亮丽、祥和、充满爱意亲情的智慧天地。

"年小从他爱梨栗，长成须读五车书。"你不懂这古诗的含义吧，可你必定懂爷爷的爱。爷爷盼你长大。爷爷该给你讲丑小鸭的故事了，爷爷爱白天鹅，也一样爱丑小鸭。

节日来了，爷爷该给你准备什么样的礼物？吃的？穿的？玩的？可把爷爷给难住了。你不好跟爷爷说悄悄话吗？你就附到爷爷耳边来，悄悄地告诉爷爷，你最喜欢最喜欢什么样的礼物？

头一次领薪

记忆和梦境常常随着倒流的时光，将我带回微山湖畔的一个小镇子上。1956 年 9 月 10 日，我作为沛县大屯小学的公立教师，领到平生第一次属于自己的劳动报酬——29 元 5 角的工资。

那一天，晴空蔚蓝，阳光灿烂，初秋的风送来扑面的凉爽，视线所及的微山湖似乎就在脚下向我轻轻絮语，粼粼碧波仿佛母亲的笑一样温柔。

我，一个出身清贫的农家苦孩子，好不容易读完了师范，好不容易有了一份职业，好不容易能挣钱了！心里的那份高兴，那份激动，是现在的青年人无法感受到的。29 张壹圆的票子，一天之内不知让我数了多少遍。

买一只大号的柳编箱子，把日常用品、杂什衣物摆放进去，也算有个新家。

买一套心仪已久的《鲁迅选集》，为自己备一道业余爱好的"晚餐"。

做一件正时兴的学生蓝咔叽青年服，替换下母亲一针一线缝制的对襟土布衫……

那天的夜晚，望着窗外的上弦月，我生出了很多很多美妙的打算，辗转反侧竟至无眠。后来还是理智战胜了浪漫。我想起了远在家乡的亲人，父母节衣缩食供我求学多么不易，我首先必须反哺报恩。恰巧第二天《中学生》杂志社给我邮来 30 元稿费，经过一番精打细算，我决定留下九块半生活费，整头整脑寄回家里 50 元。这个决定当时在我看来很神圣，直到后来还认为这是我人生中留下的最美好的一道风景。

50 年代，50 元可是个相当可观的数目！那时候鸡蛋五分钱可以买到三个，羊肉一角六分一斤，团了头的鲫鱼涨到九分钱一斤时，我们的炊事员便连连唏嘘："不得了，不能吃了，又涨了一分！"消费水平低得简直像神话传说。可以想见二老接到 50 元汇款，将是怎样的惊讶？

寒假回家听母亲说，父亲接到汇票听投递员报出数目手都打颤，比领到工资的儿子还要激动呢！母亲还告诉我，全村老少都为我光彩，说咱穷人家的孩子一摸就领了那么多官饷，这可是村子里开天辟地头一个，夸我出息得成了人物。面对父老乡亲的高看，我对那 50 元汇票没作任何解释，直让自己骄傲了一个寒假。

倏忽半个世纪过去，当我饱受艰难而又疲惫的人生旅途之苦，经受一次次困厄的生存磨砺之后，第一次领取薪水时的种种情味常常飘来，美妙且温馨，是瞬间却又是永恒的亮丽。

把阳光和风请进来

到乡下转转，随便哪个村庄，你都会发现有新起的小楼，宽大的铝合金门窗镶嵌着或浅蓝或淡绿的玻璃，顿然使你的眼睛一亮！你的第一印象准是：这个村子富了。

面对那些明晃晃的铝合金框架的窗口，我总会把它们想象成村庄的眼睛——快乐笑着的眼睛，含情脉脉的眼睛，瞩望着蓝天碧野的眼睛……因了这些蹩脚的比喻，我竟然还常常莫名地激动。

按理说，乡村和拥挤、逼仄的城市不同，有望不到尽头的青山绿水，特别开阔的视野里，最不短缺的是阳光、是空气、是无拘无束的风。可谁又会相信，我童年的时候，恰恰缺的就是这些今天乡下视为廉价的东西。那时候我家三代五口人挤在两间土墙屋里，冬天阴冷，夏天闷热，烟熏火燎的黑屋子里从不见阳光进来，风也只能在低矮的屋檐下止步。有一次生病，我被母亲锁在屋子里，大白天黑洞洞的，恐惧、寂寞袭扰着我。我当时想，如果有大大亮亮的窗子，能看见院子里金子般的阳光，阳光下有鸡鸭啄食，我还会害怕吗？在我10岁那年，父亲着手在老屋前盖两间新屋，那两间新屋该安上大大的窗子宽宽的门了吧？可新屋依然是老样子，只是在暗间多了个牛眼大的窗洞。父亲居然在那个屋子里一直住到老。

新中国成立后的几十年间，农村基本上没有多大变化。建房依然沿袭着窄门、小窗、低矮的旧格局。住在那样的茅草屋里，乡村的贫穷落后，农家的艰辛困苦，让人的感受刻骨铭心。离开老家后，我常常为家乡做梦，梦里重复着一个愿望：什么时候乡村也能和城市一样，阳光在明亮的玻璃窗上翩翩起舞，温柔的风拂着垂地窗帘轻轻吟唱？

梦想终于成真。80年代以后，乡村大兴土木，建房热一浪高过一浪，几乎是一夜之间，蓬头垢面的乡村便把自己打扮得花枝招展、风情万种。我搬来城里仅仅十年，老家却跨越过百年、千年。上个月我去老家，竟怎么也辨不出东邻西舍、上房下院的方位。家家户户清一色变成了中西合璧的两层小楼，四开间或六开间的向阳走廊，大都封起蔚蓝色的玻璃壁墙，室内所有角落一片明亮，那是城里公寓所无法企及的通风采光条件。我仰卧在大哥家客厅沙发上，阳光在我的脚下耀眼，初夏的风一阵阵拂面而来，我突然就忆起父亲临终前躺在昏暗潮湿的土屋里的情状……我的眼睛模糊了。如果天假寿年，他老人家能活到今天改革开放的盛世阳光下，他的没有欢乐没有痛苦的面容上，肯定会留下一抹永恒的笑！

从老家回来，又接到小妹的电话，她们家只住了七年的12间楼又要翻新了。孩子们嫌楼层低，门窗小，住起来憋闷，小妹虽然心疼也只能由他们折腾。那天巧遇规划局的老乡，谈及此事，老乡劝我说，他们过得比我们这代人潇洒多了，手头有钱，日子殷实了，他们首先想到的就是改善居住环境，农村大踏步前进你应该高兴！

是啊，我应该为此高兴！开大窗门，告别世世代代的封闭、阴暗、潮湿，把阳光、月光、星光请进家门，把五彩缤纷的世界纳入视野开阔的窗口，这正是农村的一场安居乐业的革命！我向所有盖起新楼的父老乡亲道一声祝福！灿烂的阳光，清爽的四季风，请进农家来！

苦 楝 树

　　苦楝树，母亲的树。不管在哪儿见到苦楝树，我会立即心泛凄楚地联想到母亲。母亲一生经受的苦难，是现今的儿女辈们无法想象出来的。

　　别人的母亲也许出身名门，也许生为小家碧玉，以荣耀和优越播扬于世。我的母亲则卑微得没有自己的名字，来去一生，无声无息，最终湮没在茫茫尘世里。一如乡间的苦楝树，春来兀自开着伤情感怀的淡紫小花，秋尽任由霜欺雪压一树苦果。没有谁着意关注，没有谁投一瞥怜爱。

　　母亲从呱呱坠地就成了孤儿，8岁作为童养媳来到父亲家。8岁的孩子，该是爹娘的心肝宝贝，尽享亲情的甜蜜，父母的宠爱；8岁的记忆，应留下人生中最美丽的一道风景。然而，母亲没享有一丝童年的乐趣。祖母也是苦过来的人，可她把从太祖母那里承袭来的严厉，一股脑儿释放在母亲身上。母亲一天要下三趟湖，蚂蚁一样搬回三倍、五倍于她体重的柴。炎夏她晕死在庄稼窠里，寒冬她冻僵在荒坟岗前，一次次被人发现才大难不死。家贫百事哀。母亲是一家老小的出气筒，谁不顺心都要在母亲身上发泄，挨打受骂是家常便饭，17岁前母亲没吃过一顿不掺糠菜的饭，没穿过一件囫囵衣，一双茅鞋历夏复经冬。母亲和父亲圆房后，境况也没见多大好转。父亲人虽瓷实，可有脾气。况且那个年代男人都是孝子，父亲一切唯我祖母之命是从，母亲的命运可想而知。我记事后好长一段年月，从没见母亲笑过，天明到黑没一句话，蓬头垢面忙不完繁重的家务。只有少有的几回，无人处母亲搂着我以泪洗面，才是她释放凄苦求得心气平和的一种方式。懂了事的我，怔怔地看着家门前的苦楝树，想啊想，母亲来这个世上，莫非专为受难的吗?

母亲作为女性被尊重,是祖母辞世、新中国建立之后的事。待我们兄妹渐大,父亲似乎才发现他亏待了母亲,欠母亲的太多,可又不知如何补偿。有一年大忙季节,我们不知父母为什么发生了口角,只见父亲强夺母亲手中的镰刀,拦住家门不让母亲走出半步,眼里漾出我们从未见过的光。我们兄妹都哭了,我们头一回发现了父亲虔诚赎罪的心。

父亲的改变并没能改变母亲的心境,劳动已成为她生命的全部。母亲依然很苦,心情有好的时候,但也没见她舒心一笑,总是爱到家门前的苦楝树下徘徊。为了供我上学,母亲拖着病体劳作不息,如风中残烛流尽最后一滴蜡泪,直到离开人世的前一天,还从老远的河滩背回一箕子猪草。

我读完师范,走上工作岗位,本想尽一份孝心,让母亲晚年过上舒心日子,岂料天悖人愿,母亲没给我这个机会。苍天为什么这样不公?为什么要夺我所爱而残酷地拷打我的灵魂呢?母亲的薄命是我最大的不幸。

母子再相逢,今生只能寄望梦中。那一堆荒草离离的坟茔,年年泪湿我祭扫的清明:"那一抹白云是你的留影/那一阵微风是你的去踪/我循着儿时的足印辨认/依稀看见你憔悴的面容/幽暗曲折的苦难小径啊/那么长竟消磨了你的一生/在没有星光的夜你去了/留给我的是含泪的黎明/倘若你能走到今天的太阳下/你会笑的/你的笑才是我渴望的永恒……"母亲啊,儿的以歌当哭你能听到吗?

母亲去世那年春,家门前的那棵苦楝树枯了。我总疑心她是化作一缕魂灵追随母亲归去。我忽然就想起母亲在世时的话:苦楝子生性强直不弯,木质含苦味百虫不敢近,是做家具的好材料!我就再听母亲的一次吩咐吧!我泪流满面伐下枯死的老树,请匠人做成可围坐全家的餐桌,好让我和后来的儿女每饭思亲!苦楝树啊,我是你的儿子,因而我才有着咀嚼不尽的苦涩人生。

最后一棵梨树

老家的最后那棵梨树终于消失了。直到前一天，那棵老梨树还在我的意念里枝柯托天，绿荫匝地；秋风里她举着一树金果，就那么老祖母一样慈祥地微笑着，守在村口等着我。

昨天，老家的侄子来了，跟我说起那棵老梨树遭伐的前前后后，我哪里相信会是真的。那棵老梨树碍着谁了？她可是老家的魂儿啊！

爷俩端起酒的时候，我还要明知故问："那棵老梨树真的没了？"我真想让他哄骗我说那棵老梨树还在，即使她已经老了，即使她不再能结子了，毕竟还健在。可是，侄子的肯定回答把我的一线希望击得粉碎。

那是一棵什么样的树啊，连我爷爷也说不清她是经谁的手栽于何年，不知道她风风雨雨中演绎的故事从何开头。反正梨树庄的命名由她而来，反正从梨树庄出出进进、生生息息的一辈辈人，都见过她寒寒暑暑始终兀立在村口。我的童年、青春乃至现在的两鬓霜雪，都和那棵老梨树紧紧连在一起。她离我家就那么几步远，无论我哪次外出都要经过她的荫下。长途跋涉归来，远远地看见那棵老梨树，我的心头就会涌起温暖的感觉：终于到家了！

那棵梨树周围杂生着榆槐椿柳，还有少见的楸和枫。春和夏就不必说了，树们绿成了一道翠屏，鸟们的啼鸣如潮，树隙里透下的阳光弥散着清香味儿。尤其是老梨树开花的季节，大半个庄子的空气都甜甜的，滋润着老家人恬淡平和的心性。即便到了大雪封地的冬天，青幽幽的树林子和白雪相映生辉，是唯有老家的少女们才具有的那种纯洁美好的气韵，那是林风眠先生笔下或者列维坦油画中才会出现的风景。

童年我在那棵老梨树下嬉戏，在老祖母的怀抱里听着一桩桩迷人的故事。以后，我进城读书，每年的寒暑假，我两度四次来回都要经过老梨树下。再以后，漂泊异乡一晃几十年，老梨树的那抹浓绿始终像老祖母慈祥的笑容一样抚慰着我的思念。

早些年我写过一篇《梨花月韵》，发表在《雨花》杂志上，那是因了老家学大寨毁林种田而发出的一番感慨，那时大面积的果园砍伐殆尽，唯独老梨树幸免于难。我本以为她躲过了那次劫数必是有神助的吧，谁又能料到最终仍是没能逃过斧锯的灭顶灾难。

我和侄子都垂着头，久久没有言语。沉默一阵子我还是禁不住问："为什么非要伐了那棵老梨树？"

"老梨树和那片林子紧靠新公路，村里要在那儿办厂子。"

发展农村经济，毁掉一棵老树，顺理成章的事谁能说什么呢？可是，那棵老梨树可是非同一般的树呀，她附丽着一个村庄的传奇，她是我老家的标记，没有了老梨树，梨树庄不是名存实亡了么？我的乡亲啊，我们也太急功近利了！祖先传给我们的遗产，我们赖以生存的环境，怎么能说毁就毁个精光呢？经济利益的驱动，金钱的诱惑，往往搞得我们头脑发涨。我不知道老家还会发生什么事，我只知道那棵饱经沧桑的老梨树，那片美丽的树林子永远消失了。

是日深夜，窗外起了风，接着是敲窗的雨声。潇潇春雨，若凄婉的丝竹之音，梦一般在我枕边萦回，分明是在为老梨树作诔。

普 通 党 员

　　整整一夜，如麻的雨脚始终没有停止；徘徊不去的风声凄婉幽咽，仿佛怆然呼唤着一个人的名字。我失眠了。

　　白天，刚参加过一个人的葬礼，死者的音容一次次出现在我亦真亦幻的梦境里。

　　死者已过古稀之年，且无疾而终，就人生而言，本也没什么可悲的了。然而，于他却不同。他离开的那刻，举村垂泪，老少失声。

　　灵堂就设在村委会大院里，一个个花圈的挽带上尽写着老木爷爷、老木叔、老木同志……千古。大伙儿抹着泪说，就这样叫他吧，是咱亲他、敬他哩！他若地下有知，准会跟生前一样，"嘿嘿"朝咱笑着。

　　小村不健忘。说起老木生前的故事，成串成串儿的三天三夜也说不完。老木是个苦人儿，垂髫丧父，弱冠失母，加上家贫如洗，生性木讷，错过当婚年龄，落了个光棍一条。农村合作化时正赶上他壮岁，也有不少热心肠的撺掇着想给他成个家，可都被他一口回绝："叫咱拿什么养活人家？还是这样好，一个人吃饱全家不饿，一门心思为集体干活。"不想一番话就圈定了他的人生。

　　农村把不事钻营讨巧的人统称"老木"。要说老木的"木"劲儿，谁也比不上。一年四季常规农活不用说了，挖河、打坝、修路、绿化……"大跃进"年月比树叶子还稠的突击任务他准会到，哪里活苦活累哪里准有他。乡亲们心疼他，贴心窝劝他别只顾出憨力，到头来落下个五劳七伤的谁照顾他？他笑笑："庄稼人能干的时候不干，到了不能干的时候那不后悔么？

再不说咱还是在党的。"你听，这话"木"得真叫可爱。

那时候还没有精神文明的提法，老木凭着朴素的阶级意识乐此不疲地做着好事。东家挑墙，西家盖房，他不请自到，活捶出来了回家自己燎饭吃去；瞎老婆子缺水，孤老头子断粮，他仿佛心有灵犀，不请而至，事办妥了，抬腿就走，一根烟不吸。村上人说，就凭老木这厚道，帮困不惜力气，他不先进谁还能先进？一个吹净浮土找不到裂缝的人。

不过，金子也没有足赤的。老木也有老木的弱点。"文革"那茬口，阶级斗争一天一个台阶，大队里让他监管"黑五类"。可老木满眼里都是好人，从不作兴拿捏谁。"埋头拉车不看路"，那还了得，没干仨月让上边给撤了。指令他"灵魂深处爆发革命"，他只会说自己的不是：什么三年困难时期，饿急了偷吃过牲口的一把料豆；进城拉化肥多花了集体五分钱买了根冰棒享受；一袋集体的"下风粮"私自给了某某困难户……鸡毛蒜皮让人直想笑又笑不出来。可老木的"斗私批修"顶真得很，他觉得他有愧于党的栽培。他是土改入党的老同志嘛！

面对现实我常想：在农村像老木这样普通的党员，他们一无文化二无才干，最后连个生产组长也没混上。但是，他们心气正，血气刚，默默地干着一个党员应该干的事，在群众心目中才有了活生生的共产党的形象。

十年前，我家尚未进城，逢上周日，小院里聚满闲聊的乡邻，三句话便扯到老木身上。说他执意不进敬老院，拾几片"十边"地自劳自食；说村里给他的生活费一年也有好几百，他一个子儿不动交了党费；说他腿脚早就不灵便了，还天天起大早为村办厂子扫路净院……像这样的好人，乡亲们责怪我不早该写写他，不早该上报上广播吗？

是的，我的确负疚于心。老木活着的时候，我没有能把他的事迹——一个普通党员质朴而高尚的内心展现给社会，让人们了解我们的党仍然根基坚实，仍然充满活力和希望！

"能白更兼黄，无人亦自芳。寸心原不大，容得许多香。"为老木送葬那天，我忽然就记起了明人张羽的诗。这诗好像是专为老木写的。老木，一个普通到不能再普通的党员，平生却闪烁着耀眼的人格力量的光芒，是应该流芳后世的。

　　送走老木，乡亲们议论说，这样的人要立碑的。是的，那墓志铭上还要写上：这里安息着一个普通党员，一个平凡的好人。

　　其实，对老木来说，立碑刻铭是多余的。他的碑铭在众乡亲的口上。

如今生活讲质量

老家的大哥来串门，一向热心肠的老伴忙活开了。大半个上午厨房里丁当作响，煎煎炒炒、热烧凉拌，七八道菜一样样摆上桌面。

每做一道菜，大哥便阻止一次："齐了齐了，弄这么多菜浪费！如今哪是往年，谁还嘴馋口缺？再说了，我又不是客。"

"瞧你说的，大哥来了比客还稀罕呢！"老伴一脸的灿烂，"弄什么菜了？我还想叫孩子下楼端几个改样的呢！"

吃饭的时候，闲说到了眼下的农村生活。大哥说普通人家哪顿饭也少不了几样菜。如今，孩子们的嘴变刁了，萝卜白菜若是少了荤腥看都不看一眼。大哥的感慨触动了我心底的往事。二十几年前，带着五个孩子的老伴在老家过着清汤炖萝卜的穷日子。工休回家碰巧赶上溜乡的豆腐挑子，我便会买上二斤改善改善生活。逢上这时候，东西两院的侄媳便问："叔，今儿有客？"我顺口答是，心头却不免酸酸的。那时候乡下日子寒苦，大多数人家常年不见肉味，不是客来连豆腐都吃不上。有一回后院的小侄子河沟里摸了大半碗"趴虎"鱼，没油没佐料，清汤寡水放撮盐，却见孩子吃得满口生香，那"馋劲"着实让人唏嘘。

大哥接着告诉我们，农村的饮食早已不同往年，过去讲吃得饱，现在讲吃得好，抢时鲜，讲口味，多数家庭的小锅小灶吱吱啦啦响。他说他今年开春，四季薹还没上市，就到人家温室大棚里弄来一把掐得出水的嫩薹享起了口福。这要搁过去，准会遭人闲话：羊头不吃吃"洋眼"啰！

大哥的朗朗笑声里显然带着几分得意。的确，打从联产承包责任制推行以来，农民的生活方式、饮食结构一步步发生了质的变化。手头宽裕了，谁不想把居家的日子调理得滋润、丰富？这种生活质量的变化在城市居民中尤为显著。家庭主妇们采购菜蔬，时鲜之外主要考虑的是营养、无污染、天然风味，野菜、野果、野蘑菇成了抢手的东西。身体不适的动辄讲食疗；活得潇洒的则去特色餐馆寻找感觉。大米、细面吃厌了，青睐起五谷杂粮窝头；大鱼大肉吃腻了，来个青椒、黄瓜泡香醋。就说我家吧，今年一春天里，榆钱葛花土桃虫，荠菜姜芽老鸹嘴，统统吃了个遍。往年这些东西可曾吃得一家人鼻塌嘴歪的呀！那时候全是充饥果腹的需要。营养，对于百姓来说还是个陌生的词语；生活质量，更是遥不可及的幻梦。

十年河东转河西。人们吃喝讲营养，生活讲质量，鲜明而真实地诠释着经济的发展，社会的进步，中国民众苦尽甘来的好运。

上　梁

　　不看吃的看穿的，不看穿的看住的。在农村，住房的好孬最能衡量出一户人家日子过得是寒酸还是殷实。乡下人讲勤俭，积攒的钱大都花在起房架屋上，"筑巢引凤"嘛，好给孩子说媳妇。河上庄的继春家就面临着这个问题。这几年乡亲们手头宽裕了，日子红火了，纷纷推倒平房建楼房，绿树掩映下的一幢幢小楼构成了乡村崭新的风景。村里住平房的只剩少数几户了，继春家是其中的一户。不是继春缺翻盖楼房的钱，孩子刚上初中，娶媳妇还早着呢，盖了楼还不是闲着？继春媳妇可不这样看，就嘟囔继春，东邻西舍前后院都是楼，咱住的小瓦房不成了盆底子了？翻楼，咱也得翻！继春拗不过，说盖就盖吧。

　　搬家，拆房，打地基，砌墙，几天工夫楼形就出来了。农村盖房还按老规矩办，上梁得选个黄道吉日。旧时盖房都是泥巴墙，踩到四檐齐时，把木梁叉手架上去，接着贴红纸对子、放鞭炮，然后站在梁上往下扔馒头、撒糖果，招引来满庄子的孩子争呀抢呀，好不热闹。如今盖楼全是实心墙、预制板、水泥浇灌，哪还梁呀檩呀的。那对联往哪儿贴呀，照继春的想法一切全免，喊亲近人陪工匠吃顿酒饭就算是庆贺庆贺了。媳妇不答应，说是不按规矩办日后出了个三长两短，窝囊跟谁说去？

　　那就照规矩办。写对联的活儿找到我头上来了。我也就按老法儿炮制，先写了"吉星高照"四个字，接着是一副通用的对子："上梁正逢黄道日，立柱适遇紫微星。"继春毕竟是上过中学的，瞅着墨迹未干的对联沉吟半晌："老叔，意思太老了，能不能换个新词儿？"倒也是。我心里琢磨了一阵子，这新词可不是出口就能成的，干脆讨个巧，来个旧瓶装新酒吧。不假思索，我提笔写下"安居乐业""上梁正逢日子好，立柱适遇改革年"。继春笑了，笑得挺舒心。看来，他对我的"即兴之作"非常满意。

鞭炮声响起来的时候，河上庄的又一幢新楼开始封顶。向亲邻们散着喜烟、喜糖的继春媳妇眼角竟然噙满泪花，那是小村里翻盖楼房的人家都曾有过的激动呀。

小村苦情未敢忘

　　沿 307 国道，过解台闸，在运河和不牢河的夹角之间，呈现在你面前的是一个风光旖旎的小村。笔直平坦的水泥村街，鳞次栉比的楼堂新居，高低参差伸向蓝天的电视接收天线，不时鸣笛而过的"东风""解放"运输车辆……面对这欣欣向荣的景象，你定会脱口称赞：好一处社会主义新农村！

　　这小村叫阎庄子。这小村有一部苦难的历史你未必知情。新中国成立前，这里泥坯茅顶蜗居着百十户人家，几乎清一色的种地贩子，百分之九十以上的农户靠租种地主的土地，以三七甚至二八分成得的一点血汗粮米半饥半馑地度日。那凄惶、那寒困的境况，是今天的青年人无论怎样发挥想象也难以描画出的。全村只有一间小瓦顶房，那是专为"土地爷"建的。打从刚刚记事，我就年年随着父老乡亲去那里磕头祈福，五体投地跪拜在石刻的"图腾"面前，偷眼觑那被香火熏黑的冷森森的石头，心头怦怦直跳。

　　年年祈福祸连祸，水旱蝗灾接踵来。上辈人不止一次对我讲小村发生过的沉重压抑的故事。从大清国讲到民国，讲到日本人进中国，讲到军阀混战、兵连祸接，一页又一页，滴泪又流血。民国五年，西院老太太一家六口饿死三口，余下的三口背井离乡逃荒去了，活不见人，死不见尸。这一支人算是绝了后。

　　日本人进中国那一年，后院厨师大爷空有一手烹饪技艺，媳妇饿跑了，自己也在饥馑悲苦中闭上了眼睛。

　　有一个流传口头的统计数字，从民国元年算起，全村老少光棍汉子百人之多，三十七年间，人口减少接近百人。对于这个数字我向来视为保守估计。因为从我家三代人的悲惨境遇便足可印证。爷爷弟兄四个三个光棍，父亲弟兄三个唯父亲成了家。类似我家情况的全村何止十户八家。"一年糠菜半年粮"，这句话是拿来形容农民食不果腹的苦日子的。新中国成立前，阎庄子人谁吃过一顿精米细面，谁享过一次大碗喝酒、大块吃肉的口福？在我的记忆里，和我一般大小的孩子个个饿得头连着筋，大人们统统是蓬头垢面一脸菜色。说到穿着，东院二大娘一家六口，夏天赤膊，冬天钻草屋，一床破絮被千窟窿百眼不舍得盖，留着大儿圆房用⋯⋯

苦难的昨天也许被今天香甜温热的生活之流冲得很淡很淡了，可那份生活的苦涩始终留在我的心底，硬实如坚冰一样难以融化。逢年过节，面对丰盛的家宴我总少不了唠叨过去的故事，也不管孩子们早已听得腻歪，也不管他们一回回笑我迂腐。小村苦情未敢忘啊，我还是年年执意讲下去，讲下去。

今年麦前，我去老家采访，和当生产队长的侄子闲侃一阵子村里的情形。他告诉我，村里的运输车队拥有五十多辆带拖挂卡车，加上四轮、翻斗，几乎家家户户"嘭嘭响"。有车就是万元户哇！说穿的，他抖抖身上的夹克，什么时兴穿什么；说吃的，哪家顿顿不是三菜两汤，过去摆贡敬神有这齐备么？都欺了祖了！说住的，两层楼大窗户亮门，四壁生辉，只怕把那当年的"土地爷"恼了；说行路，赶一里地的集有谁步撵过，青年人骑自行车都觉得寒酸。这两年"嘉陵""幸福"，还有什么野狼牌摩托吼得你日夜不宁。他述说这些变化的时候，亮亮的眼神里隐隐流露出一丝忧虑。侄子和我同龄，对他的担忧我是理解的：只怕青年人不了解过去而无所谓今天来之不易的日月。

我们应该把过去告诉青年人，让他们知道，在阎庄子这片土地上，他们的爷爷、他们的父亲是怎样挣扎着活过来的；告诉他们，没有共产党的领导，没有社会主义，没有改革开放，就没有今天他们神气十足的人生。侄子负疚地对我说："土地承包后，光顾发展生产，抓钱致富，思想工作放松了；往后呐，咱得理直气壮地讲过去，正儿八经地说现在。"

"忘记过去，就意味着背叛。"列宁的教诲没有过时。阎庄子的年轻一代人呐，你们可得弄懂这句至理名言啊！

我到什么时候都不敢忘记过去。

乡音无改

临近春节的一段日子里，思乡之情总是油然而生。有时甚或毫无来由地把自己抛进虚幻，自我陶醉在蒙太奇的画面里。忽而老一辈呼着我的乳名，忽而小字辈叫着对我的尊称，沸沸扬扬一片梦一样的乡音，温热地拥着我，舔着我的腮颊，亲着我的唇髭，融化着我的心。我的眼角湿润润，有了别人不易察觉的泪痕。

一个人能被乡音时刻记挂着、滋养着该是何等幸福呀！噢，我似乎就是在这幸福的一刹那顿然领悟：乡音是故园的符号，乡音是故园的肌肤，乡音是故园的灵魂，乡音是儿时的精神食粮，乡音是长大后做人的尊严。只有乡音，才是对每一个人真正意义上的终极关怀。

于是我默诵起唐代诗人贺知章的《回乡偶书》："少小离家老大回，乡音无改鬓毛衰……"1300多年前的这位老夫子，当他踏上回乡之路的那一刻，心头该是一番怎样的滋味，推情度理，后人也能猜出个十之八九。只是人类共有的对于乡音的固守之情只可意会不可言传罢了。天地之间，芸芸众生，唯此段情缘亘古难消。

打开一部中外文化史，你会发现无论诗人还是艺术家，他们吟唱着的、书写着的无不是故园乡音。白石老人画笔下散发着生命稚拙天趣的花鸟虫鱼、一蔬一果，不全是扑面而来的湖南乡音吗？离世不久的汪曾祺先生，清淡如水的文风，对生命本源的吟唱与关爱，也无不晃动着高邮水乡的影子。凡高笔下花朵簇拥的农场，阳光下的麦田，有丝柏的土路，金黄金黄的干草垛……一下子就让我们感觉到燃烧的太阳下，蒸腾着故园苦咸干涩的气息，回响着荷兰乡下浓浓的乡音。毕加索的画虽然风格多变，然而也无不显示出工业文明时代被挤压的苦痛。尽管他功成名就，但从他离世前不久画的一幅眼睛成了黑洞的自画像里，我们还是读出了他难言的伤感，以及萦绕于怀的乡情乡音。

乡音可能一时被忘怀，可能被大都会异化，然而它更可能在千万次的瞬间成为梦中的隐痛与心灵的伤口。游子羁旅，所有的流浪者，每逢佳节差不多都要急惶惶地山一程、水一程赶往故园。这是因为他们的心里回荡着母亲的声音——乡音的呼唤。

乡音是垂着头的花草，是老墙壁上的苔痕，是村头的一眼古井，是当街的一株老槐，是混沌里的清晰，是浊世间的清气。乡音于你于我——匆忙于尘世的疲惫不堪的孩子，该是最舒适的摇篮，最可以率性而为的乐园。

年关到了，你是在途中还是已经回到了充满温馨乡音的家？

第五辑

岁 月 留 痕

曾经当过一回演员

不论体型外貌还是内在气质，我都不是演员那块料。可我却真的当过一回演员，且因表演得"精彩"而名满乡里。话说到这份儿上不免有了吹牛之嫌，其实一点不假，在我老家60岁上下的乡亲，一准儿都记得我那档子事。

那是1950年的深秋，朝鲜战争爆发不久，为了支援唇齿相依的邻邦兄弟，为了保卫刚刚解放的家园，中华好儿女雄赳赳，气昂昂，跨过鸭绿江，和朝鲜人民并肩作战。在那样举国声援、万众义愤的政治大背景下，开展宣传，鼓动群众，营造同仇敌忾的气氛，十分必要。我们小学的学生会决定排演一出广场剧，大体剧情是：两个烂醉如泥的美国兵在上海外滩横行无忌，逞凶作恶，无故枪杀了拣煤渣的穷孩子小黑子，从而激起市民公愤，怒涛般呼喊出"美国佬滚回去"的口号。主题显而易见，很能激起人们对美帝国主义不共戴天的仇恨情绪。我那时家境贫寒，营养不良，13岁了却又瘦又小。选定角色时，校长、老师一眼就看中了我。可我生性羞怯，连看人都不敢拿正眼儿，极不情愿接受这个角色。无奈身为学生会干部，经不住班主任晓以利害的说服动员，只得硬着头皮答应下来。

这以后在排练过程中，我表现得很是认真卖力，校长、老师非常满意，多次在全校学生会上表扬我政治觉悟高，能真格儿进戏。拿现时的说法就是挺"投入"的。不料在广场上公演时还是出了差错。按照剧情要求，在一声枪响之后，为增强效果的逼真，老师设计我必须应声倒地，并把事先拴在肘上的红墨水瓶儿中的墨水泼洒出去，这一切须得手疾眼快，不能让观众看出一丝破绽。演出前辅导老师一再交代要掐准茬口，当美国兵怪叫 Little boy（小孩）时，就得做好泼出红墨水的准备，扣不准要手忙脚乱的。谁知那天也活该出事，眼见广场黑压压的人群，我晕乎乎怯起场来，只觉心像悬在风筝线上似的，飘飘悠悠没了根儿。慌乱间系瓶的绳儿不知怎么就松了扣儿，倒地时那瓶子竟脱肘而出，一下子演"砸"了。我心里那个惶急甭提了！露馅就露馅呗，千不该万不该自作聪明地去掩盖已经无可挽回的意外失误，怯怯地把那瓶子往手里抓，招得观众善意地嘀咕开了："瞧，没打死，没打死！还动弹呢。"悲剧气氛顿时被冲淡了许多。这时我把一肚子羞恼委屈全掷到那两个扮演美国兵的同学身上："笨鸭子！就不能补我一枪么？"转念又一想，也怪不了那俩"美国兵"，他们听不懂中国话呀！

尽管公演出了纰漏，可校长还是在全校集会上称赞我们演得不错，尤其对我大加夸奖了一番，弄得我越发不好意思。当晚回到家里才知道，父亲、母亲也跑几里路看那场演出去了。他们只管瞅着我笑，不作一句评论。可从那关爱的笑意里我还是读懂了父母的心。如今半个世纪过去，二老早已作古，嵌进我脑海里的那一片温馨，随着时光的流逝，越来越牵动思亲的悲凉情怀。

少年多梦的我，自那次大庭广众出丑之后，再也不敢上台转悠去了。尽管我对演艺明星们创造角色中所表现出的超凡才气近乎崇拜，但我毕竟缺少先天条件和至关重要的艺术细胞。自惭形秽者和大多数人一样，只能在人生大舞台上表演自我，或善或恶，或丑或美，或真或假，或直或曲，留给智者当作茶余饭后的谈资而已。

我属于大多数。

野菜情结

这几年，出了奇，野菜悄悄地说走红就走红起来，和那些人工精养的蔬果摆放在一起，很惹眼地吸引着家庭主妇们。

一次，朋友请客，捧着菜谱左打量右打量，皱起眉头问服务员小姐："怎么没有野菜？"服务员小姐彬彬有礼地解释：现在市面上的野菜成了抢手货，经常采购不到的；若是列入菜单子，客人点而不得岂不扫兴？所幸的是老板刚弄到的香椿、豌豆苗也能凑合为客人打打牙祭。朋友如获至宝点了这两道菜。那一餐，大烧小炒只戳了个尖儿，唯独那两盘香椿拌豆腐、水汆豌豆苗被"洗劫"一空。

酒饮到二八盅的时候，朋友口若悬河大谈起吃野菜的诸般好处来：野菜富含维生素 ABCDE，软化血管，降低血压，降低血脂，改善微循环，壮阳补肾，利尿清瘀，抗癌治瘫，养颜明目……

小姐端上最后一道汤，一盆清水漂着一丛荠菜叶儿，似乎还有几星儿海米。朋友很优雅地用调羹轻搅，然后大家仿效分别舀起一匙。"啊，味道好极了！"朋友用餐巾纸揩揩唇角，颇带绅士风度地轻叫一声。我却总也找不到那种感觉，及至瞥见结账单 20 元一盆荠菜汤的价码，心头顿觉一沉：作孽！吃这样的高价野菜汤，也真有点贵族化了。

其实，野菜就是野菜！对于我这个出身乡下穷人家的孩子，它曾经是我赖以活命的主食。幼时，每到青黄不接的阳春三月，我便随着姐姐、母亲满地里转，挖满一篮筐野菜，顺手在河里淘洗干净，然后放点盐粒大锅煮小锅煨，每人一只老黑碗，呼啦呼啦把肚皮撑圆，谁顾得上咂那鲜味。

　　搬进城里后，算是和野菜断了缘分。可一到开春，孩子们就嚷嚷：三楼的阿姨包荠菜饺子了，二楼的大姐煎槐花饼子了，就咱家是老菜谱……孩子们说的也是，眼下的城里人大约是吃腻了鱼肉，从乍暖还寒到春深似海的整个季节里，胃口让野菜吊得高高的，生着法儿抢鲜吃鲜，各种各样的野菜轮番占领餐桌。

　　偶尔我也买点荠菜、野蒜什么的。野菜，是我人生中永远也抹不去的苦涩，是杂着少年意气的一段经历。每次，我望着孩子们经不住纯净鲜美的野菜诱惑，吃得满脸放光，吃得颇见浪漫情调时，我的心便飞往故土的原野，仿佛听到了蓝蓝的晴空下春鸟高一声低一声的啼叫，感受到了山风的温柔……

端阳·粽子

我的生日是农历五月端阳节。因此，儿时的记忆都和这一天关联起来，而且涂上了一层美丽的色彩。

小时候记得最清楚的是每到端阳这一天，奶奶、母亲便从头天晚上开始忙碌起来，泡苇叶、淘小米、洗红枣，凑在如豆的一盏油灯下包得有滋有味。我在大人们中间挤来蹿去，不时捞起水里的苇叶放到鼻尖上嗅，一股清鲜味直钻脑门子。碍事，捣乱，烦得奶奶直嚷嚷，顺手拣一颗红枣塞到我嘴里："去去，爬床上睡去！"接着又交代一句，"别忘了吐核。"奶奶、母亲和家的温馨便成了我最初的故事。

年年的端阳节大抵都是这样重复着过的。直到上小学那一年的端阳节，我才知道这节日的不凡。教我们识字的本家哥哥，我们都叫他大先生。那天一早，他点过名便把我们带到村后的小河边讲起屈原的故事。他脸上挂着阴沉的悒郁，声调让我们发冷。于是，我的眼前出现了一个形容枯槁、憔悴、干瘦得凸起颧骨的倔老头，长吁短叹在河边徘徊……

大先生把故事讲得很伤感很动人，只是太悠远了的原因，我们已生不出多少悲凉，竟有的睃一眼他那认真严肃的神情窃笑起来。我那时的想法极幼稚，心想，多亏那干瘦老头悲壮地投江一死，我们才吃上了清香的粽子。

如今的粽子品类繁多，肉粽、豆粽，荤馅、素馅，还有加楂条、蜜枣、桂圆肉的，吃法越来越精。我小时的粽子单调得很，北方不种稻，就只有小米做的粽子。可那小米粽子的口感在我以为比那亮亮的白米粽子更多了一点甘美清纯的乡土味儿。细细嚼着，苇叶与黄米的清幽香气满腮满口，别有一番意趣。后来受了古诗的濡染，便觉得这味道原是浸透了大地母亲体肤的芳香。

年年端阳依旧以粽子为食，可是像奶奶包出的那样的小米粽子已经很少见到了。出自奶奶手中的粽子可说是件精致的艺术品，至今我还能记起她干净麻利的动作。两片苇叶在她苍老的手指间一曲一折，三缠两绕，让你来不及弄清怎么回事，一只四角玲珑的粽子便成了，且从不用线扎绳缚。我的夫人就差之甚远了，她包出的粽子全如死蛤蟆般瘪瘪的，看一眼先是食欲减去了大半。所以一到这个节她就犯愁，怕招致我的不快，便及早求助于邻居中的高手。

吃粽子的时候，我总会情不自禁地说起奶奶的绝活，念叨她留给我的温存。她老人家谢世半个多世纪了，可那一脸慈祥的笑纹仍历历如在眼前，儿时的风景也变得格外鲜明。"长太息以掩涕兮，哀民生之多艰……亦余心之所善兮，虽九死其犹未悔……"怀亲之情比一篇招魂的《楚辞》还要凄婉。

春　雪

　　"一冬无雪天藏玉，三春有雨地生金。"我读小学时一年的春节，见到邻居大先生家的朱漆门上贴着这副春联，心中迷惑不解。那年冬天分明下过几场雪的，怎么能说一冬无雪呢？况且，如果不见一场雪，那还能叫冬天吗？现在猜想，可能是这副春联对仗工稳，色彩鲜明，含有吉祥祈福之意，便得很有点学问的大先生的偏爱。

　　一冬无雪，这不能不说是一个季节的遗憾。刚刚过去的冬天居然就没下过一场像样的雪。我所谓的"像样的雪"，应当是纷纷扬扬、铺天盖地下个"落尽琼花天不惜"，若天女散花，从早到晚，晓来拥门盈尺，白屋为邻，玉树缟素，路失迷津。

　　盼雪，几乎成了古城一冬的话题。

　　说来也奇，不早不晚，偏偏就在"六九"尽头，农历立春这一天，蝶舞蜂闹般地落起一天鹅毛大雪来，只一刻光景，便满地一片银白。那气势果然是"皎洁随处满，流乱逐风回"。不过，这春雪和冬雪毕竟不同。可能是节气到了的原因，那一朵朵的雪花儿，从窗缝钻入室内，扑到脸上，软柔柔的，凉丝丝的，绝无了冬雪的那种森冷凛冽之气。触物即融的雪花儿，仿佛如玉人的纤指轻轻摩挲你的面颊，留下的是一种清爽可人的温柔。

　　由此，我想起了少年时的一段往事。那年也是开春才见一场雪。久久渴望下雪的我，在茫茫大野里撒欢疯个够之后，便开始和小伙伴们跑到谷场里堆起雪人来。我们拿红椒作她的唇，胡萝卜作她的鼻，黑豆作她的眼珠儿，然后费了九牛二虎的劲儿用木炭为她画了一双弯弯的细眉……于是，一个漂亮的春妮儿便亭亭玉立在我们面前。可是不到一天，那雪美人儿却悄悄地离我们而去，将她洁白的灵魂融入泥土。那一年的春天，草特别绿，花特别红，麦苗儿特别鲜亮，就连鸟的叫声也特别动听。为此，我幼小的心曾作兴想：敢情是那雪人儿以自己的生命换得了姣好的春天吧！古人不是以"雪肤冰肌"来比喻美人的洁白无瑕么，那雪的魂魄一定是很高尚的了。

此刻，再一次邂逅春雪，是在医院洁白的病房里。老伴躺在病床上正接受输液。雪落无声，输液无声，而我的心却被突然生发的激情牵动得无法平静。忙忙碌碌穿行在病室床位之间的护士小姐，在我的眼前蓦地幻化成一朵朵洁白洁白的雪花儿……白衣天使为救死扶伤奉献爱心，岂不像落地润物细无声的雪花一样的圣洁！特别是那位为老伴量血压的小姑娘，豆蔻年华，光彩照人，挂着一脸盈盈笑意，简直就是一个飘忽而来、飘忽而去的雪样的精灵！那伸手可掬的笑容，让痛苦中的病者涌起暖融融的快慰，顿时舒展眉梢，停止了呻吟。我目送小护士飘去的身影，再看那窗外飞舞的雪花，浮想翩翩而至。人，应该摈弃一切的污浊，如雪一样的洁洁白白，清清爽爽，益于世，利于人，无所欲，无所求，直至生命的消亡，只留下雪一样的高洁品格。果若这样，我们的朗朗乾坤、暖暖人间该是何等的明丽光亮可爱可恋啊！

窗外，飞雪渐渐停下来。云开处有一缕柔柔的阳光洒下，折射得白皑皑的大地更加妩媚。迟迟于立春来的雪，似乎分外珍重自己，只给这古城恰到好处地裹上一层薄薄的玉帛。

"天有惜花意，恐花开满尘。先教微雪下，始放满城春。"窗外传来轻声笑语，下班的护士小姐们踏歌而去，白雪红装，艳若桃李。立春一场雪，果真应验了唐人杜荀鹤的诗意。春天，已经势不可挡地到来了。

天使的微笑

忘不了那一次面对我的微笑。

面对我微笑的是个大约四五岁的小女孩。那天我乘公共汽车去市中心商场。车上很拥挤，紧挨在我前面的是个抱着小女孩的少妇。突然一个急刹车，我身不由己地触碰到了小女孩的额头，刚想对少妇表示歉意，却瞥见小女孩对着我笑，笑得好纯净好天真。少妇似乎感觉到了，侧过身来瞥见我一脸尴尬的样子，立即笑吟吟地逗起小女孩："叫爷爷！叫爷爷！"

小女孩就果真叫起了爷爷。奶声奶气叫得那么甜，叫得那么亲，好像我们就是一家三代人似的。我的心头热烘烘的，倏然间一股暖流通遍全身，一种撩人的激情涌满胸口，直涌得眼角湿润起来。

小女孩的笑是无邪的，如绿叶间滚动的露珠，一尘不染。少妇的笑是真诚的，如阳光下的一缕微风，扑面的温馨。在公共场所，在陌生的人群里，好久没有遇见过这样真实、美丽、善良的微笑了。恍惚间我如回到童年，回到老家雨后的山林，浴着一身岚雾，听着蓝靛鸟儿一声声清脆的啼叫，俯首拾起一朵朵小伞状的蘑菇……我几乎要喊出来：这世界多么美好！

回过神来的时候，小女孩、少妇已经不见，剩下的是惆怅在汹涌人海里的我。左顾右盼，我想寻找那飘逝了的母女的笑。然而男的、女的，几乎所有的人都紧绷着脸颊，仿佛面部神经都出了问题，如得了一种麻痹症。谁也不看谁，偶有顾盼，那也只是一瞥，一种猜疑的审视，一种让人倒抽一口凉气的冷漠。

本来，微笑是人们社会交往中最生动的方式，微笑的生活是人们所期待的。然而，莫非是生活节奏的加快，动物般地急匆匆觅食，毁坏了人们的心情，谁也不愿意轻掷感情，随意把微笑抛给对方么？如果陌路相逢，有人良久以微笑面对你，你也许要忐忑不安起来，以为那人神经上准出了毛病，要不然，为什么要对我微笑？正常的感情流露被视为要么癔症，要么轻佻，这真是人的悲哀。

法国大作家雨果说过："我喜欢那种能使唇瓣和心扉敞开的笑，因为它让人能同时看到珍珠和灵魂。"笑，是天使美丽的情感流露，达·芬奇的油画《蒙娜丽莎》之所以闪烁着艺术的灵光，令一代代读画人感动，一读再读，不就是她那眼角眉梢、朱唇欲启的微笑么！

笑，这独为人类所有的绽放于心灵的花朵呵，才使得我们这个世界变得灵动，变得灿烂，变得温情脉脉。

早年游昆明西山龙门，我曾带回一尊弥勒佛，就是冲着它的笑买下来的。那"笑和尚"袒露着亮光光的大肚皮，阔嘴没遮拦地咧着，一副毫无忌讳、坦然任性的笑模样。更妙处在于"笑和尚"的肚子里装有机关，只要稍作触碰，"笑和尚"便会发出悠长的笑声，酷似真人，还比真人多了一层幽默，以致全家人为其感染，平添了不少乐趣。后来那"笑和尚"不慎被打碎了，我还快快了数日。再后来想想，那"笑和尚"的笑毕竟有些肆无忌惮，且带有调侃、嘲讽、无视一切的意味，越听越令人悚然心惊。假的就是假的，一旦认识了它的实质，那笑便失去了魅力。

自那以后，我开始苦苦寻找存在于人间的不带任何矫饰的笑。只有这种笑才具有穿透虚伪、使灵魂震颤的力度，才能驱走冷漠的世态，洗净蒙垢的良知，让人们于疲惫不堪的时候享受一次光风霁月般的清爽。我终于遇见了那个小女孩。此后，她的笑便绽放在我绵绵不尽的回忆里，我好像如愿以偿了。为此，我曾经向一位画家朋友详细述说我那次经历，恳请他按我的构想画一幅美丽的画，那画题就叫《微笑的小天使》。画家朋友被我的真挚打动，沉思的目光雪亮雪亮。他能再现凝聚人间真情的那一瞬么？我们每天都能在那种纯真无邪的微笑中生活多好！

一位陌生的朋友

因为做编辑，每天收到十多封读者、作者的来信，已经成了平常的事情。有的视情作复，有的则读罢不经意地搁置案头，让时间尘封淡忘。唯独有一封不具名的信，虽事隔经年还常常记起，心灵不时在一种温暖的震颤中被深深地感动着。

信不很长，可每句话仿佛都是带着浓浓的感情色彩——那绝对是属于纤尘不染的真诚："还是去年春天读高二的时候，偶然读到您的《把心掏给朋友》，觉得您这位长者虽历经磨难、饱饮沧桑却始终不失一颗亮晶晶的爱心，透过印刷体的文字，我分明感触到了您所传递的一种柔软的、温暖的感情。后来陆续读了您的一些关爱生命的文章，好像您引领着我穿行在一片蛙鸣的原野，沐浴着雨后融融的阳光，身心倏然透明起来。我是一个卑微的生命，高考落榜回到乡村，怀着美好的向往开始另一种生活……但是我不得不向您坦诚倾诉，现实和想象之间的距离是那么遥远，与您那些美文中所表述的几乎格格不入……将来，待我长大了，变得成熟了，为了年轻时曾经读过您的娓娓述说融融爱意的文章，我肯定会从心里感谢您的。因为是您告诉我如何热爱生命，以一颗爱心面对美丑并存的人生，对于生命的这种珍惜和感悟，乃是一切人间至爱的源泉。"

这封不具名的信，章句措词像个男孩，字体娟秀又像个女孩，从邮戳上只能得知这是一个生活在贫穷山区的青年人。令我读来亲切并特别感动的是，我那些缺少文采的小文章竟然引起一个青年的心灵共振，这绝不是虚荣心的满足，而是一个百味尽尝的生命被另一个初谙世事的生命理解了的欣慰，一种直入人性深处的感动。

人来到这个世界上，和时空的无限相比，短暂如一颗流星划过，真是应该在这极短促的生命过程中相亲相爱，相携相助，让人性的光辉以友好交往的方式充分释放出来，使得我们这个星球上开遍生命的花朵。然而这样一个极为单纯的愿望却被充满各种欲望的人们无情地践踏，差不多全给遗弃了。每天出现在我们眼前的是比比皆是的利益的交换，权力的较量，财富的争夺，那么多的恩恩怨怨纠缠得生命变得麻木萎衰，很少能够见到生命与生命相知中迸溅的火花。

正因为这样，我就特别珍视那封不具名的信。试想当一个陌生得连名字也不知道的孩子，远远地却又亲近地发现了你，并且超越世俗的功利，向你发出推心置腹的呼唤，这难道还不是人间最美丽、最令人感动的事么？我多么想写封回信，借用台湾女作家琦君的话说，"我自笑把人生美化得离了谱。但我深感这个世界的暴戾已经够多，为什么不透过文学多多渲染祥和美好的一面，以作弥补呢？"他（或她）如果能够进一步理解我经营文字的个中情怀，我便会幸福得心跳的。

远方的那位朋友也许不知道我这篇文章，但是我相信我们之间的潜意识相通。我相信他（或她）会始终保持人的本真，于滚滚红尘中刚正地前行，不为世俗所染，永远是生命万象中一朵芬芳的花。

朋 友 是 书

和部长①做朋友已经很有些年月了。初次结识部长是多年前，正值火热的夏天。那时我刚从外地调回原籍，还没安顿停当，有人传话来，说是县政府办公室的邹科长要会会我。我有点茫然意外：科长何许人也？我并不认识。及至见面互报家门，方知科长崇文尚艺，读过我的几首歪诗、几则小文，便视为神交而相见恨晚。那天中午他盛情留饭，食堂里打几个菜、一瓶白酒，直叙到上班时间。虽是第一次晤面，交谈却真诚热切，海阔天空，无所拘束，两两沉入"乍看披肝胆，新交如故知"的欢愉兴奋中。

后来科长调去市府，再从市府回县升迁宣传部长。这段时日虽少了接触，然拳拳之意心心相印，不断有口信互报平安。"人生当贵显，每淡布衣交。谁肯居台阁，犹能念草茅。"不少人官越做越大，官僚气也随之日甚，旧时相交往往敬而远之。可能是政务缠身的原因，也可能是别的，多数结交有始无终，升沉中分道扬镳。部长则不同，他的办公室里依然是往日的座上常客。部长不是那种自视高的人，他说自己是乡里人，是草木之人，手脚至今遗有泥渍土痕，是时势把他推上了芝麻绿豆大的官位，和平民百姓没有什么两样。因此，他为人处世谦恭平和，坦荡随意，不论和谁交谈，总是一脸粲然的笑，从不见有居高临下的做派。

我也算个读书人吧，一向奉"书是良师益友"为箴言。自从结识了部长，始悟"朋友也是一部书"。试想，如果结交了一位有学问且心地善良的朋友，

---

① 文中部长为原铜山县委宣传部长邹传礼。

你不断地读他，从中感知他的宽厚、诚朴、深邃等诸多的品质，你肯定觉得自己的人生就像走进了开满鲜花、遍布芳草的原野一样多彩。"始知君子心，交友道益彰。"在和部长的交往中，我学到了很多珍贵的东西，尤其是他的淡若清泓、直如弓弦的心性，可谓我立身立心、处世做人的楷模。

部长不止一次说过：我最烦官腔俗调、四处钻营的人。做人首要的是正直，对人应当宽容友爱……可以说，中国传统文化的精髓"舍己为人""与人为善"一直主宰着部长的心灵，这在机关大院里是有口皆碑的。他乐于助人，为人解困释厄，从日常工作到衣食住行，只要力所能及，从不敷衍应付、推诿了事。往往不期而至的关怀，令当事者如沐融融春风而倍感温暖。如果事成后你想回报他一番，又大可不必。部长以为正常的人际关系就应当是互相关心，互相爱护，若涂上投桃报李的颜色那就俗气了。对于他只想给予不想索取的品格，我感佩敬重，不愿轻易去麻烦他。人，总要有点自知之明，不能为私欲所困，得陇而复望蜀。

十几年来，是艺事把我和部长连在一起，淡淡如水，清纯如水，真诚无猜，日月可鉴，这才使我身为白丁而并无攀高之惶惶。每一次的聚首，我们一不议政，二不说他人是非，全是文章作法、艺术鉴赏的话题。他每得名家墨宝便乐不可支，必有电话邀约共享。逢到这样的时候，我们多不发一言，静观字画玄妙，相通的心沉浸于一片艺术的灿烂之中，友情默默升华到一种纯正唯美的至境。

两年前部长退居二线，做了人大常委会主任。岁月不饶人，他两鬓早已悄悄霜染，我亦迫近"耳顺"之年。然而我们的友情"白头如新，倾盖如故"，依然真诚如昨。唐人魏徵有《述怀》诗云："季布无二诺，侯嬴重一言。人生感意气，功名谁复论。"磕磕绊绊的人生旅途，于我能够撇开名缰利锁交上这样一位坦荡君子，实是幸甚幸甚！"知己哪须分贵贱，感恩何用钱刀为。"纯粹的友情比金子珍贵得多，我会永远记住的。

寻梦的女孩

我的写字桌上摊开着一本诗歌、散文合编成的集子：《爱的乞丐——戴丽仪寻梦的足迹》。这本用普通光连纸自己装帧设计的集子，满是皱褶的封面上，斑斑驳驳刻下岁月的印痕。

面对这本纸质已经泛黄的手抄本，我从日暮翻看到深夜。读完最后一页，遥望窗外夏夜的繁星，心事变得浩茫起来。

那是五月某一天的下午，一个叫戴丽仪的女孩打来电话，笑声朗朗地说是有一本习作想让我给看看。语气的真诚，言辞的恳切，容不得人推诿。我爽快地答应下来，却也没当回事记挂在心上。

不想没隔几天，她就来了。

精明、活泼、大方，两只眼睛看人极诚恳，绝无乡间女孩子的羞赧忸怩。田野的风和阳光染就的黧黑肤色衬托一张娃娃脸，很是招人喜欢，看上去多说过不了 18 岁吧。及至一番交谈，才知道她已经 23 岁了，写诗也有了七年的历史。她看着我，脸上始终挂着笑。她说她是找老师指点迷津来的。然后极恭敬、极认真地捧过来这本集子。

面对这样一个乡村女孩，这样一个酷爱文学的女孩，我还能虚与委蛇么？我只能当面做出保证：认真阅读，然后写成书面意见寄给她。

她回去了，很高兴、很满足的样子。集子取名已经很令我沉思称奇，读了集子的自序就更为她的苦苦追求动心动情。那晚，我的眼睛湿润了。在物欲横流的红尘中，竟还有这样一个女孩坚韧地护卫着心中美丽的梦幻，以整个身心相许所垂青的文学，也实在太难为她了。首篇《爱的乞丐——

文学》中她写道：爱你不容易／不爱更难／二十三年寻觅的目光／在触到你的瞬间／温馨／流进我寂寞的心田／我的情人／这爱的昭示／已够那颗忧郁的心／在绝望中等待／并终生守候在你的门外／等你说一声进来。痴迷到这等程度的女孩，也难怪要有人说三道四了。

也许她读过白朗宁夫人的十四行？读过普希金的抒情诗？我不得而知。把梦牵魂绕的文学比作爱之切切的情人，虽不是别出心裁，却让人感受到那份爱的沉重。我理解这爱，但不能用欣赏的目光助其燃烧。

年纪轻轻，却已经走过一段坎坷，历过一番风雨，因为着迷于文学为周围人所不容，被讥为"狂女"，这真是一大悲哀。然而她无怨无悔，在认定的道路上踽踽而行，把如水的真诚，天赋的灵悟，孩子般的任性写进她的一篇篇诗文里。尽管笔触中还没有脱掉校园的梦幻气，可那份烂漫天真足以感动天地人神。她在自序中挺潇洒地学着哲人语：戴丽仪，走自己的路，让别人说去吧！她勉励自己：趁多雨的季节，收藏起太多的遗憾，把它们变成美丽的向往；待到雨过天晴，让它们长出透明的翅膀，向蓝天放飞亮丽的希望。她还调侃自己：戴丽仪，当你经过闯荡，经过拼搏，只剩下精疲力竭，可用苟延残喘来形容的时候，你还会像现在这样笑得开心么？

这样的女孩，她应该得到她期冀得到的，幸福应该陪伴着她。

文学小道上充斥着年轻的朝圣者……我几次想提起笔写封信告诉戴丽仪，思虑再三还是停下了。即便别人怎样嘲讽她，冷落她，她还是那样虔诚地寻梦，我的几句说不明白的劝告，她在乎吗？要她多一点冷静回到现实中来，要她认真读书，不断充实、丰富自己，然后……她能听得进去吗？人，都有自己五彩缤纷的梦。有梦比没有梦要好！想来想去，我只能祝福戴丽仪梦想成真。

贺　卡　情

　　岁末年首的日子里，我几乎每天都能收到从天南海北飞来的贺年卡。一片两片，三片五片，像一只只彩色的蝴蝶，栖落于我的办公桌上。

　　贺年卡上那些经过精心编构的祝福语，有的像剪剪春风，有的像柔柔玉露，有的像涓涓鸣泉，温暖我的心，诗化我平淡的生活。试想，一年三百六十天里，每日从早晨到黄昏周而复始地忙碌，懵懂中忽然收到这么多贺年卡，把早已飘逝了的无数个美丽的日子重新唤回到你的身边，怎能不给你一种特别的温馨而让你沐浴在爱意之中呢？

　　在别人，也许对这菲薄的礼物并不怎么经意，作为报纸副刊的编辑，我却很是看重这份情谊。所以每当我收到一份贺年卡，总是捧读再三，爱不释手，直到浓浓的感情深处碰撞出一串串心灵的火花，接下来便是打开日记本，工工整整地抄下那一句句饱含真情的祝愿：

　　——当所有的故事在风中逝去后，不变的是我心中的祝福。

　　——一个结束，是另一个崭新的开始；愿这一个开始，更充满着希望与祝福。

　　——您不倦的启蒙与教诲，编织成我浓浓的感恩；愿我衷心的感激，能拭去您所有的辛劳。

　　——想您在灯下，辛勤地耕耘，如蜂，呈给世人甜蜜；今夜，月光皎皎，想您正为我为他，躬背如桥，托起成熟的岁月……

　　我是以几分庄严几分激动抄录下这些如诗一般净化的章句的。其实，我又特感内疚，我何尝不该深深地感谢他们！因为他们的勤奋，不断赐来佳构精品，我这"拙妇"才能"有米为炊"，才能向读者输送有一定品位的精神食粮。说到底，我不过做了些应做的工作，受此厚爱于心不安啊。

有位职业中学的教师这样写道："我是个很容易掏心的人。清贫的教书匠生涯，风雨多磨的五味人生，令我倍加渴望心灵的交往。祝老师新年快乐！"简洁的几句，我几乎读出了眼泪。是啊，编者与作者之间，乃至所有的人与人之间，应该都有一种和谐、一种默契和理解。尽管祝福语是几句平平常常的问候，对我却是老友久别后的倾心长谈，句句直透肺腑。寄给我贺年卡的朋友，绝大多数虽未曾谋面，但在同一个星空下，心愿都那么美好，都期待着友谊长存。

不同年龄的人们赋予新年祝福不同的形式和内涵。贺卡则是属于年轻人的选择。我珍视它，全在于想把充满青春气息的、那一簇簇春花般亮丽的问候，永远收藏在记忆里。我应该真诚地感谢所有寄给我贺年卡的年轻朋友们。那上面写给我的祝福，是经过一年又一年积淀下来的友情。它散发出的醇香令我振奋，激励我在编辑工作中不敢稍有懈怠。我欠年轻朋友的情债太多太多，至今还没有买一个贺年卡回赠予人。惭愧中倒也悟出了人生的一点情理：写上几句话，跑趟邮局寄出，虽属小事一件，却需要一颗真挚的心。

适逢新岁，感触良多，遂以这篇小文奉送给年轻的朋友：愿你们天天充满着喜悦与幸福；愿平安快乐与你们相伴相随；愿你们的生花之笔再造阳春白雪，大块文章。

在这除夕临近的日子里，让所有的朋友们，携着款款的祝福，一同倾听回荡天宇的新年钟声吧！祝朋友们新年万事如意。

乾坤清气扑面来

大利的画集就在案头，以心灵与我对话。他的人品艺品，通过生香的墨韵、酣畅的笔锋，活生生呈现在眼前，令我沉迷其中，时生感慨，竟日有悟。

"我在赶路途中寻求心灵超脱的方式，我用画笔和我的老师、朋友、亲人及一切关心我的人交谈。"品味着他发自心灵深处的这段独白，二十几年前的往事恍惚如昨。

那时的大利刚过弱冠之年，很是书生意气，情动于中而形之于外。我们同在一个单位，我写诗，他作画，诗画相通，气味相投，便有了水乳交融的亲近，便成了推心置腹的挚友。我们说文谈艺，论道述怀，常因过分地投入而废食忘寝，夜深不知归去。他生性豁达，作风稳健，待人朴真，才思敏锐，凡接触过他的人，无不有如临朗月、如沐清风的快意。那时我就想过，大利的卓然脱俗，是因了酷爱艺事，受其熏陶而形成的吧。这种人品气质，始终伴着他治学处世，为文作画，虽近知天命之年，依然天真如童，不改初衷。

由于历史的原因，大利作为插队知青而失去了进入学府深造的机会，但出于对艺术的执着追求，他走上了一条刻苦自励、学有所成的奋争之路。在寂寞无助的知青岁月里，他情有独钟，学画不辍，并精研诸子百家，苦诵唐诗宋词，遂打下了坚实的文学功底。文学与书画缘分最近，有道是诗中有画，画中有诗，这可以从他后来精进的艺事中一目了然。他的画作常常引用前人诗词警语，题跋与画面相映生辉，凸显其广博情怀和豪爽胸襟。

翻读大利的画集，随处可见"愿为持竿叟""挥琴送落日"的洒脱，"不求人夸颜色好""宠辱不惊花落花开"的超然。力透纸背的一股清气，教我重新认识这位肝胆相照的朋友的风骨。

面对一部厚重的画集，重睹大利笔下一幅幅迷人的风景，重忆与大利倾心对话的难忘时光，愈加使我感到他用真诚的艺术之心，传达对生活、对自然、对世界的独特的个人化领悟。在不断向深层推进的艺术探索过程中，他把中国古典绘画的老辣严谨与现代中国画的奔放流丽熔铸于一炉，已经形成了自身的美学特性。尺幅之间，风雷激荡，内功逼人，耐读耐品耐寻味。

大利常说，搞艺术的人不可矫揉浮躁，浅薄媚俗，要诚实，要严肃，要守得住寂寞，要逐除私心杂念，远离名缰利锁。他这样说也以这样的操行进入艺术之境。我居室里悬着他十多年前的两幅信笔画作，一幅兰石，一幅墨荷，配上"得志依然寒素体，立心学到古愚人""半世不知身是我，一生全作梦劳人"的题句，简约潇洒的画意顿生灵动，让人读出平和中所蕴含着的坚毅，执着追求中不失真诚和善良。其实，这样的画境正是他的心灵写照，与当前一些流俗浮华的画风是截然不同的。

大利之所以喜欢绘画，在于他认为一支柔毫可以让他归返自然，融入一种无人无我境界，在这个境界里可以得到陶冶和净化。因此，他的画便成了越出功利凡俗的一种静观，一种超然，一种去留无意的云舒云卷。反观当今物欲横流的世态，大利的不为时势所驱，不为世俗所染，立身立心孜孜以求人品的自我完善，该是多么难能可贵而又极不容易做到的啊！

绘画已经成为大利生活中的基本内容，如同吃饭喝水一样须臾难离。以他目前的造诣和不息不倦的追求精神，可以断言，更加迷人的艺术境界就在他的前面。"阅尽人间打奇稿，乾坤清气扑面来。"信手拈得两句，作为我这个老朋友对他的祝愿。

题大吴镇花鸟画展

大吴镇举办花鸟画展，嘱我题写前言，不免作难起来。余虽半生浪迹文苑，实乃崇艺而不解艺，恐作门外谬说，不着边际，贻笑大方。然读展品之后，顿觉心领神会，亲如家珍，浓酽似酒的桑梓情油然而生。

且看那流莺探枝，蛱蝶舞卉，豆棚清荫，瓜架凉秋，蛙鼓蝉吟，鸡鸣虫韵，无不鲜活可触，活色生香。"诗翁自有无声句，画里凭君细觅看。"而这般呼之欲出、临风有声的神助之笔，全然出自荷锄戴月的乡里乡亲之手，能不令人大惊大喜而生发万千感慨！

大吴，乃我生身故土。童年旧事，已成逝水；壮岁远游，牵肠挂肚；直至 80 年代，方叶落归根，得圆旧梦，常为她的兴隆发达制文作歌，聊学乌鸦反哺。改革开放历十数载，大吴不独经济腾跃，成为一方翘楚，且文化汤汤，风流竞秀，物质与精神比翼双飞。衣食丰而慕高格调，上达耄耋，下及垂髫，笔耕砚田，心醉丹青，挥洒高情雅趣，描绘缤纷七彩，遂成洋洋大观。余曾借"旧时王谢堂前燕，飞入寻常百姓家"古句，抒由衷感佩。今时去多年，尚余韵萦怀，常游梦热土，见杂花生树，群莺乱飞，一派春和景明气象。梦，实为心声也。

"东风欲破苔痕绿，轻雷一夜惊苍玉。"此次大吴镇花鸟画展，无论就题材的诗意化，还是技法的多样化，都堪称渐近佳境。写意、工笔、线描、点染，或凝重，或简约，或得天真，或见拙趣，尽显艺术实践中的孜孜追求。可以预言，这片民风淳朴、生长艺术的土壤，仰赖乡贤辛勤耕播，假以时日，定会"灿烂尽处归于平淡",终将砚水腾龙、展示引人注目的农民艺术新景观!

涌泉之意,寸草之心,仅以此作为我对故土乡亲的祝福和祈愿。

生活不能没有歌

　　女儿下班回到家里，第一件事是打开录音机，让小小的房间里充满音乐之声。流行歌曲一支接着一支，或柔婉，或明快，或亢奋，或清约，生动的音乐语言倾诉着人生的丰富多彩并挟带着几许无奈。

　　逢到这时候，老伴总是不耐烦地说："快关上，吵死人了！"女儿好像早已沉浸于歌的意境里，若有所思，踏着轻捷的脚步，哼着歌忙她的私事，对母亲的唠叨置若罔闻。

　　我呢，不偏不倚，既听歌也听老伴的唠叨。歌声唤起我一幕幕的回忆，让我清楚地感觉到，歌声是属于青年的，年轻人本来就是一首抒情歌曲。

　　我因嗓子条件差，不善唱歌，从年轻时起便与歌无缘。可又挺喜欢歌，常常私下里偷偷哼着自娱。经岁经年就这么哼，歌也就成了我人生旅途上的伙伴。坦直也罢，泥泞也罢，哼起歌仿佛就有了战胜艰难、走出困境的勇气。

　　记得头一次离家，负笈到城里求学，四方学友聚于一堂，不知是谁先起调，大家不约而同地唱起了一支抒发青春理想的歌："我们年轻人，有颗火热的心……"至今回忆起那情那景，还由不得要激动一阵子。那时候一群活泼泼的少男少女，"相逢何必曾相识"，是歌声遣走陌生，唤起共鸣，寻到友谊而使我们一见如故起来。后来歌声伴着我们学习、劳动、成长，歌声使我们亲密无间。在阳光明丽的大街上，在花香鸟语的公园里，在相互拉歌的会场上，在随心所欲的郊游中，歌声始终伴着我们一路前行。歌就是我们自己。

如今，生活的激流让我见到了人生的又一段风景。多姿多彩的改革年代，应运而生的各种新歌蜂拥而至，令我精神大爽，如置身百花丛中。我土腔洋调都爱听，不管东南风西北风一概接纳。兴致来了甚至怂恿女儿见新盒带就买，有新曲就唱，惹得老伴损我"老来反倒没了正行"。我陶醉于王洛宾的《大坂城的姑娘》，也钟情于毛宁的《涛声依旧》。歌声让我朝气复苏，重新找回对生活的执着追求和创造的热情。我唱"风雨兼程向前赶路……"，激励自己从低沉走向蓬勃，升华存在于心中的不渝信念；我唱"月落乌啼……"，是借这苍凉浑厚的古词新调，向过往人生中的种种悲欢离合、荣辱沉浮作深情的告别。歌告诉我一切都是生活所赐，只有昂扬，没有低回，便不是完整的人生。

人生苦短，歌声永远。生活离不开纯真浓情、缠绵悱恻的歌，即便苦涩也不失为人生的一味。

这不，在老伴的讪笑声里，我又荒腔跑调地附和着女儿轻轻哼起来。

曾经拥有过的

前些日子，副刊想搞一次征文活动，我便下乡找熟人拉赞助。以为老脸一使没有大问题，不承想就碰了个软钉子，说不出是啥滋味。

话还得从多年前说起，那时我刚从外地调来不久，做编辑、记者这一行还挺风光的。有一位年轻的作者捧着一大摞文稿说是拜访我来了，那股虔诚劲儿很叫我感动。世风变得让人吃惊，如今那位年轻的作者当了厂长，早已成为腰缠万贯的大款，不再舞文弄墨、钟情于文学创作了。我这个穷秀才却要反过来有求于他，自然就要口出溢美之词于他。

当年，那位小文友洗耳恭听我大谈文学创作的甘苦，亮闪闪的瞳仁里溢满着羡慕、崇敬之情。在他看来，我这个手握朱砂笔的编辑，刷刷勾抹那盈尺高的各种来稿，简直如写"奉天承运皇帝诏曰"般的主宰生杀大权，那神气似乎非王者莫为。后来，他陆续有稿子寄来，我也陆续编发了一些。他每一次寄稿还都附有一信，言词的恳切，感情的诚笃，至今还深镌在我温暖的记忆中。我从不怀疑那段忘年之交的淳厚与真纯。

如今做编辑、记者，哪里还有当年的潇洒？财政困难，经济吃紧，报纸要生存，职工要吃饭，难为老总只好立下军令状，大家都要领任务去跑门子搞征文、特约刊登，弄俩钱聊补缺米之炊。食君之禄，岂有不接旨的道理，况且牵涉切身小利。于是便东一头、西一头奔走于乡镇厂矿企业界。

旧交故友，本以为凭老关系登门求助，量他也得给个面子的。哪料寒暄之后一提到特约刊登事宜，对方却官话连篇"王顾左右而言他"。一会儿说什么现在为文实在没多大意思，一会儿又说什么现在有了钱日子也并不轻松云云……好像我成了个绑票玩诈骗的。我实在听不下去、也坐不住了。心中暗想：阁下，您甭来那一套！我是冲着交情来的，不看在这份儿上，我宁可跑到市中心的淮海路上，扯开嗓门大呼小叫，卖老鼠药或狗皮膏赚仨俩的，也不来舍这个脸的！看来，感情既然拉开了距离，修补已不大可能，我还是知趣走人为上策，便谢绝留饭，快快而归。

回来后再三再四想，也怪不了人家的。时下市场经济环境下，人际交往中的商品化气息越来越浓，那位厂长的婉拒，全在情理之中。办企业玩的就是效益就是钱，你要剜人家身上的肉，还要人家不叫疼心甘情愿地献上，世界上哪有这等便宜事？明白了这理儿，遭到冷遇甚至白眼，也就能够释然泰然不以为然了。

只要有求于人，吃闭门羹的事自然还是要发生的。琢磨那天尴尬的情景，听那位朋友"这个嘛那个嘛"官腔官调的应酬话，颇觉怪有意思。当年，我和他谈文论道大概也是这般情景吧？白云苍狗，一个轮回，宾主易位，个中滋味能与人言？记不甚清了，是中央电视台的一则广告吧，那词儿写得真到位："不在乎天长地久，只在乎曾经拥有。"好像颇知我们的心情，说的就是我们这些也曾风光过的编辑、记者，现在却得拉下脸来去求人，虽然多少带点嘲讽意味，但就是那么回事。

社会大踏步前进，一切都在变，什么事情不会发生呢？

与 狗 交 恶

城里养狗热不知什么时候悄然兴起的，常能见到驾摩托、骑山地车的年轻人牵条狗穿街过巷，那神态挺潇洒的。

在国外，把狗当作宠物，怕是很有一些年月了。咱们中国百姓养狗，看家护院者居多，即便喜欢也够不上"宠"的地步。

说起狗性，也有着实讨人喜欢的一面。大老远地见主人过来了，就忙不迭地扑上去，又是摇头又是摆尾，团团转作"嘤嘤"之声，亲热得没完没了，直到主人腻烦地给它一脚才作收敛。至于个别训练有素的狗们，为了讨得主人的欢心，还少不了就地打几个滚儿，就势去吻主人的脚尖，那就更令人开怀了。

蒙童时确曾喜欢过一阵子狗，打听到邻居的狗下窝了，便撒赖央求母亲去"系"一条来。此后便天天和小狗崽厮混成一团，任其舔鼻尖脚心，痒痒的，麻麻的，那情趣儿滋味儿深深写进童年的回忆。

成人之后再也不喜欢狗了。何止不喜欢，简直到了憎恶的地步。这大概和我的经历有关。

生活中人少不了和狗接触，我就有过三次与狗的纠葛。

第一次是四十几年前。我那时是三年级的小学生，上学要途经一家王姓富户门前，每次我都怵怵地想避过他家那条牛犊子似的大黄狗。可终有一次避之不及，让那条狗掀翻在地，颈上、颊上被爪子抓破多处。直到那家富婆悠然地叫了一声，发狂的狗才放过了我。回到家里，母亲见我满面伤痕，紧紧抱着我哭起来。

第二次是二十多年前。我正背着"五·一六"黑锅，被贬到一所乡村中学任教，家属户口随迁到当地生产队。有一年秋天分白芋，竟没我家的份儿，我只得去找生产队长理论。刚踏进队长家的门槛，一条黑狗冷不丁扑了过来，裤子被撕烂几处，大腿顿时灼疼难忍。那位队长眼皮不抬，慢吞吞地喝了一声，只冷冷一句："咬着了？"为此，妻伤心哭了一场，说这哪是狗欺人，分明是人欺人。

我倒是丝毫不在乎地开导她：狗咬人一口，合情理的事；人还能反咬狗一口不成？狗欺也罢，人欺也罢，能忍则忍，管他的呢！

所幸的是两次遭狗咬，一没吃药，二没打针，竟没染上狂犬病，可见我人贱命苦活得却还结实。

有过上述两次经历，我怕起了狗，也恨起了狗，尤其恨那仰仗主人而越发穷凶极恶的看门狗。

第三次的情况完全不同了。举家迁回故乡那年，孤零零的三间房没有院墙遮挡，妻便抱养条狗守户。后来那狗下了一窝小崽，护窝子厉害，邻居三侄子路经其旁，不想就被那狗撕破了裤筒。他回家操起条木棍发疯似的追打那狗。那狗没命地嚎叫，以致便尿失禁。谁也拉不住他，声言非揍死那狗不可。打到锅咴子里，打到床底下……后来还是二侄子喝住了："谁家养狗不咬人不看门？你们让他打，看他大叔面前怎么交代？"妻为这恼得哭了一场又一场，老是重复"打狗看主家"那句俗谚，几乎迂迂魔魔了一段日子。

自那以后，我们家再也不养狗了。

搬进城里，几乎连狗吠声也听不到，偶然在街巷里碰到一条狗，总疑心会扑过来咬人似的。于是赶快避得远远的，心想惹不起我还能躲得起。始终对狗有解不开的疙瘩。

与狗交恶，仔细想想又大可不必。狗毕竟是畜牲，不懂人事，怎么能因为受过狗害而耿耿于怀？这样一想也就释然了。后来见到谁把狗追打得夹着尾巴落荒而逃，还生出几分怜意呢。

一本书的故事

　　这是关于一本书的故事。故事发生在"文革"期间，实在没有多少意思，可又难以忘怀。每每忆及，清晰如昨，某年某月某日某时，故事的前因后果都刻在脑海里。

　　斜风细雨，春寒袭人，我走进社革委会办公室。"三结合"的一位头头抬抬眼皮算是对我的招呼，然后带着很浓重的鼻音开始了训话——

　　"你在偷读黄色小说是不？这问题很严重！一要狠挖灵魂深处的肮脏东西，好好写一份检查；二要把那本书交出来，由我们销毁，免得再流毒下去。"

　　"黄色小说？"我咕哝了一句。我知道他指的是哪本书，我只能以沉默的方式表示我的截然不同的观点。

　　"怎么，还想抵赖？'破四旧、立四新'都多少年了，你还私藏那本反动的书，实话说吧，不想拉你一把，推过去随便给你戴上一顶帽子，吃不了你还不得兜着！"

　　看来我得对领导的挽救感激涕零，可我怎么也调动不起这份感情，却不知哪来的勇气跟领导唱起反调来："您说的是法国作家司汤达的《红与黑》？那并不是一本黄色小说，那是一部世界文学名著！"

　　"嗬，还'名著'？我不管它黑也好，红也好，反正听说它是极为反动的。既然是法国人写的书，法国那个花花世界还会有好东西？"

　　他的逻辑推理使他很得意，指尖弹着桌面，一脸的阴笑。

　　"高尔基对这部书作过很高的评价，这决不是一本庸俗的社会小说！"

我甚至引用高尔基评论的原话力图让对方明白那本书的真正价值。

"高尔基是哪国人？"

"苏联无产阶级文学奠基人。"

"噢，苏修那边的！"他一拍桌子，那是一种很有觉悟的愤怒，"我早就觉察到了，苍蝇从来不叮无缝的鸡蛋，你喜欢那书是有来由的！"

上纲上线的分析谁还能招架得了？

"高尔基评论过的，肯定不资即修！毛主席评论过吗？我们无产阶级司令部评论过吗？"

面对这样的蠢货，这样无知而又居高临下的斥责，我还能辩驳什么？我只觉得悲哀。

我只好交出那本书，并且"老老实实"作了一次"深刻"的检查。

经此一番折腾，司汤达和他的《红与黑》在公社大院里反倒身价抬高起来。听说不少人以分析批判为名向那位头头索要，且风靡一时地传阅开来。最后那本书竟不知去向。

岁月的流水洗去了许多平淡的人生片断，能够留下的、让你铭记住的多半都是激情的遭遇。那本十九世纪法国杰出的现实主义作家的代表作，反映的本是法国波旁王朝上层社会的虚伪和阶级矛盾，谴责了当时法国社会中贵族和僧侣的反动与专横、资产阶级的庸俗和卑劣，竟被视为黄色小说，这只能是那个时代的一幕滑稽剧。

"文革"后，我重新买到由罗玉君先生翻译、经上海译文出版社做了修订的《红与黑》的新版本，自有一番喜悦。只是回忆那段因书差点被罗织出罪名的故事，有几分可笑，却又笑不出来。

我这个体育迷

广岛亚运会已闭幕两周，可竞技场上一幕幕扣人心弦的夺牌大战，仍不时在我脑海里萦绕。尤其是那场乒乓球女子单打决赛，每一声击球仿佛都敲打在我的心壁上，每一局的胜败都牵动着我亢奋的神经。当我们的小邓不敌小山智丽终于丢掉了那枚金牌之后，我的心绪一下子落寞得无可名状，甚至有些神经兮兮了。

我无法接受这个事实：拿得多次女单世界冠军的邓亚萍竟然在广岛栽了，而且冤家路窄，偏偏又是栽在小山智丽手上。小山智丽不就是几年前的那个何智丽么，不就是刚取得日本国籍代表日本国出赛的华人么！决赛之前，新闻媒介就传出那个靠中国奶水哺育大的小山智丽如何的出言不恭，如何的趾高气扬……当时我心里就默默地祈祷：亚萍啊，你可要打赢那场球，打掉对手的霸气傲气，打出我们的正气志气，让那个忘了祖国母亲的薄情寡义者乖乖地臣服拍下。然而残酷的事实击碎了我的美好心愿。那一刻，我脉管里的热血几乎凝固而停止了流动，头上 40 瓦的日光灯管也变得惨淡无光起来。我痛苦不堪，我使性子摔小孙女的玩具，我吼着要打越洋电话，我要问问张燮林教头，问问小女孩邓亚萍，你们这是怎么了？你们究竟出了什么问题？我的一反常态弄得老伴张大嘴巴，不知如何规劝我且息雷霆之怒；而女儿则调侃我"想不到一场乒乓球比赛竟至于诱发了老爷子的神经病"！

此后一天天过去，我的心情在逐渐调整中趋于平静。本来嘛，体育竞技的规律就是体坛上从来没有常胜将军，更不存在终生卫冕。你尽可以三连冠，但是不意味你就能七连冠、十连冠。新人脱颖而出，夺标热门爆冷，在大型运动会上屡见不鲜。正是靠了运动员们的坚韧不拔的毅力，顽强拼搏的精神，一次次刷新纪录，一次次创造辉煌，一次次向极限冲刺，才使得竞技体育蕴含了催人奋争、激人参与的无穷魅力。弘扬民族之魂，树立国家之威，体育到了今天，已经不单纯是体能的释放，而早已是一种精神力量的迸发与展示了。

身长羞于七尺，体能耻于言技，但我偏偏又对体育比赛情有独钟。从家人到单位的同事，凡熟悉我的都知道我是个不折不扣的体育迷，一个对竞技体育几近狂热的"追星族"。我热爱体育，固然因为比赛的对抗性所特有的刺激，能够为生命注入新鲜活力，鼓励我去奋发向上完成人生追求，但更重要的是我的中国心。我为我的祖国不断地创造奇迹、不断地发展繁荣感到光荣和自豪。在一次次国际体育比赛中，我们已经一次次证明了自己，我们中华民族终于能够扬眉吐气地屹立于世界民族之林！我们洗刷了"东亚病夫"的耻辱，我们在洛杉矶奥运会上历史性地实现了金牌"零"的突破，我们在巴塞罗那阔步跨进四强而引起世人瞩目，我们在日本的家门口又一次牢牢占据了亚洲体坛盟主的地位！连美联社也说了公道话：中国已经成为体育大国。刊载在《参考消息》上的这则电讯稿，令我感慨良多。仿佛我们的体育健儿在广岛亚运会上赢得的 137 枚金牌，悉数挂在了我的脖子上。祖国的荣耀就是我的荣耀啊！

谁也无法否认这样的事实：中国在世界体坛上的形象越来越高大伟岸！我再也按捺不住澎湃的心潮，我要给邓亚萍写信，在信中陈述一个普通中国人的心情！我要说："亚萍，那次输给小山智丽你哭了吗？咱可不能哭噢，咱中国人不兴哭，咱们赢得起也输得起，咱们不是小肚鸡肠。嗨！隔一年，亚特兰大奥运会上再见！乒乓球毕竟是属于中国的，尽管它今天已经飞出了国界。"

心中那棵树

我所说的这棵树，普通得很，它就在我居住的楼下不远的河沿上，夹杂在城市化了的树行子里，如果不注意你根本就发现不了。

初夏的一天，我和老伴去菜市场。当我们沿着河边作闲淡无序的交谈时，突然一股甜软软的香味迎面扑来。我们都下意识地仰首寻找心中所期冀的已经久违了的东西。

一棵洋槐树！它就在两棵浓荫蔽天的悬铃木间，孤单单地于夹缝里生存着。它满头簪花，我似乎听到了它在风中正轻轻吟唱。

啊，洋槐树，洋槐树！我的情绪一下子跌进童年的快乐里。农历四月初头，小南风穿街过巷往村后的不牢河上刮，整个村庄便浸润在槐花的甜味里了。经过一冬苦寒，一春饥饿，乡亲们在洋槐开花的初夏，笑意才爬上眉梢。麦子马上黄芒了，豌豆、扁豆结荚了，挺不错的收成伸手就能摸到了。在乡下，洋槐开花，那可是人人盼望的日子。

只要你出生在农村，抑或在农村生活过，你就终生抹不掉它给予你的一段情。进城这么多年，灯红酒绿经见过，美味佳肴品尝过，好景良辰感受过，奇花异草欣赏过，可任何一种享受都取代不了它的温馨，它的亲情。

洋槐树不属于城市。在城市，龙爪槐、紫荆木、塔松、女贞、合欢树、白玉兰……贵妇人似的炫耀着她们的丰姿丽影。然而，她们不是我的芳邻。

谁都没透露过，我悄悄寻找，在这个日益崇尚浮华的城市里，洋槐树才是我唯一的亲戚和朋友。我终于找到了，她就距我咫尺之遥。那一刻，我喃喃自语，又像是对老伴说："这棵洋槐树和老家院子里的那棵怎么那么相像啊！"

立秋后的一天，我去看那棵洋槐树。她的树叶飒飒作响，和我耳语。有一片黄叶飘落我的肩头，亲昵地问我："该回家啦，什么时候动身啊？"

年轻，真好

今天是五四青年节。

我身边的年轻人，女孩子花朵般灿烂，男孩子雄鹰般矫健，工作时生龙活虎，休闲时潇洒自如，那种举手投足间的精力旺盛，青春似火，真让我打心眼里羡慕：年轻，真好！

是的，年轻真好。对于我来说，正因年轻不再，就特别难忘那段曾经拥有的时光，总想向现在的年轻人说说过去的事情。当然，对于从 50 年代走过来的人，并没有经历过先辈们的戎马倥偬、刀光剑影。但是那个年代有着那个年代的特别风采。年轻的我们，梦幻、理想、追求、事业，都和年轻的共和国同步成长。那时候，我刚刚步出师范学校的大门，爱党爱国、献身教育的豪情如烈火一样在心头燃烧升腾。到最艰苦的地方去，到祖国最需要的地方去，做一名扎根贫困乡村的人类灵魂工程师，成了我们的人生信条。至高无上的理想，英雄主义的激情，鞭策我战胜私心杂念，不为城市的优越所动，拒绝各种各样的诱惑，义无反顾地走向农村，投入火热的生活，而且因为甘做革命的"傻子"，内心引以为豪。

至今还记得清清楚楚，在分配工作时，教育部门的领导跟我谈话，说是一需要，二量才，要我改行做机关行政工作，并一再说明，是县委某领导的厚爱。当时血气方刚的我，似乎只对理想负责，反复向谈话的领导表白，我学的是师范专业，当一名人民教师是我的人生坐标，如果改了行，那将是我无法接受的。结果，我激昂慷慨陈述的个人观点得到了尊重。我讲这一段经历绝无标榜个人怎样怎样高尚的意思，事实上，像这样虔诚于革命理想的并不止我一个人，我和我的同学都是这样说的也都是这样做的。我们班上的 57 位同学，当时无一例外地服从党和人民的需要，把青春献给了教书育人的伟大事业。直到今天，我们一个个年过花甲，校友相聚，话当年，说别情，抚今追昔，不管旅途坎坷也好，生存艰难也罢，只要一谈起 18 岁时的选择，无不感慨系之，无怨无悔。我们虽然步入老年，但是存留在我们脉管里的年轻人特有的热血依然汩汩流淌。

年轻的朋友们啊，我们羡慕你们的年轻，但并不嫉妒你们，因为我们也曾经拥有。

我还要说，你们现在所走的路和我们年轻的时候大大不同了，无论政治环境还是经济生活都发生了前所未有的深刻变革。20 年的改革开放，我们的祖国走向繁荣富强，我们的事业充满创造的活力。太平盛世，为年青一代的成长创造了优越的物质基础和精神依托，为年青一代发挥聪明才智提供了广阔的舞台。作为跨世纪的一代人，你们才是最幸运也是最幸福的一代！

世纪之交，恰逢"五四运动"80 周年！我这个过来人，祝年轻的朋友们在建设有中国特色社会主义的进程中大显身手，大有作为，为年轻的履历书写下漂漂亮亮的一笔！

人到老年，"且尽手中杯"固然美，但是最美最美的还是人人都会铭记于怀的那一段年轻的时光。

提 灯 女 神

教书育人，救死扶伤，这两种职业在我以为是职业女性的最佳定位。尽管壮怀激烈、建功立业、叱咤风云的人杰中，也有巾帼不让须眉者，但三尺杏坛、执教启蒙，尤其白衣素心、悬壶济世，则更见女性的光辉，更能彰显母性博大的爱。为此，我曾写下《永不凋谢的微笑》《第三病区静悄悄》等多篇文字，表达我对从医的女性们播爱于人、泽被苍生的敬重和感激。

今天，时令走进阳光灿烂的五月，我便首先想到护士节，想起一位誉满全球的人，想起一段精彩的历史：1820 年 5 月 12 日，在英国伦敦一处浴着满天朝霞的豪宅里，费罗伦斯·南丁格尔降生人世。22 年后，这个女孩出落得优雅秀丽，博学多才，成为英国上流社会贵胄子弟心仪的青春偶像。然而谁也没能料到，这位出身高贵、受到维多利亚女王特别钟爱的姑娘，选择的理想却是当时人们普遍瞧不起的医护职业。对此，家人不解，恋人离弃，可倔强的南丁格尔不为所动，坚定不移地走自己的路。她相信自己的选择没有错，从心灵深处感到这是她的天职。

1854 年，沙俄与英、法之间因殖民利益之争爆发了克里米亚战争。南丁格尔率领 38 名姐妹奔赴前线救护伤员。每一个晚上，她不辞白天的辛劳，提着马灯逐个巡视伤病员，鼓励、安慰绝望者和濒死者，给他们战胜死亡的信心。伤员们从她的身上汲取了巨大的精神力量，甚至连能够吻吻她的身影都觉得是一种莫大的幸福。战场上的士兵们充满感激之情地唤她为"提灯女神""救命之星"。战争结束，整个英国筹办最大的盛典，翘盼南丁格尔荣归。然而她却避开殊荣，悄悄回到故土。

"在英国的历史上，一位伟大的提灯女神，将给优秀、英雄的女性树立起高尚的榜样。"这是 19 世纪美国杰出诗人朗费罗献给南丁格尔的颂诗。1860 年，南丁格尔创办了世界上第一所护士学校，写出了世界上第一部《护理札记》。从南丁格尔始，世界上才有了以女性为主的护士职业。90 岁高龄的南丁格尔走完了她光辉灿烂的一生后，为了纪念她，伦敦广场上矗立起了她的巍巍塑像；十英镑的钞票上印有她微微含笑的倩影；国际红十字会将"国际护士节"定在她的生日这天；世界性的"南丁格尔奖"因她而设。

韶光匆匆，一百几十年过去了。南丁格尔的事业与山河共存，逐日月生辉。救死扶伤的人道主义精神成了全人类共同享有的精神财富。一代一代的女性在护理工作上，遵循"护理本身就是一项最精细的艺术"（南丁格尔语），谱写出一曲曲博爱仁慈的乐章，温暖着我们这个充满不幸和痛苦的世界。

护理是知识、技术、爱心的结合，是美丽的带有强烈感情色彩的事业。它要求"天使"们对待病人要有母亲般的慈祥，女儿般的体贴、姐姐般的细腻。有一次陪妻住进一家医院疗疾，见一位护士小姐遭临床的一位心情烦躁的重病号的责骂训斥，委屈的泪珠夺眶而出，可转过脸来她便迅速抹去，若无其事地细问起妻的病况来。当时我的第一反应是，眼前的这位还是豆蔻年华的小护士，不就是南丁格尔再世么？多么令人肃然起敬的女性啊！我敢断言，她是位以南丁格尔为榜样，以崇高的医德自律，珍惜和维护着自身职业形象的女孩。"提灯女神"的光辉照耀着一代代女性护士无私地施爱于人，这便是人类的希望所在。

"5·12"国际护士节含笑向我们走来，请允许我以诚挚之情向护理界的女性们——我们的"提灯女神"表示崇高的敬意和深深的祝福！

丁丑年的第一轮朝阳

大年初一，全家人还在辞岁后的甜梦里，我便悄悄起了床。看完中央电视台的春节晚会已是深夜两点钟，哪来的这股精神？我自己也说不清。及至见一窗明晃晃的好阳光，才顿悟是丁丑年的第一轮朝阳呼唤着我，莫贪睡，快来迎接这不同寻常的一年！

今年的大年初一的确不同于往年。往年，一般情况下，在这个冬将去春未归的日子里，不是一地白雪皑皑，便是满天寒气凛凛。而今年，蓝天那么澄明，太阳那么亮丽，空气那么清爽，风的手指那么温柔。凭窗望河边的杨呀柳呀，毛茸茸的芽尖上已经半含半吐着春的消息。1997年的春天已经提前到来了。

心怀里盈满喜悦的我，甩掉羽绒服，只着一件毛背心，一任暖融融的阳光抚摩我的前胸后背，直透我的胸怀。

我想唱一支歌。我想写一首诗。如火的激情燃烧着我。汹涌的诗思振奋着我。走过去的365天，多少艰辛、多少欢愉、多少失误、多少收获，都随着悠悠岁月流逝而去，而迎面向我走来的该是一幅多么光辉灿烂的图景啊！

1997年，饱经百年忧患、历尽奇耻大辱的香港，就要回到祖国的怀抱！

1997年，神州大地经过近20年改革开放的洗礼，繁花如云，硕果累累。我们党的十五大就要在这一年召开！

我出生在旧社会的苦难里，成长在新中国的红旗下，虽然在人生旅途上有过曲折、有过坎坷，流过眼泪、发过感叹，但我是幸运的，我是幸福的。

所以，读了书，识了字，会用语言表达自己情怀的时候，我便开始以诗的形式抒发对祖国的挚爱，对党的赤诚。五千年文明古国，秦砖汉瓦、唐诗宋词的璀璨固然使我景仰，曾为全人类进步做出非凡贡献的四大发明固然令我骄傲，而令我沐浴幸福之中的新中国的朝阳更见辉煌。我大半辈子舞文弄墨，写诗作文都是这样一个主题：歌祖国的伟大，颂党的英明。有党的领导，才有古老中华的新生崛起。我们有了自己的人造卫星，我们有了自己的宇宙飞船，我们再也不受外来的侵略和欺凌，我们终于屹立于世界民族之林，我们可以在国际事务中慷慨陈词，面对横暴强梁说不！今天，不管是我们的朋友还是对手，都面对的是这样一个真实：中国的强大、繁荣、进步，牵动着全世界的神经。

远眺丁丑年的第一轮太阳，我的耳畔蓦然响起党的亲切声音。不久前，在北京召开的中国文联第六次全国代表大会和中国作协第五次全国代表大会上，党号召我们的文艺"在保持自己的社会主义性质和民族特色，在提高民族自尊心、自信心和抵制殖民文化侵袭方面，在以自己的优秀成果丰富人类文明方面，做出更大的成绩"。在大会闭幕的联欢晚会上，江总书记还和文艺工作者一起放声高唱："我们亲爱的祖国，从今走向繁荣富强……"是的，为祖国而歌，为人民而歌，壮我中华魂魄，提升自尊自信，这应是我们搞上层建筑的人的毕生追求啊！

也是在不久前，中央领导在视察《人民日报》时做了热情洋溢的讲话，号召和勉励新闻工作者勤奋工作，为坚持正面宣传、弘扬社会主义主旋律做出应有的贡献。作为基层党报的文艺副刊编辑，我感到分外亲切、备受鼓舞和肩上责任的重大。《大彭》这块小小的文艺园地，同样负有党所嘱托的时代使命和责任，应该拿出更多更好人民群众所需要的表现时代精神和弘扬主旋律的作品来。想到此，我也心情由不得一阵激动。

窗外，一轮朝阳愈升愈高，整个古城被裹在温馨、祥和的气氛中。丁丑年的第一轮朝阳那样和煦那样明亮，它预示着新的一年里，我们的一切事业，在开了好头后将要创造新的辉煌。

紫荆花考

30 多年前，郭沫若先生曾出版了一本《百花齐放》诗集，其中有一首咏紫荆花的诗这样写道："紫荆花在古时是称作兄弟花，而今兄弟的花围扩展得很大……"回归后的香港，选用紫荆花作为特别行政区的区旗、区徽，显示出全国人大代表和香港有关人士的睿智、聪颖和深长的用意。

紫荆花何以被称作"兄弟花"呢？南朝《续齐谐记》载："京兆田真兄弟三人共议分财，生赀皆平均，惟堂前一株紫荆，共议欲破三片，明日将截之。其树即枯死，状如火烧。真往之，大惊。谓诸弟曰：'树木同株，闻将分斫，所以憔悴，是人不如木也！'因悲不自胜，不复解树，树应声荣茂。兄弟相感，合财宝，遂为孝门。"这是一则感人至深的古代伦理故事。一棵树，枝枝叶叶连根，荣枯休戚与共，合则并荣，分则俱枯。一个国家的领土主权也是如此。香港，近 1000 平方公里的土地，与祖国血肉相连，呼吸相通，五角星形的花蕊图案，昭示的就是这个道理。

时光回溯到 20 世纪初一个金秋时节。83 名四川籍学生从上海登上一艘法国邮轮，为救国拯民而万里求学，踏上风雨征程，其中一个名叫邓希贤的人就是我们敬爱的小平同志。船抵香港停泊一日，他们上岸目睹了港人在殖民统治下，过着牛马不如悲惨生活的情景。回国投身革命后，为筹划百色起义，小平同志又一次到香港。香港的屈辱历史和殖民地地位，无疑在这位伟人心中留下了深刻的印记。六十几年后，这位伟人在人民大会堂会见来访的英国首相撒切尔夫人时，斩钉截铁地说："1997 年中国将收回香港，在这个问题上没有回旋余地！"一语如雷霆过耳，在中国人民心头，也在全世界人民心头轰然震响。从此，香港的历史揭开崭新的一页！香港回归以后，紫荆花作为吉祥的标志，还将取代英国女王肖像、王室徽记，印制在香港的邮票、硬币上，最后消除香港的一切殖民地色彩。

紫荆花，你永远骄傲地怒放吧！

归来兮，香港

　　归来兮，香港！归来兮，香港！我们就这样充满激情呼唤着，日夜不休以滴水穿石般的耐性，呼唤着即将到来的伟大而庄严的时刻。几代人魂牵梦绕，穿越过一个半世纪的时光隧道，从 1842 年起，走啊走啊，终于迎来了天安门广场前倒计时牌渐行渐近的归期。

　　风云变幻沧桑百年的愤懑，潮起潮落不绝于耳的呐喊，即将被怦然驿动的心律所取代——南海碧波托起一轮红日，香江绿漪洗却往日愁歌，这是何等激动人心的时刻啊！流浪了五万多个日日夜夜的香港，终于在 20 世纪末重回祖国的怀抱，与祖国紧紧相偎相依！

　　这样的时刻，千支歌也难唱出我们奔腾于胸中的激情，万首诗也难抒尽我们澎湃于心头的豪迈。我们不去回忆鸦片战争的硝烟，并不意味着我们忘记了刻骨铭心的国耻；我们不去重提《南京条约》的屈辱，也并不意味着我们痛彻肺腑的创伤已经不再流血。我们只是想在此时此刻抖丹田向全世界振臂宣告：中国人民终于能够扬眉吐气、屹立于世界民族之林了！我们只是想在此时此刻热泪盈眶地告慰地下的英灵、天上的雄魂，中国人民上百年前仆后继、勇敢顽强的斗争终于踏平坎坷，写出又一页辉煌的篇章！林则徐、邓世昌、孙中山、李大钊、毛泽东、周恩来……先辈回眸应笑慰，神州大地正腾欢！

　　香港回归之日，我们首先当然想到 20 世纪的伟人邓小平！是他"一国两制、港人治港"的哲人构想，才使得百多年来极简单而又被弄得极复杂的问题迎刃而解。"我是中国人民的儿子，我深情地爱着我的祖国和人民。"他以政治家的非凡胆魄，胸怀全国，放眼世界，把握世纪风云。这是杜鹃啼血般的赤诚！这是只有巨人才具备的海洋般博大的襟怀！

"野芳发而幽香，佳禾秀而繁阴，风霜尚洁，水落而石出。"一个半世纪的真诚企盼，香港啊，香港！你终于回归。"胡马依北风，越鸟巢南枝。"华夏儿女盼团圆的百年夙愿今朝得实现！

归来兮，香港！归来兮，东方明珠！

第六辑

闲 情 偶 记

不必刻意包装

"人是衣裳马是鞍。"着上锦衣华服，人会变得精神起来；配上金鞍银镫，马便陡增几分威风。

　　人，作为社会群体中的一员，总是要包装一下自己的。元首出访，讲究国格，名人交际，讲究风度，都与衣着密切相关。至于普通的人，要不要讲究讲究？要不要包装包装？我曾想，人毕竟不是商品，何必为刻意装扮自己去耗资劳神？但现实生活中，因衣着招致的烦恼又难以令人坦然泰然。

　　有这样一件亲历的小事，几乎动摇了我恪守半生的生活观念——那是十多年前去省城参加文艺界的聚会，西装革履的文朋诗友们，一个个谈笑风生出入于宾馆，从来没谁遇到过麻烦。唯独我这个来自苏北的土包子，因为穿的老式对襟棉袄，便特别引起了门卫的警觉，每次出进大门总要我出示证件。从那异样的目光可以推测，他是把我当成捡破烂的或者盲流之类而格外小心着呢。我窝着被人轻视的火气，下决心花 80 元钱买件呢料中山装套在身上，做昂然状出入会场。说来也神，此后门卫再也没有过问我的频繁出入。

　　以貌取人，以衣取人，往往是一些人常犯的毛病，这大概也是人们看重包装自己的缘由。

　　据传当年爱因斯坦刚到美国时，有人就劝他应该着意修饰装扮一下。爱因斯坦却说："没关系，反正全纽约没人认得我。"三年过后，又有周围的朋友提醒他，作为一代杰出的科学家，创立相对论的泰斗，衣着别太简朴了。爱因斯坦仍然淡淡地回答："没关系，反正全纽约没有一个不知道我。"台湾女作家三毛，生前从不珠光宝气打扮自己，无名指上戴的不是钻戒，而是花了不足三角钱从小杂货摊上买的铜顶针。衣着修饰在他们看来，似乎是无足轻重的一桩小事。果真是金玉其外的银样镴枪头，管看不管用，倒是人的一大悲哀了。

名人对自己着装的随意，在常人眼里反而被誉为"有个性""有特点"，而普通人的随意却往往被讥为"不修边幅""不拘小节"，这真是无可奈何的事。

时代在前进，人们的经济生活发生了巨大的变化，有条件的包装一下自己也是无可非议的，若是煞费苦心地去标新立异，去追赶时髦、追逐新潮，则大可不必。穿着还是朴素大方、简洁明快的好。还是那句话：不必刻意包装自己。只要把职业特点和审美情趣完美、和谐地结合起来，纳入多彩的社会生活，让一装一饰体现改革年代的蓬勃朝气，就会为公众所认同。

镜里镜外岁月

　　镜子常常是和女性联系在一起的。一个素面朝天的女孩，可以没有脂粉，没有唇膏，但不可以没有镜子；当了新娘，嫁妆里可以少了彩电，少了冰箱，但独独少不了镶嵌着镜片的梳妆台。有一个玩笑说，对女人最大的惩罚就是把她关在没有镜子的房间里。话虽然夸张，却道出了镜子在女性生活中的位置。没有镜子的房间，再整洁，再华丽，给人的感觉总是硬邦邦的很闷吧。好像没有溪水流经的山林，繁茂尽管繁茂，却少了一份活泼泼的灵气。镜子如同平淡无奇的电影中特意安排的一组魔幻镜头，顷刻间可以化腐朽为神奇，变枯燥为丰富。

　　古人说"目短于自见，故以镜观面"。经常照照镜子，才可以认清自己，继而发现自己该做什么，不该做什么。据我想来，女人天性善良与常照镜子有很大关系。镜子外面，可以谄媚胁肩，可以虚伪做作，因为看不到自己的表情；镜子里面，面对的则是真实的自己——被浮世红尘掩盖了的天性——真诚、率直。任何的谎言、狡诈，将在对镜的瞬间无地自容。镜子的魔力在于能把丑恶的念头淡化直至乌有，把狂热的激情融作缕缕青烟消失得无影无踪。平和，淡然，是一切生活的真谛，镜子则是这真谛的再现。

　　镜子与水一样，看久了，自有一股无法抗拒的魔力，引诱揽镜自照的人走进玻璃的迷幻，沉湎其间，流连忘返。莫泊桑的小说讲了一个镜子的故事：有一个女人常因姿色平平而自卑自贱，忽一日得了一面神奇的镜子，镜中的她"眼波流转，千娇百媚"，与现实中的她判若两人。从此，她沉醉于镜中的"自我"，一旦镜子失落，她也失去了自己，结果自投湖水之中。

可怜的女人，竟把可望不可即的虚幻当作生命的全部，而忘了镜外的才是实实在在的生活。

余光中的《镜》一诗，透露出的却是对时光飞逝、往日不可追寻的无奈：好小的一面魔沼你要当心／吹什么风怎吹不皱水银？／传说那里面有一个水鬼／传说那水鬼／有一个秘密不告诉人／……传说那里面的世界叫从前／说从前死在里面……那不告诉人的秘密是什么呢？是一段童年逃课的记忆，还是一次邂逅结着丁香愁怨的姑娘的心动？或是漫漫长途中雪泥鸿爪的无定？假若有一天，当你面镜而坐，误入了玻璃的迷幻，也许那个哑谜才被你猜中。

生活原是一面镜子，你对它严肃，它也报你以严肃；你对它敷衍，它也报你以敷衍。面对这面镜子，你所看到的，就是你对生活所采取的态度。

我们怎样疼孩子

我们家当奶奶的这一位，疼那俩小孙女都疼魔道了。好吃的，存放坏了也舍不得尝一口；好玩的，叔叔、姑姑别想摸一摸；冷了，念叨；热了，念叨；听见雨点打窗声，似乎那雨点儿就落在小孙女头上了，慌忙去摸雨伞，下意识的动作让人忍俊不禁。也是"投桃报李"吧，两个小孙女格外地跟奶奶亲，"奶奶长、奶奶短"叫得那个甜，直把当奶奶的感动得流眼泪："乖乖儿哟，奶奶疼值了！"至于对我这位感情粗糙的爷爷，俩孙女可就若即若离，有些敬而远之了。

老疼小，这也难怪，家家如此。如今，都是独生子女，大人们拿孩子比过去金贵得多了。生活上，心肝儿宝贝似的百般呵护，百依百顺。家庭的轴心就是孩子，老老少少都自觉自愿围着轴心转。随便举个例子说吧，每晚看电视节目，遥控器就握在孩子手里，她要看动画片，喜欢体育节目的爷爷，喜欢连续剧的奶奶，喜欢功夫片的叔叔，喜欢特别节目的姑姑，就都得依着她。她就是美国的大总统、俄国的大总统，核按钮只能由她来按。逢上这种时候，我们家的这位奶奶唯命是从的神态，你都无法形容。在她身上，没有对与错，你只能对她施爱于后辈的母性光辉感叹唏嘘。

由此我想，我们做爷爷奶奶、父母亲的该以怎样的方式疼爱孩子才算恰切、适度呢？疼过了，过犹不及。这是我常常萦绕于心的忧虑。一次，儿子全家逛商店，小孙女见好玩的便闹着要，不管儿子、儿媳怎样软硬兼施，小孙女就是不听。从"我就要这个"的命令开始，直到使性子"抗议"，弄得大人好尴尬。及至付钱给买了，小孙女哭鼻抹泪赌气地说："我什么都不要了，我要奶奶……"

奶奶疼孙女疼错了？儿子、儿媳也茫然了。做父母的总希望孩子乖，听话。其实，对"听话"也要作具体分析。都说现在的"小皇帝""小公主"难伺候，一个孩子把一群大人忙得团团转。可大人们哪里知道孩子们更苦！每个大人都特别愿意按照自己的意愿和方式规范孩子，你说这孩子的日子会好过吗？想听话也不知该听谁的。

生活在备受关怀里的独生子女们，是全家几代人的希望所在。他们除了上学和完成那些永远也做不完的课外作业外，还要把节假日、双休日的时间全搭进去，去做爷爷奶奶父母亲巴望着的关乎"远大前程"的事。父母整天陪着孩子去少年宫参加这个班、那个班，以为搭上周末，牺牲休息，全是为了孩子好……爷爷奶奶的娇惯，父母亲的渴望成才，一宠一苛，一松一严，最苦的当然是认知尚未健全的孩子了。

每年的"六一"儿童节，我们家的这位奶奶总要给小孙女们备一份礼物，吃的、玩的或者穿的。今年病恹恹地下不了楼了，便每个孩子一张大票，随她们的意，由她们去挑。望着当奶奶的那份真诚的爱意，望着小孙女们亲亲热热偎依在奶奶怀里的那份童真，我该说什么呢？我只能说，我们这些做大人的，为了孩子的健康成长，应该为他们选择一份最珍贵的节日礼物。

新春大节怎么过

上代人过春节，怎一个"愁"字了得！且不说躲债的杨白劳，普通人家也是愁吃愁穿、愁办年货、愁送节礼。如今人们过春节，也还是一个"愁"字：愁没新鲜招儿，愁玩不尽兴。尤其是年轻人，一提过节就摇头说"没意思"，节日在他们心中淡到不能再淡。天壤之别的两代人的愁，浓缩着新旧两个社会人们物质和精神追求的差异。

如今，日子美满，生活安逸，大概不少的人都在为自己、为家庭过个有新意的大年而费心思呢。

打扫卫生？贴春联？一家子欢天喜地包饺子、大吃大嚼鸡鱼肉蛋？围着火炉，有一句没一句闲聊守岁……这些古已有之的方式只会惹得老年人一脸的怀念，中年人一脸的无奈。而年轻人呢？他们在想些什么？

年轻人说："这年越过越没劲儿！"社会学家说："春节似乎发生了危机。"于是三口之家搞起了新时尚、唱起了"春节变奏曲"。旅游——不再呆在窝里过节；杀馆子——不再让锅碗瓢勺交响；娱乐——不再闷声闷气吃年夜饭。可这一变奏，却把春节的"主题"给变没了。

春节的"主题"是什么？传统上的意义有两条：其一，纪念新春，按我国历法，这一天乃一元复始；其二，劳碌365天，阖家休息团圆。这两条也只是表层的"主题"，民族文化心理才是深层次的。强烈的家族及家庭意识，注定了几千年来的春节重复上演着封闭型的"室内剧"，直到今天，春节晚会的导演们依然在做着12亿人只在荧屏上看一台戏的大梦！这样的形式不是还深深打着农业文明的烙印么？

　　和西方的圣诞节相比，我们的春节没有任何宗教意义，也没有原始性的狂欢。它唯一的依托是成熟的农业社会中那些复杂的人际关系、传统的礼尚风俗，以及农民的实在而又短视的祈福希望。所以，至今在农村，春节仍是人们心目中最隆重的节日。只有工业化、现代化了的城市，人们才对这传统的节日提不起兴趣。

　　春节对于年轻人来说，旧的意义几乎已经失却，但新的过法尚未成俗。这样的情况下，春节还是要过的，人们还是要在三天的假期里尽量放松放松。古老的习俗和现代文明交融在一起，构成一道道亮丽的年节风景。这便是我们每个人身处其中的生活。

　　春节来临了，不必去管它是古朴的"主题"，还是新鲜的"变奏"，让我们各取所好，在欢乐、祥和的节日气氛里调理一番身心，洗净过往岁月的尘埃，轻轻松松地去迎接、拥抱万象更新的春天。

身边的风景

诗人卞之琳这样写道："你站在桥上看风景，看风景的人在楼上看你。"其实生活就是如此。住久了繁华的城市，疲倦于快节奏和喧嚣的市民，无时不在渴求能去领略一下乡间风情，感受一下垄上行的滋味。过惯了农村生活的农民，则厌倦于农村的平静，总心仪城市里霓虹灯的闪烁，车水马龙的热闹。因此，生活中便人为地制造出太多的围城。身处其中，那些"这山望着那山高"的人，总是不停地突围，寻求他们理想化的风光。他们不理解"横看成岭侧成峰，远近高低各不同"的道理，一味让人性的弱点来撩拨自己，结果把生命中真正的风景一个个涂抹成过后的遗憾。

毕竟，生活中的风景太难把握了。一般人认为，那些自己没有体味过或没有经历过、在他人看来又都惊讶不已的东西才是风景，所以他们从不珍惜自己正在享受的生活，无暇也无心留意身边在他人看来已是美丽动人的东西，倒是"矢志不渝"地去寻求本是俗而又俗的东西。结果是给自己开了个伤心劳神的玩笑！他们会在失去风景后，于失意遗憾中，或以梦的形式或以回忆的形式追悔过去。他们有讲不完的故事，这些故事又会在他们脸上涂抹出一道道沧桑，成为他们晚年不堪回首的回忆而悲从中来。

生活中，也有一些人始终抱着理解之心看世界，而后以宽容和极易满足的心去随时随地发现美、体味美，这实在是这些人的聪明处。他们明白"身处特定环境就应该适应特定环境"，何况"天涯何处无芳草""人生无处不青山"呢。在他们看来，风景到处都有，只要心中时时有风景。君不见鸡啼黎明时，清洁工挥帚是奉献的风景；早晨八点钟，如潮的上班人流，铃声急骤是追求的风景；夏日里，"锄禾日当午"是辛勤耕耘的风景；葡萄熟了的时候，满面笑容的采摘是收获的风景……总之，当你感受到生活的多姿多彩时，生活就会为你展示出令你怦然心动的风景。

欣赏身边的风景吧，这才是对生活的真爱！

说"大片"

　　平时不爱看电影，一是没有什么好电影可看，二是没精力一两个小时坐在一个地方瞪着眼。但近两年文化部引进的外国大片也还是看了两部。一部是《廊桥遗梦》，一部是前两天才看的《蝙蝠侠与罗宾》。

　　看《廊桥遗梦》，大半是冲着女主角的扮演者——梅特尔·斯特里普去的。梅特尔·斯特里普长相一般，但演技却够得上炉火纯青。能在美女如云的好莱坞脱颖而出，实非等闲之辈。此片的故事情节没什么新奇之处，而经男女主角回肠荡气的一番演绎，却让人感觉耳目一新，一改以往老俗套的俊男靓女一见钟情，拉近了普通百姓与银幕的距离。就此而言，当属引进片中的上乘之作。

　　《蝙蝠侠与罗宾》，光看海报上一副副凶神恶煞般的面孔，就让人大倒胃门。若不是朋友撺着，我才懒得看呢。这部片子搞不清是蝙蝠侠之几了，真弄不明白老外何以对蝙蝠情有独钟？那样丑陋的怪相，因沾了"福"的谐音之光还能让古人绣在衣服上，现代人怕是少有喜欢的了。你不得不承认美国人想象力异常的丰富，不但敢想，而且敢做，因而科技水平远高于别国。这大概也是美国人喜爱拍高科技影片的缘故吧。

　　《蝙蝠侠与罗宾》不到两小时的故事，厮打的场面大约占了三分之二。故事情节仍是坏人行凶作恶，好人伸张正义，不同的是名字换了而已，换汤不换药正可以说明这类片子的真相。像"007"已经演到了《金手指》，演了十几二十年，还是老框架：英雄兮！美人兮！下一部据说要启用香港的女艺员了，大概故事发生的地点该换换了。

《蝙蝠侠与罗宾》中最让人难以忍受的是打斗节奏快得目不暇接，好像不是坐在电影院里看电影，而是身临迪斯科舞厅看挤挤挨挨的人扭屁股，根本无法分辨谁是谁。这种快节奏电影纯属"快餐文化"范畴，不在"温故知新"之列。

电影作为一种特殊的声画艺术，应该带给人们一些精神上的东西，诸如向往、勇气——不管是活着的勇气，还是直面死亡的勇气——以及壮美、高尚，等等。因为生活里已经有不少的不如意、不安宁、不自由，心灵的负荷已经够重的了，为什么还要在影片里重复着另一种沉重？

我并不是说，电影该给观众带来"镜花水月"的浪漫，徒让人发"此景只应天上有"之悲。我只是想，电影不该让暴力、恐怖及血腥等打着高科技的幌子大行其道。

引进大片当然是好事，我举双手赞成。问题是什么样的影片才当得起大片？如果仅仅是以投资多少作为衡量大片的标准，而不是以内容、质量确定，这样的大片，不引进也罢。

诗　与　歌

　　诗的门庭冷落与歌的大红大紫，也许是当今知性与官能两种文化受市场经济大潮冲击的必然结果。其实，最早的时候，诗与歌本是一家。中国第一部诗歌总集《诗经》上的东西就是说唱物而不是读本。后来，兴盛于汉唐的诗，逐渐成为优势文艺形式，在数千年的文明史上，诗人中出了很多官至高位的显赫人物，诗人的地位历来大大高于歌手。

　　到了90年代，相对于歌的诗，怎么说衰微就衰微了呢？究其原因，不排除上面提到的客观现实的影响，但根本上的原因还在于诗的本身。从"五四"新文化运动胡适之等人的第一首白话诗的出现到"文革"之前的半个世纪，中国新诗的发展基本上是继承和发扬中国古典诗歌的优秀传统，吸收西方诗歌的创作手法和表现形式，走着一条不断探索、不断深化、不断创新的道路。它摆脱旧体诗的束缚，讲究韵律、音乐性，朗朗上口，大体整齐、押韵，注意语言的结构方式，为群众所喜闻乐见。应该说，新诗取得的成就是有目共睹的。

　　在80年代，改革开放，西风日甚，中国诗坛也曾活跃了一段时日。朦胧诗、意识流、现代派、后现代主义等流派你方唱罢我登场，面孔常新，旗号林立，而创作倾向几乎全盘西化，大多是游离于生活之外的个人宣泄，和人民群众的感情距离越来越远，加之散文化、无标点、无韵脚，晦涩如天书，不知其所云，走入象牙之塔，失去大多数读者是必然的结果。此时，流行歌曲先是港台的，后是大陆的，因其词曲的清浅明朗，平民化的语句糅进生活的五味，借助歌手甜美的嗓音，歌的翅膀便穿越巷陌，很快飞遍寻常百姓家。

诗与歌真的分了家，而且分了工。但是两者同根生，深处必相通。可以这样说吧，一首好诗应该谱曲能唱，如曾经辉煌的古典诗词；一首好歌也必然蕴含着诗的内质。大家熟悉的《雪绒花》《喀秋莎》《花儿为什么这样红》等名歌无不如此。且听《在风中吹响》："一个男人要走多少路 / 你才能称他为男子汉 / 一只白鸽要飞过多少海面 / 她才能在沙丘上安眠 / 炮弹要掠过天空多少回 / 它们才能永远禁用……"60年代，抗议歌手鲍勃·迪伦演唱的这一曲，早已作为感动过一个国家的文字而载入《美国读本》。崔健演唱的《一无所有》的歌词，也已被主编"20世纪华人文学经典"的北京大学名教授、诗歌评论家谢冕慧眼识中，纳入诗的圣殿。唱歌的迪伦和崔健，就这样有意无意丰富了现代诗库。

分久必合，合久必分。诗与歌这对孪生姐妹，本来就躁动于同一母腹。

距　离

听柴可夫斯基的《第四交响曲》，便自然想起他和梅克夫人的故事。

柴可夫斯基和梅克夫人是一对相互爱慕而又从未谋过面的恋人。梅克夫人是一位酷爱音乐、有着一群小儿女的富孀。她在柴可夫斯基最孤独、最失落的时候，不仅给了他经济上的帮助，而且心灵上也给了他极大的安慰，使得柴可夫斯基在通往音乐殿堂之路上一步步走向辉煌。柴可夫斯基的《第四交响曲》《悲怆交响曲》等都是为梅克夫人而作的。

从未见过面的原因并非他们相距迢迢千里，恰恰相反，他们比邻而居，中间仅隔一片草坪。他们之所以不见面，是因为怕心中的朦胧美和爱被见面后的太现实、太物质的东西所取代，造成预想不到的伤害。

不过，无可避免的巧遇也曾发生过。那是一个夏天，柴可夫斯基和梅克夫人本已安排好了他们的日程，一个外出，另一个一定留在家里。但是有一次，他们的计算出了差错，两个人同时都出来了。他们的马车沿着大街渐渐靠近。当两驾马车擦肩而过的时刻，柴可夫斯基无意间抬起头，看到了梅克夫人的眼睛。他们彼此凝视了好几秒钟，柴可夫斯基一言不发地欠了欠身子，梅克夫人也同样回欠了一下，就命令马车夫继续赶路了。柴可夫斯基一回到家就写了一封信给梅克夫人："原谅我的粗心大意吧，维拉蕾托芙娜！我爱你胜过其他任何一个人，我珍惜你胜过世界上所有的……"

在他们的一生中，这是他们最亲密的一次接触。在我们想来，他们两人是用距离创造美——创造迷人的朦胧，创造向往和动力。他们是聪明的，没有由着欲念任意驰骋，而是把爱的欢乐放在和理性等距离的位置上，让其升华成崇高的品格，升华成完美的人性，升华成永恒的故事。

现实生活中，距离就有这么一种神奇力量，有时它是一种渴盼，在你远离所爱的时候，搅得你归心似箭，日夜兼程；有时它又是一种拒绝，在你和你爱的人如胶似漆、缠绵悱恻的时候，它让你厌倦，让你呼吸急促，心中一片空白。

有的人会把握距离，让它成为一道美丽的风景，使爱和友谊充满情致；有的人并不知距离为何物，时而把它装潢成虚假的天堂，时而又把它搞成苦难的地狱。然而，就爱而言，距离其实不是空间意义上的长度，而是交往的层次和质量。如何寻找到合适的距离，不仅是爱的艺术，推而广之，也是生存的艺术。

知识与财富

我曾在一篇短文里说起过，儿子的一位朋友做私企老板发了，腰缠万贯，有了进口轿车，有了花园别墅，过着锦衣玉食的日子。总之，属于个人享受的方方面面，他什么都不缺。他只有小学文化。

我同在那篇短文里还提到过，本家的弟弟，他跟俩儿子爷仁抱三个方向盘，十二个轱辘也跑出百十万家产，在老家算不上首富也是数得着的人尖子。他没上过学，连个圈儿也画不圆。

像这样的例子多得是。我曾为类似的现象困惑过，后来弄明白了，是中国的改革开放为他们提供了机遇。靠富民政策，靠吃苦耐劳的个人奋斗，他们成功了。他们的发迹是无可厚非的。

但是，从他们身上也引发出我这样的思考：知识真的贬值了吗？读书真的无用了吗？像他们这样的企业家、个体户，发面馒头还能蒸多大？前面的路还能走多远？尤其在世界已经步入知识经济的时代。

去年儿子重提他的朋友时，说他的女秘书三年前去北京读博士研究生去了。起因是他的朋友拜访过女秘书的大学老师，一位经济学家。这位经济学家、博士生导师，生活并不富裕，家里除了悬着几幅名人字画和堆着几架子书外，再没有什么值钱的东西。归途中他当着秘书的面口气有些倨傲地跟司机闲侃："大学教授，博士生导师，有相当名望的经济学家，居然住着两室一厅，书房被挤到阳台上，实在让人弄不懂了。"司机当然是拍马屁："什么文化高低的，我看真正的经济学家应该是您。"儿子的朋友回头又问秘书："你的老师真有学问？真有学问还过得这么寒酸？"秘书无言以对，回到公司便递了辞呈。

据说女秘书研究生毕业后，没有半年便组建了自己的公司，现在在珠海闹得很扎猛。

这件事告诉了我们，商业化的社会里，人们已习惯于用财富占有的多寡来判定人的能力，包括一个人的知识，也往往用金钱作为砝码去衡量。殊不知，一个人的知识、才干并不是以财富积累的形式表现出来的。多数的情况下，它仅表现为一个人情趣的高雅，品质的高尚；表现为对金钱的淡然和对事业的执着。即使在知识经济的时代也是如此。有学养的人总是满腔热情地面对社会，倾注极大的激情去关爱人生。

读 杜 心 解

　　不知何故，心情郁郁时便有意无意踱到书橱前，把那本《读杜心解》抽出来，似乎想借以排遣莫名的沮丧。

　　因为爱诗且习过诗，对于诗圣杜甫并不陌生，上小学的时候就读过他的名句："朱门酒肉臭，路有冻死骨。"及至师范，又读他的"三吏""三别"。至今他的《茅屋为秋风所破歌》《闻官军收河南河北》，我尚能一字不漏地背诵下来。不过那时年幼，仅限于背诵，浅尝辄止而已。后来他的诗接触多了，才逐渐地加深了对他伟大人格的认识。

　　杜甫这1400多首诗，的确够得上浩瀚的海洋！过去只知他"万里悲秋常作客，百年多病独登台"的含泪自叹，却未知他早有过"迢迢万里余，领我赴三军"的豪迈尚武。过去在我的印象里，他只是个"早行石上水，暮宿天边烟"的漂泊难民，却未知他也唱过"赤羽千夫膳，黄河十月冰"的豪气万丈的壮歌。过去只知他是一个宽厚仁慈的好人——"堂前扑枣任西邻，无食无儿一妇人"，现在却叹息他每饭思君、空候起用的"老骥思千里，饥鹰待一呼"。

　　翻开那一页页凝重沉雄的诗行，我的心灵持续为之震颤，整个身心完全沉浸入杜诗的意境中。诗圣是那个时代造就的，这大概是"愤怒出诗人"吧！他的诗完全是他命运的写照。从"男儿生世间，及壮当封侯"到"穷年忧黎元，叹息肠内热"，这中间该有多少岁月的煎熬和世事的磨难。"穷而后工"。晚年杜甫的笔下，写穷困、写衰老、写离乱……真是动人心魄，荡人肠气，字字血，声声泪。

掩卷沉思，我似乎从中找到了人生的启迪。一位千年前的老者，以他意蕴无比丰厚的诗，抚平了我这颗被庸碌纠缠而疲惫不堪的心。比起他晚年的颠沛流离、穷愁潦倒，我眼前的一点点生活上的失意又能算得了什么！《读杜心解》会让你心情豁然明朗，归于平静，从而"气志自然敦厚，胸襟自然阔绰"。

既然习文，那就以杜甫为师吧！我这样策励自己。学杜，写"晨光映远岫，夕露见日晞"的明亮，写"佳人绝代歌，独立发皓齿"的美丽，写"挽弓当挽强，用箭当用长"的强悍，写"白日放歌须纵酒，青春作伴好还乡"的潇洒；也写"无边落木萧萧下，不尽长江滚滚来""明日隔山岳，世事两茫茫"的惆怅和浩叹……

生活中的宽容

已故著名作家艾芜先生，生前为人大度，与世无争，为孙女起名曰"宽容"，德高望重的长者之风可见一斑。

宽容，一般是指人们在人际交往中所表现出的一种良好的社会心理素质，是一个人心理健康的表现。

生活中，人与人之间的接触免不了会出现锅碗瓢勺的碰撞。被人误解，遭受委屈，甚至遭人诬陷是常有的事。这时候，如果你胸襟博大，以包容江海的度量，宽容忍耐，大事化小，小事化了，不仅能使你保持心理上的平衡，而且避免了矛盾的激化，为你也为别人创造了一个祥和安泰的社会环境。所谓"忍一时之气，免百日之忧"便是这个道理。

有人总认为宽容忍让是吃了亏、受了气、丢了面子，是人格上的懦弱，是胆小怕事，可以说这是对宽容内涵的误解。宽容，其实是一种美德。为人处世，吃不得半点亏，受不得半点气，试问他还能立足于复杂纷繁的社会中吗？刘备三顾茅庐请诸葛亮出山，关云长、张翼德没少冷嘲热讽。孔明出山，胸怀全局，不与关、张计较，反倒重用他们。新野一战，大获全胜，令关、张等人五体投地。如果诸葛亮胸怀狭窄，心存芥蒂，必将造成彼此不和，人心分离，也就不可能有以后的三国鼎立。

人的一生中，"不如意事常八九，能与人言一二三"，能否制怒息怨，这就看一个人的修养和气质了。"宰相肚里能撑船"，是对宽容的生动注释。历史上，那些在关键时刻能以大局为重，不计较个人恩怨的贤者，向来为后人称道。战国时期的蔺相如容忍廉颇的傲慢，西汉名将韩信曾受胯下之辱，一直被传为佳话。而东吴的周瑜，梁山的王伦，因小肚鸡肠前者"三气"身绝，后者做了梁山好汉刀下之鬼，悲剧下场落得后人讥笑。

发生冲突，出现矛盾，理智者会头脑清醒，不轻易采取过激行动，这是一个人成熟的表现。哲人有言："世界上最宽阔的是海洋，比海洋更宽阔的是天空，比天空更宽阔的是人的胸怀。"有了博大宽广的心胸，人生才是美丽的。

爱 心

喜欢足球的，不喜欢足球的，可一提球王，都知道贝利。

贝利怎样成长为球王的，他的人生故事会给我们一些什么启示呢？近日读了一则有关贝利童年的故事。

在巴西里约热内卢的一个贫民窟里，有一个非常喜欢踢球的小男孩，可父亲买不起足球供他练脚。于是，那个小男孩就踢塑料盒，踢汽水瓶，踢从垃圾堆里拣来的椰子壳。他在小路上踢，在巷口里踢，在能找到的任何一片空地上踢。

有一天，当那个小男孩在一个干涸龟裂的水塘里踢一只吹满了气的猪尿泡时，被一位足球教练发现了。他发现这男孩子踢得挺是那么回事，就很高兴地送给他一个足球。小男孩得到足球后踢得更卖力、更认真了。不久，他竟然能准确地把球踢进随意摆放在老远老远的一只水桶里。很多人都知道了小男孩有一双很厉害很神奇的脚。

圣诞节到了，小男孩的妈妈说："孩子，咱们没钱买圣诞礼物送给那位恩人，就让咱们全家为那位给了你足球的人祈祷吧！"

小男孩跟随妈妈祷告完，向妈妈要了一把铲，跑了出去。他跑到一处别墅前的花圃旁，开始挖坑。就在他快挖好坑的时候，从别墅里走出一个人来，问小男孩在干什么？小男孩仰起满是汗珠的脸蛋说："教练，圣诞节到了，我没有礼物送给您，我愿给您的圣诞树挖个树坑。"

教练把小男孩从树坑里拉上来，说："我今天得到了世界上最美好的礼物！明天，你就到我的训练场去吧。"

三年后，这个 17 岁的男孩子在第六届世界杯足球赛上独进 21 球，为巴西第一次捧回大力神杯。一个原来不被世人所知的名字——贝利，随之传遍世界。

这个故事告诉了我们什么？一个人（包括天才）的成长离不开充满爱心的社会环境，爱心能够铺就一条坦直的路。互相关心，互相爱护，这是全人类普遍认同的美德。那么，就让我们在接受别人爱的温暖的时候，同样以一颗爱心去关注别人吧。

寻 找 缪 斯

　　最近几年来，散文、随笔，夸张些说，真有铺天盖地之势，大众快餐一般充溢于报纸、刊物，见之于专集、丛书。何以到这种程度？可能这类文章的突然走红与世态人情的变迁不无关系吧。80 年代小说之兴隆，就与诉说过去的那个非常年代的创痛有关，被后来公认的"伤痕文学"，便是最有说服力的例证。当然，小说至今依然势头强劲，我这里想说的是被人们冷落了的诗歌。

　　笔者学写过诗，自然对诗歌发展变化的轨迹着意留神。这几年，似乎没有见到过能在群众中广为传诵的名篇佳构出现，不像五六十年代郭小川、贺敬之、李季等，时有脍炙人口的诗作风行于世，诗坛一年年打出的旗号旌旆蔽空，却很少引起文艺界的反响，更不要说读者了。诗之被怠慢，究其原因，盖在读者欣赏诗情之不足，诗情的式微又缘于现今诗的本身，少激情，少感染力，少情愫的拨动，少哲理的运思，等等。加之诗体的欧化，用语的别扭，无韵无乐感，便和读者的欣赏习惯拉大了距离。何以出现这种情状？恐怕还在于诗人的生活缺乏冲击，当然，有了冲击未必有诗，清人赵翼说的好："有必达之隐，无显难之情。"反观如今的股市、KTV 包间、泡脚房、桑拿浴等，其中是不会有诗情的；诗在人间的底层，而底层常常不是如今缪斯的遨游之地。既然小说家能写人间疾苦，写悲欢离合，写生活中的诸多矛盾的发生、激化，赚人眼泪，低声地向你诉说世情的秘密，含蓄地道出带泪的炎凉，为什么诗就不能在这方面有所作为而走进人们的心灵呢？

　　缪斯，你在哪里？写诗的人在寻找，盼人间好诗的人在呼唤。

何 必 自 卑

伊尔·布拉格是美国第一位获普利策新闻奖的黑人记者。然而，就是这位新闻界大名鼎鼎的人物，少年时代却因出身寒微而心理上笼罩着自卑的阴影。是什么力量改变了他的人生观念，使他走上了奋发之路呢？这要从他的父亲说起。

伊尔·布拉格的父亲是一个水手，他每年都要多次来往于大西洋两岸的各个港口。知子莫如父。为了教育儿子勇敢地直面人生，他带上孩子去参观梵高故居，在看过梵高用过的那张破旧的小木床和穿过的裂开口的皮鞋之后，他告诉儿子："梵高是个连妻子都没娶上的穷人。"在安徒生的故乡，父亲激动地告诉儿子，这位由丑小鸭变成白天鹅的伟大童话作家原本是一个鞋匠的儿子。作家描绘美丽的天国，却一直生活在低矮阴暗的小阁楼里。

伊尔·布拉格成为名人之后，在回忆童年时代的这段经历时说："那时我们家很穷，父母都靠出苦力糊口。有很长一段时间，我一直认为像我们这样地位卑微的黑人是不可能有什么出息的。好在我有一位了不起的父亲，他让我认识了梵高和安徒生。这两个人告诉我，上帝没有这个意思。"促使伊尔·布拉格最后成功的无疑是那两位贫贱的名人。伊尔·布拉格成功的故事告诉我们：造化有时会把它的宠儿放在社会的底层，让他们操着卑贱的职业，使他们远离金钱、权力和荣誉，可又在某个有意义、有价值的领域脱颖而出，为人类做出不可磨灭的贡献。

现实生活中不乏这样的人：他们常因自己角色的卑微而怀疑自己的智慧，因地位的低下而放弃远大的追求，有时甚至因别人的歧视而消沉，因不被人赏识而苦恼。这是极其悲哀的人生误区！其实，造物主常常把高贵的灵魂赋予平凡的肉体，就像我们在日常生活中，把举家最贵重的东西藏在家中最不起眼的地方。

是身贱位卑，还是显官厚禄，这不是我们所能选择的。但是，干一番轰轰烈烈的事业，却是每个人都可以选择，都可以通过奋斗实现的。大写的人，怕就怕的是自轻自贱！

谦谦君子风

读威廉姆斯的游记，其中一则颇发人深思。

威廉姆斯，挪威人，有名的探险家。他从 20 岁开始做环球旅行，40 年来，足迹遍及五大洲，几乎世界上所有名气大的荒原、沙漠、丛林、峡谷，都留下了他惊险离奇的故事。

1982 年，在结束南非裂谷带的探险之后，某报记者采访他时让他谈谈感想。威廉姆斯说："我始终有两大遗憾：一是为世人遗憾，地球上有那么多风光旖旎的地方，竟不得一睹；二是为大自然遗憾，它们那么壮观秀丽却不为世人所知。"

可是到了 1991 年，威廉姆斯去了一趟新西兰的斯奈尔斯岛，归来后竟一改以前的心态。

斯奈尔斯是新西兰的一个小岛，由于远离本土，终年人迹罕见。威廉姆斯踏上这座小岛，发现岛上竟成片成片生长着茂盛的公爵兰。这种兰，花姿奇秀，异香馥郁，在欧洲被人们视为群芳之冠。置身于满岛的兰花丛中，他想，这种名贵的花如果在挪威或欧洲其他国家，早被人们珍视呵护着装点总统套房去了；可在这小小荒岛上，它们寂寞地生长着，寂寞地开花，寂寞地谢落，几百年也许几千年无人知晓，这该是造物主多大的不公平啊！

然而事物总有出人意料之处。正当威廉姆斯为公爵兰无限惋惜时，不经意中他发现小山崖上聚着一窝蜂。忙碌的蜂群正把采集的兰花粉带回蜂房。看着眼前的这幕景象，威廉姆斯十年的遗憾好像顷刻间化解了。他在当天的日记中这样写道："这一片公爵兰，有这一窝野蜂不就够了吗？有什么可遗憾的呢？世界上鲜为人知的奇绝景色，有一两位探险人走近过、目睹过，不也就行了吗？"

威廉姆斯对于大自然超乎寻常的体悟，使我这个愚人也茅塞顿开。合上他的游记，我静坐书案旁，开始沉思这尘世的是与非。有的人小有成绩便喜欢张扬，唯恐别人不知道，甚或有的人还名不副实地挤进各种版本的"名人辞书"。也有的人虽才华出众，却总是默默无闻地劳作着，淡泊名利，不求闻达，用全部精力书写着生命的美丽。后者，便是被人们普遍赞誉的公爵兰那样的君子。

家

大概不少人已经在我们这个古老的城市居住很久了，在这儿常年劳碌，在这儿生儿育女，最终在这儿白了少年头。可是你从来没把这座城市看成你的家园，好像你只是一只候鸟，在这儿停留了一个季节，你心中的巢总是无枝可依。

曾经在一家报纸上读到过这样一则故事：在美国洛杉矶，有个醉汉躺卧街头，警察把他搀扶起来，仔细分辨是本城的一位显赫的富翁。这位富翁在洛杉矶有多处豪华别墅。当警察表示要把他送回家时，富翁却说："家？我没有家。"警察指着他的一处别墅说："先生醉成这个样子！那是什么？"富翁狂笑："那是家？那是一处房子！"

在人的认识里，家是一处房子或庭院。然而，当你或你的亲人一旦从那处房子或那处庭院搬走，一旦那儿失去了温馨和亲情，你还认为那儿是家吗？对名人和圣哲来说，那儿是故居；对寻常百姓来说，只能是曾在那儿住过。

家园是什么？发生在非洲国家卢旺达的一个真实故事，也许能给家园作出一个贴切的注释。卢旺达内战期间，有一个叫热拉尔的人，37岁，有一个40口人的大家庭，父母、兄弟、姐妹、妻子、孩子，全部离开了这个世界。最后，绝望的热拉尔打听到5岁的小女儿还活着，便辗转数地，冒着生命危险找到了女儿。热拉尔将亲骨肉紧紧搂抱在怀里，第一句话是："我又有家了！"

在充满苦难和欢乐的人世间，家是一个充满亲情的所在。它有时在竹篱茅舍，有时在金屋华堂，有时也会在无家可归人的心里。没有亲情和被爱遗忘的人，才是真正意义上的没有家园的人。

留 白

中国画讲究留白，不要以为这仅仅是个技法问题，其实它是东方艺术追求的一种格调，一种境界，一种对纷纭万象的彻悟与把握。

人生何尝不是如此。有的人忙忙碌碌穷其一生，为金钱和地位所诱，为名利和荣耀所惑，成天沉溺于琐事和俗务，背负着头衔、身份、财富的重荷，到头来有幸福可言么？

如果换一种活法呢？劳作之余，不妨细品一枚小小的水果，一杯淡淡的清茶，或者耗上大半天的时间读一本很久还没有读完的书，就这么悠闲自在，任世事从身边扰攘而过。我想，你大半可以发现，事业固然是我们必须营造的圣殿，但在这座巍峨的圣殿后面，还应该有一处供你休憩的小巧玲珑的花园。

给自己留出空白，是生命的过程里不着一字的风流，是一种闲淡而富有的自然存在，是人生充满智慧的哲学。

没有空白的人生是被欲望折磨得极苦的人生。这样的人生永远不会有心灵的宁静，不会有恬适的陶醉，不会有精神的愉悦，更不会有人与自然的水乳交融。

生活的艺术，有时就是一种留白的艺术。何必绳捆索绑自己？该做的事我们去做，而且要做好；身外的东西，我们不去强求，还要冷眼视之。胸中坦荡，天地宽阔，卸下重负，走自己的路，你才会有生命的大芬芳。

换 位 思 考

有这么一则故事，说的是有位老太太，大女儿做伞店生意，小女儿开了间洗衣房。为此，天晴她担心大女儿的伞卖不出去；下雨她着急小女儿洗的衣服晒不干，终日忧愁于心。后来有人劝她："你何不换换方法思考——晴天小女儿生意兴隆，雨天大女儿顾客盈门。"老太太闻言，顿时豁然开朗。

换个角度思考，"山重水复"则会"柳暗花明"。十年河东转河西，得失弹指一挥间。得志而不骄，失意而不馁，所有的是是非非都会随风而去。

假如你接近退休年龄，你的下级成了你的上司，你不必心头失衡，计较没有功劳有苦劳，不妨来个换位思考：既然别人更有能力胜任，这有什么不好？你不再面对高朋满座，曲意逢迎，而独步灯火阑珊处，心境平和充实，专心致志地去做未能如愿的某项学问，这又有什么不好？

假如你正处青春韶华，某种原因使你失恋了，相思树上的花朵凋谢时，换个角度思考，人各有志，感情的事不可强求，不妨潇洒握别，对方无论选择谁，你和他（她）依然可做朋友。一段情缘了却无非是一个结束，或许下一处风景更美丽呢。

生活中不免有种种挫折、失意，换位思考，可以获得思维上的开拓，精神上的放松，情绪上的振奋，心理上的平衡。犹如面对晚秋的落叶纷飞，走过凋零的季节之后，还要经历阳春三月，百花齐放；盛夏草木葱翠，瓜果飘香；隆冬白雪皑皑，红梅绽蕊。充满生机的一幅幅风景画，无不可以给人们以深层次的启迪和心灵的某种慰藉。

当你生活中碰到难题的时候，换位思考当会帮你走出困境。

母亲与孩子

疼爱孩子、关心孩子的健康成长，是母亲的天性。孩子进幼儿园的时候，母亲会说："那儿有很多小朋友，不要哭，妈妈会早早地来接你。"孩子上小学了，母亲送到校门口，会抚摸着孩子的头说："要好好学习，听老师的话，做个好学生。"孩子考上大学要远行了，母亲会心甜如蜜，忍住喜泪，对孩子说："学会照顾自己，需要什么就给家里写信。"孩子走向社会的时候，母亲对着孩子的背影会说："已经参加工作了，不要再让父母操心，性子要收一收，和同事处好关系，好好工作。"

总之，在孩子的成长历程中，做母亲的几乎一直在用温柔的母爱试图规范孩子的行为。在母亲的心里，始终认为应该给孩子无微不至的呵护，生怕孩子吃了苦头。好像只有这样才是一种至爱，才算尽到一种别人无可取代的责任。

然而，世界上就有那么一位母亲不这么做。她从孩子懂事起就告诉孩子：要坚强，坚强到足以认识自己的弱点；要勇敢，勇敢到足以面对恐惧。她要孩子遇到挫折时能够昂起头来而不卑躬屈膝；顺境时能够谦虚谨慎而不忘乎所以。她告诉孩子：不要用愿望代替行动，征服世界之前，先要征服自己。她告诫孩子：真正的伟人，直率真诚；真正的贤人，虚怀若谷；真正的强者，温文尔雅。她并且为孩子祷告：请上帝赐予他足够的幽默感，让他尽可能庄重而不盛气凌人，让他在拥有未来的同时，永远不要忘记过去！

这位母亲就是美利坚合众国的总统、发起解放黑奴运动的伟人林肯的继母——玛丽亚·里普。

当然，我们大多数做母亲的，大多数的家庭，没奢望把自己的孩子培养成领袖或显赫人物，但我们是否想过，在用清规戒律式的忠告规范孩子的时候，是否还有另一种更健康的教育方式？那就是用勇气和坚强铸造孩子的心灵。

品 书

我喜欢品读名家书法，尤其是那种情注毫端、笔飞墨韵的狂草，给人多少意兴满飞的遐想和淋漓酣畅的快感！

毛泽东同志的书法大气磅礴，如他的胸襟一样博大宽广，如他政治家的魄力一样宏伟雄浑。品他的书艺，便很自然地联想到李白描述书法之态的"左盘右蹙如惊电，状同楚汉相争战"的诗句来。的确，他手书的《沁园春》，看似静止，实则静中有动，如龙吟虎啸，似仙乐飞扬，由不得让人生发出"此曲只应天上有，人间哪得几回闻"的感叹。

史传，张旭作书，因观公孙大娘舞剑而得其神韵，融于撇捺钩点之中，始成为继王羲之之后的又一代宗师，以"笔歌墨舞"喻其书韵之美丝毫不算夸张。

观赏名家书法，在黑白世界里遨游，或见美人出浴，顾盼生姿，或闻高山流水，乐音淙淙，那确实是一种至高境界的享受。

书法无声而有音乐的和谐流畅，是我从大家们的作品中不断感悟而得出的结论。书法之韵与音乐神似。书法艺术通过线条粗细刚柔，行笔轻重缓急，谋篇结构疏密，布局体势变化，以抒发感情，表露心境。反观音乐作品，也多是从自然和生活中撷取纯正的乐音，以强弱、高低、节奏、旋律有规则的变化来表现作者领悟到的艺术形象和内心情感。前者是静中有动的线条，后者是动中有静的曲谱，视觉艺术和听觉艺术之间有着千丝万缕的关联。不信，你不妨面对一帧书法作品屏息敛气，静静地观赏下去。

豪　气

"穿林海，跨雪原，气冲霄汉……"

一听京剧《智取威虎山》这段高亢激越的唱段，心情顿然激动不已，万丈豪气仿佛一下子被吊到了嗓子眼上。

由少剑波带领的一支剿匪小分队，履险如夷虎穴追踪直捣匪巢。其所谱写的一曲壮歌，成了孤胆英雄们的光辉写照。他们的英武形象，舍生忘死的革命英雄主义精神，激励了多少人为了革命事业的胜利而前仆后继、顽强拼搏。在今天，它仍然有着鞭策我们奋发向上的现实意义。

"下定决心，不怕牺牲，排除万难，去争取胜利！"我们的军队之所以能够攻无不克、战无不胜，以一腔热血书写新中国的诗篇，靠的就是战之必胜的豪气。

今天，改革开放的年代，前所未有的经济建设事业，尤其需要这种"不达目的，绝不罢休"的豪情。

时代呼唤英雄，历史呼唤豪情，让革命的英雄主义在我们的身上焕发更绚丽的光彩！

人生的美丽

谁都向往美丽的人生，谁都追求美丽的人生。美丽的人生就像一条清澈的小溪，日日夜夜涓涓地流淌，百折不回地奔向大江大海；美丽的人生又似青枝绿叶的小树，在阳光、风、空气里茁壮生长，经春历秋，开花结果。

美丽的人生，穷其一生追求的是至真至善至美。它不应趋炎附势地扭曲自己；它不能涂改自己灵动的线条；它更不会让自己清纯的底色染上污垢尘秽。人生有各种各样的美丽，各种各样的美丽闪烁着个性化了的生命原色。

人生之所以美丽，就在于人以一副血肉之躯，在整个的生命过程中，向着更高、更美好的境界乐观而坚强地攀登，不会被冷酷阻断，不会被无情搁浅，不会被庸俗绊倒，不会被险恶吞噬。即使于奋斗中千疮百孔、奄奄一息时仍然要呼唤美丽。是块煤，就要燃烧；是粒种子，就要发芽；即使是块石头，也要撞击出生命的火花。

人生，始终高扬着一个美丽的主题。美丽这个主题之所以永恒，缘于生命的底蕴中始终流动着人类对世界最纯粹的良知与渴望。做错了事情自责，干了坏事忏悔，连监狱里的重刑犯也往往流下悔恨的眼泪——为什么？因为人生不能容忍残缺。

很多的时候，我诘问自己：你的人生真正达到了完美吗？更多的时候，我敲打自己、提醒自己：你因为一己的小利而目光短浅屈从于庸俗甚至与邪恶同流合污了吗？

　　历尽沧桑之后仍然执着地追求生命的美丽韵律，才会感悟广袤世界中的人生真谛。

　　生命之树常青，人生便与美丽同在。

还是叫一声"同志"吧

"不要叫我红军爷爷／不要叫我红军伯伯／叫我一声同志哥／那时都是这样叫／什么都不用说／走了二万五千里／解放了全中国／还是叫我一声同志哥……"听听吧，这歌儿多么的情真意切，多么的打动人心！它把我们一下子带到了遥远的年代，让我们走进了那段烽火岁月，去重温一支革命队伍艰苦卓绝、团结奋战的光辉历程。

聆听这首歌，谁不油然而生一种庄严而沉重之感？面对当前的现实，作一番反躬自问的思索：我们得到了什么？我们又失去了什么？

改革开放以来，我们在接受新生事物的同时，思想上也受到了不良的文化思潮的冲击，并且开始滋生一些不正常的现象，其中"同志"的称呼频率越来越低就是一例。"同志"的失落不仅仅是一种现象，它更是一个非常危险的信号。

正如上面引述的那首歌一样，互称同志历来是我们党的优良传统。在白色恐怖年代，革命者之间一声发自肺腑的"同志"，叫得人热血沸腾，热泪盈眶。为了同志的安全，每个人都可挺身而出置生死于度外。历史实践证明：无论是在革命战争年代还是社会主义建设年代，团结同志，互相关心，互相爱护，始终是我们党战胜一切困难、求得生存与发展的一大法宝。

最近党中央重申党内互称同志的规定，是十分及时和非常必要的。党内互称同志并非个人行为，而是十分严肃的工作行为，是讲政治的一种具体表现。

让我们热烈欢呼"同志"的回归。

关于幸福的断想

幸福不是一个无法破解的谜，但各有各的谜底。拿别人的幸福人生当范本去实践，那肯定是南辕北辙。自己把自己说服了，是一种理智的胜利；自己把自己感动了，是一种心灵的升华；自己把自己征服了，是一种生命的成熟。能做到这一点，在人性趋于完美的同时，你就已经跨入了幸福之门。

幸福不能以金钱财富做砝码。一个什么都有、什么都让人羡慕的人，不一定就拥有了幸福；一个一无所有、什么都不起眼的人，不一定就远离了幸福。人的幸福感富贵取代不了，清贫剥夺不去。托尔斯泰笔下的悲剧人物安娜·卡列尼娜，高尔基笔下的无忧无虑的吉卜赛女郎，便是例证。

大权在握的人看上去春风得意，然而背后隐藏着的身不由己和人格的牺牲又有谁知？一个败下阵来的商界巨子，一个被挤下台的政界要人，"福兮祸兮"又何从说起？所以，幸福不能以成功与否加以衡量。很多情况下，成功者的内心往往是孤独的，孤独当然要挤占幸福的空间。

由此可以认为，幸福是一种经历，是一种领悟，是一种心境，是一种感觉，是一段偶然愉悦的时光，是生活中某些时候的从容。它可能在阳光灿烂的白天，在月色清明的夜晚，或者夫妻相对默默地静坐，儿女绕膝，围炉闲话情长……如果一个人在这样的场合感觉不到幸福，那幸福真的就天涯海角无觅处了。

幸福是一朵朴素的花，它悄悄地开放，又悄悄地凋落。

得 失 之 间

得到属于经历过失去的人。遗失和补偿永远是生活天平上的两只砝码。

积累了经验，失去了兴趣；增长了智慧，消耗了激情；懂得了怎样去爱，却已没了爱的勇气……对于得到和失去，有时你无法掂量出孰重孰轻。

你失去了喧嚣的灯红酒绿，就获得了洁净的蓝天白云；你得到了名人的声誉和巨额财富，就失去了做普通人的自由与淡泊清贫的快乐。

在我们这个愈来愈物化的世界，造物主就是如此玄妙地点化众生。它让你得到一部分的同时，必然又从你身上夺走一部分。它不偏袒富贵，亦不鄙弃寒门。它让家徒四壁的人把窗子打开，享受谁也无法剥夺的阳光、新鲜空气和大自然的景色，也让富丽的豪宅安上钢门铁窗接受人间的禁锢。它给雄鹰广阔无垠的天空，也给麻雀檐下温暖的窝巢。它让邪恶者找到帮凶，也让善良者拥有至爱亲朋。它使锦衣玉食者心中隐藏饥寒，也使箪食瓢饮者躯体内包裹着一颗伟大的灵魂。面对如此截然不同的遭遇，你心仪什么？你怎样去确定自己的好恶？

其实，得失是以人的灵魂做支点的一根杠杆，至于它偏向哪一端，关键就在于你心系哪一端。

元帅与士兵

拿破仑有句名言，叫作"不想当元帅的士兵不是好士兵"。不少人因此对叱咤风云于一时的波拿巴将军崇拜有加，并把他的这句名言当作自己人生奋斗的座右铭。

的确，作为现代人，是应该有着自己的崇高理想和精神追求；是应该投身于自己钟情的事业而描画出精彩壮丽的人生风景。但是，笔者认为，每个人的理想和追求都应该和现实，和祖国、人民的需要结合起来，切不可脱离现实、好高骛远而为英雄无用武之地空发浩叹。就拿从"士兵"到"元帅"的奋斗而言，浩浩荡荡的大军里也只有一个元帅而已，更多的是作为基石的成千上万的士兵。成千上万的士兵怎么可能都去做元帅呢？那么，做不成元帅的就不是好士兵了吗？这结论的悖谬，雷锋、黄继光、董存瑞等好多好多的士兵们，已经用他们的或壮烈或平凡的业绩作出了响亮的回答。

说到底，一个人的追求首先应该服从于党和人民的利益。为了大地的生机，我们可以做一棵无名小草；为了平坦的大道，我们可以当一枚默默无闻的铺路石；为了机器的轰鸣欢唱，我们可以做一颗永不生锈的螺丝钉。我们所起的作用也许并不起眼，然而，我们却是一部气势恢宏的乐章里不可缺少的一个音符。

只要一个人献出他的一切，即使当不了元帅，他也会无怨无悔，面对世界真诚地微笑。

任性不是个性

现代家庭大多是独生子女,不少做父母的往往过于宠爱孩子,使之小小年纪就养成了唯我独尊、任性而为的不良习惯,长此下去,对孩子身心健康成长是极为不利的。因此,养成孩子平和稳定的情绪,通晓情理的品行,是目前家庭教育不可忽视的一个重要方面。

从现代家庭的现状看,我们某些做父母的把爱孩子简单地归结为"满足孩子的所有要求"。这种无选择地满足孩子的要求,其实无形中戕害了孩子的健康成长。有些做父母的把孩子的任性视为个性,却不知这恰恰助长了孩子的任性行为。日常生活中,做父母的千万不要对孩子的任性行为姑息迁就。

孩子在幼儿乃至青少年时期可塑性很强。对于已形成任性性格的孩子,父母要本着认真负责的态度,向孩子明确指出其行为的错误。尽管孩子最初不会接受,但坚持数次,孩子必然有所收敛。然后不断加深这方面的教导,动之以情,晓之以理,孩子将会逐步走向成熟。

心中最亮的星

　　报载，北京市一些青年学生参观在京举办的先进人物的事迹展览后说，过去我们崇拜这"星"那"星"，现在才懂得，英雄模范人物才应该是我们心中最亮的"星"。

　　青年学生的这番话令人振奋，令人欣慰。青年人，尤其是青年学生，单纯、热情、充满幻想，最容易导致盲目崇拜。当今的"追星族"大都是青年人，因此，"追"什么"星"，崇拜什么，这就不能不引起整个社会的关注和深思。

　　回想五六十年代，青年人读了《卓娅和舒拉的故事》《钢铁是怎样炼成的》，看了《董存瑞》《雷锋》，对照英雄人物舍身为国、忠诚于党和人民的故事，榜样的力量激励着无数青年人奋勇争先，成为那个时代的一道壮丽的景观。

　　近年来，由于各种传媒把影星、歌星捧得大红大紫，不知就里的一些青年学生被误导而奉之为偶像，追"星"之潮遂起。然而不少影星、歌星们并未因为青年们的追捧而自爱自重。有的到处"走穴"，漫天要价，有的稍不如意便罢唱罢演，这等见利忘义、钱迷心窍的"星"们，与徐虎、下水道四班相比，是何等卑下和渺小。这样的"星"们应该受到全社会的鄙视与唾弃，不应成为青年人仰视的"明星"。

　　党的十四届六中全会决议提出：大力宣传现代化建设中涌现出来的先进集体和先进人物，在全社会形成崇尚先进、学习先进的风气。呼唤英雄，弘扬正气，是时代的需要，是两个文明建设的需要，也是提高公民道德素质和民族振兴之希望所在。让雷锋、焦裕禄、孔繁森的英名响彻大地！让"英模热"滚滚涌动神州！让我们的青年在学英模、找差距、做贡献的自觉行动中经受锤炼，成为有理想、有抱负的一代新人。

后　记

当我把近几年断断续续写出的百多篇文字辑录成书准备付梓的时候，心情却不安起来。我的这本书能称为散文集子吗？如果它的字里行间透出哪怕一丝的矫情浮泛、虚言饰词，那就等于作践了这一文体，让读者窃笑于茶余饭后了。

"行于所当行，止于所当止。"这是韩退之对于散文文体精辟独到的一论。散文，作为文学的一类载体，它应当是一种缘起于情的漫不经心，一种控制有度的倾泻流淌，如一片湖，四周柳堤只为增其恬静；如一条江，两岸峭壁只为助其气势。

由此，我想到了最通俗、最大众的书信。书信是写给亲朋至爱看的，因此，要说心里话，要传递真情，几乎不加任何的修饰，也很少在遣词造句上动脑筋，往往就把久积于心底的喜乐悲苦原原本本倾吐出来，肝肠俱见，淋漓酣畅。杜工部有"家书抵万金"之言，想那家书的珍贵，不就在于它的情真意切、可闻投书者的心跳么！如我们经营散文能像写家书那样敞开心扉，尽遣真情实意，让所想所思、所爱所恨流奔于笔端，那散文才算有了令读者感心动魄的灵魂。

读鲁迅先生的《两地书》，读巴金先生的《随感录》，读林语堂、梁实秋……我从这些大家的佳篇名构中受到了这样的启示：散文的题材可以家事国事天下事，琐事俗事身边事，无论大小，唯有真性灵方可进入佳境，即使小题材也可见大手笔的风范。他们因了以真情关注人生、关注社会，便有了自由创作的心态，表自我意识，发哲理思考，抒谐庄情趣，写生活雅致，无不透出平实，显见敏锐，闪烁着诚朴的光芒。

我由诗而喜欢散文，及至写起散文，多半是对散文这种真实美的推崇和向往，尽管至今没能写出一篇可以沾沾自喜的作品来，但是由此我知道写好散文绝不是一件易事；由此便也坚定了我以一颗纯净童稚的心去孜孜寻求其堂奥。

年过耳顺，适逢市场经济大潮滚滚而来，整个社会生活和人们的精神面貌都在发生着前所未有的巨变，身处这种复杂、微妙、绚丽多彩的转型期，领受着新思潮、新观念的冲击，我感到自己为诗的力不从心。如何使个人的主体意识与时代精神融汇连接，如何突破单纯牧歌式的审美局限，多层次、多侧面、多形态地反映社会生活？似乎散文更见于自由开阔。这便也是我亲近散文天地的缘起，可以说是经历了躁动之后的一个抉择。

我敞开心海去感悟历史和现实，用心去谛听时代的脉搏，用情去触摸过往的岁月，力求能碰撞出几朵火花来。我以真诚的心呼唤人间无处不在的美，也以裂变的痛苦解剖自己、解剖社会上的丑。我歌吟善良和永恒的人的天然本性，以及世间万物的平和有序。也许，我因了受我国古典诗词中唯美成分的熏陶，往往行文喜欢营造空灵优雅的氛围，但是这空灵优雅也还是源于对人生美好的企盼与渴望。微笑面对生活的人，相信生活也会回报他微笑。

上述想法不成观点，只是我学习散文中生出的一点理念意趣而已。

直面人生，切入生活，写不出精品我还是要写下去的。不成其为大树，就做一株小草，也可为文艺百花园着一点绿意。

阎志民

2017 年 9 月